JOHANN WOLFGANG GOETHE
DIE LEIDEN DES JUNGEN WERTHERS

EDITED BY ROGER PAULIN
SCHRÖDER PROFESSOR OF GERMAN IN THE UNIVERSITY OF CAMBRIDGE,
FELLOW OF TRINITY COLLEGE

PUBLISHED BY BRISTOL CLASSICAL PRESS
GENERAL EDITOR: JOHN H. BETTS
GERMAN TEXTS SERIES EDITOR: PETER HUTCHINSON

First published in 1993 by
Bristol Classical Press
an imprint of
Gerald Duckworth & Co. Ltd
61 Frith Street
London W1D 3JL
e-mail: inquiries@duckworth-publishers.co.uk
Website: www.ducknet.co.uk

Reprinted 2001 (twice)

A catalogue record for this book is available
from the British Library

ISBN 1-85399-323-9

Printed in Great Britain by
Antony Rowe Ltd, Eastbourne

CONTENTS

PREFACE

The text used here is that of the first edition, published by Weygand in Leipzig in 1774, incorporating the minor variants and corrections of the two subsequent printings in the same year. The spelling of this edition, with all its peculiarities and idiosyncrasies, has been preserved. When Goethe in 1782 first set about the task of revising the novel, he used a copy of the pirate edition published in 1775 in Berlin by Himburg and one that contained numerous changes and textual errors. Goethe made a number of significant alterations to the text, too many to list here. The most important of these, the Bauerbursch episode, and parts relating to Albert and Lotte in the closing section, are printed in Appendix I. The second edition appeared in *Goethe's Schriften. Erster Band*, with the publisher Göschen in Leipzig in 1787.

The first version of the novel was the one that caused the scandal, éclat and sensation and that established Goethe's reputation as a novelist of European standing. When reviewing his works, Goethe was acutely aware of the need, as Henry James puts it, 'that the march of my present attention coincides sufficiently with the march of my original expression'. The revision process, and reissue, of *Werther* in the 1780s took place at a time when Goethe was neither close to nor largely in sympathy with his early novel. He was aware of criticism of the novel's alleged proximity to real events; many had, not all for the wrong reasons, read it as an apologia of suicide. Goethe went only some way towards accommodating these views, and it is a matter of opinion whether he improved on the original version of his novel.

In adhering to the original text of 1774, this edition differs from that of the late E.L.Stahl, whose Blackwell edition of 1942, revised in 1972, used the version of 1787. I acknowledge the help that Stahl provided in the preparation of this edition. Dr Peter Hutchinson has guided my steps throughout the various stages of this publication, and to him I owe a special debt of gratitude.

INTRODUCTION

Goethe and the Novel

Only superlatives will do for *Werther*. For Hugo von Hofmannsthal it was the book of books, for Thomas Mann 'ein Meisterwerk'. For these two modern masters of the theme of death this reaction might come more from literary mediation than through direct access, but for earlier generations it came straight from the experience of the heart. *Werther* concentrates many of the aspirations and strivings of the *Sturm und Drang* and is its finest literary expression. It is the textbook from which the German Romantics learn their *Weltschmerz*. Their European counterparts in *mal du siècle* can create Adolphe, René, Ortis or Manfred because Werther has shown the way. At home, a succession of tragic heroes, Bonaventura, Roquairol and Danton, can pronounce on the futility of existence with an eloquence lent by the earlier model. Yet against such specific literary influence one must set the sheer importance of the text for the whole of German literature — and for Goethe himself as its representative. It is the first German novel to gain international fame, and nothing Goethe or any other German writes in this mode will catch Europe's attention again for well over a century. It is Goethe's only novel to sustain narrative breath from start to finish. It is his only true tragedy. It might even be said that the young man of twenty-four wrote nothing better. The fame and scandal it attracted to his name, while not inhibiting his creativity, certainly did stamp him in the eyes of many as the author of just one book and as such was an encumbrance and an embarrassment in his middle years - 'ein Unheil, was mich bis nach Indien verfolgen würde'. But by 1824, fifty years after the first printing and in the year of his poem 'An Werther', Goethe — now well over seventy — cannot but admit 'Es sind lauter Brandraketen!', that the novel still packs an explosive charge. And in his eightieth year— 'eben doch keine Katze' — there is even pride at having written *Werther* at twenty-four, and by implication, at having been a celebrity ever since.

Goethe claimed in a conversation with Eckermann early in 1824 that he had read the novel only once since its first appearance, presumably for the revisions carried from 1782 onwards. However that may be — and there is no reason necessarily to doubt him — Goethe certainly had little to say about his most famous work until drawn in 1808 by no less an interlocutor than Napoleon. And it was a combination of real circumstances and the reflexion on circumstances once real, that caused him to return again to the work and its implications. The suicide of the stepson of his friend Zelter in 1812 brings back the memory of *taedium vitae*. It was that surfeit of life, that had once gripped his vitals, in the experience leading up to *Werther,* and that he had escaped ('den Wellen des Todes [...] entkommen'). The reflexion on his own life, as his autobiography *Dichtung und Wahrheit* enters into its 'Werther phase' in 1813, causes him to pause for thought on how it may have been and now seemed. There could of course be no question of stating how it actually was, but a disparate and confused set of events could now be stylized into the coherent whole that is conditional on reflective maturity. To protect the integrity of a life so portrayed, Goethe warned against 'zerrupfen und die Form zerstören', an injunction to respect both *Werther* the work of art and the account of its genesis. Later generations of commentators, armed with more factual evidence than Goethe during his lifetime was willing to surrender, do well to remember this warning. But if it is the novel that we wish to understand and appreciate better, the biographical background should enhance rather than detract from it.

And yet care is needed in linking life and work too closely. In writing *Werther* in the epistolary mode, Goethe was obeying urges that were certainly more literary than personal. Among the extraordinary collection first edited over a century ago as *Der junge Goethe,* there is the opening of a fragmentary *Roman in Briefen*. It dates from Goethe's Strasbourg interlude of 1770-1. Its theme of a love just ended and the heart's 'Wallendes Sehnen nach Etwas' suggest an early draft of *Werther,* or rather of that shadowy web of relationships in the novel's first page or two, abandoned once it finds its true tone and style. Above all, it indicates that

Introduction

Goethe's novel-writing is not 'naive', in the sense that he is fully aware of a current European fashion. He had already displayed an ambition sufficient not only to sum up Shakespeare's world in his *Zum Schäkespear's Tag* but also to write the Shakespeareanizing *Götz von Berlichingen* ; he would not regard the presence of Richardson's or Rousseau's epistolary novels as an impediment to fiction-writing. The mode was now so popular that its debasements — those 'Miß Jennys' that once occupied Lotte's few leisure hours — were almost as well-known as its high achievements. The epistolary novel appeals for its very ability to present character, motives and heart's stirrings as spontaneous and genuine but yet also morally structured. The *Roman in Briefen* — two letters and a few fragments — seems to conform to that pattern. It is at any rate not yet moving towards the device that gives *Werther* its uniqueness: the absence of replies. For by denying Werther's correspondents the chance to articulate a counter-position, Goethe seems to present Werther's heart as the sole moral reference and arbiter, overriding others' qualifications or tiresome interjections. Thus it is that Werther's style and presentation, this view of himself and others, are the only ones 'in character' and as such they seize us.

Wetzlar

'Und doch muss man einmal erfahren dass Mädgen— Mädgen sind': these words of the *Roman in Briefen* are by a young man of great talent but considerable emotional instability and egoism. His callous abandonment of Friederike Brion in Strasbourg in 1771 is witness to this. Yet Strasbourg had also stood for legal studies and not just for the heart or letters. At his father's insistence the young doctor of law was now to gain further legal experience at the *Reichskammergericht* in Wetzlar. It was following family tradition, to convey some of that same professional solidity to yet another generation. Despite Joseph II's reforms, this imperial appeal court was still a circumlocution office, one of those tottering institutions of the old regime waiting only for Napoleon to give it the final push. In 1772, however, delegations from the various sovereign states within the Holy Roman Empire were still representing their interests there; it made Wetzlar the town into a place where the aristocracy, the bourgeoisie, and the people — all knowing their stations — came together and kept apart. In all this, Goethe was a free agent, but he soon found social contact with young men of around his own age: Johann Christian Kestner, a secretary with the Hanoverian delegation, Karl Wilhelm Jerusalem from Brunswick, even a fellow-poet, Friedrich Wilhelm Gotter from Gotha. From May to September 1772, Goethe's pursuits were hardly juridical; he was a member of a burlesque order of chivalry where he bore the name of 'Götz', and he enjoyed numerous visits — more than would prove decorous — in the Buff household. Kestner was engaged to Charlotte Buff, the nineteen-year-old daughter of the estate-manager of the *Deutschordenshof*, after the recent death of her mother fulfilling that role for her eleven brothers and sisters. Kestner had every reason to observe this young man — 'in allen seinen Affecten heftig', 'Aller Zwang ist ihm verhaßt', 'Er liebt die Kinder', '*bizarre*'. At a ball given in the nearby village of Volpertshausen on 9 June 1772, 'Dr. Goede' danced with Charlotte — and promptly fell in love. It took him some months before he came to terms with the reality of being 'das fünfte Rad am Wagen'. He departed precipitately on September 11, without a formal leave-taking from either Kestner or Lotte. Returning on foot to Frankfurt, he spent some time with the La Roche family near Ehrenbreitstein: Sophie von La Roche's novel *Geschichte des Fräuleins von Sternheim* (1771), with its story of court intrigue and virtue preserved, had made her a celebrity. But Goethe was attracted to their daughter Maximiliane, already promised to the Frankfurt merchant Peter Brentano. Goethe returned abruptly to Frankfurt, which was to be his base for the next eighteen months. On October 30, Karl Wilhelm Jerusalem shot himself in Wetzlar with pistols borrowed from Kestner. As Goethe was to learn in a long account from Kestner (see Appendix), an impossible attachment to a married woman had been but the last in a series of personal calamities that had befallen him. On April 4, 1773, Kestner and Lotte were married; in January, 1774, it was Maxe von La Roche and Peter Brentano. From February to May, 1774, Goethe was occupied with writing his novel, which Weygand in Leipzig published in September as *Die Leiden des jungen Werthers*.

The Question of Autobiography

These raw facts produce at a basic level a series of coincidences with the text of the novel. Goethe's first readers were aware of this — and Goethe knew that they knew. Thus began the most tiresome aspect of study of this novel, to explore:

Ob denn auch Werther gelebt? ob denn auch alles fein wahr sei?

as a manuscript variant of Goethe's own *Römische Elegie* II of 1795 puts it.

Kestner, who had every reason to believe that he was the Albert of the original, was not long in informing Goethe that he was 'schlecht erbauet' by the novel and its mixture of fact and fiction, at the way real persons had been 'prostituirt' ['travestied']. Yet Kestner was magnanimous: for Goethe, only a matter of weeks after the novel's publication, was already complaining to him of the 'Verdacht, Missdeutung pp. im schwäzzenden Publikum', that 'Heerd Schwein'. But that Gadarene body contained many of the *empfindsam* fraternity, those who read from the heart and expected the heart to ratify as true any specific or identifiable reference. It contained others, notably Lessing, for whom the overt associations of Jerusalem's suicide — not to speak of *Emilia Galotti* on the desk — were a travesty of all that his young friend had stood for. His letter to Eschenburg of 26 October, 1774 has become famous:

ja, wenn unseres *Jerusalem's* Geist völlig in dieser Lage gewesen wäre, so müßte ich ihn fast - verachten. Glauben Sie wohl, daß je ein römischer oder griechischer Jüngling sich so und darum das Leben genommen? Gewiß nicht. Die wußten sich vor der Schwärmerey der Liebe ganz anders zu schützen; [...] Solche kleingrosse, verächtlich schätzbare Originale hervorzubringen, war nur der christlichen Erziehung vorbehalten, die ein körperliches Bedürfniß so schön in eine geistige Vollkommenheit zu verwandeln weiß.

Goethe faced the twin dangers of his novel becoming a mere *roman à clé* and — more seriously — of being seen ghoulishly to convert into fiction tragic circumstances from the life and death of a young man who could no longer defend himself. The first, and the added suspicion that the novel reflected Goethe's own views ('ich fürchte, viele werden glauben, daß Goethe selbst so denkt') would not outlive initial reactions to the work. The second would not go away quite so easily. For Goethe had requested from Kestner a full and circumstantial account of Jerusalem's last days and had made extensive use of it in the novel. Genius is not fastidious. Perhaps Goethe's stress in his later account in *Dichtung und Wahrheit* on the symbolic unity of the work and the impossibility of unravelling the strands of fact and fiction, is designed partly to play down his own involvement in all these events. The atmosphere of *taedium vitae* described there, has, he claims, been induced more by literature than by real life — by the brooding, melancholic or elegiac poetry of English provenance, into which both novel and remembered experience may be integrated. Instead of a detailed account of Jerusalem's circumstances, we have a stanza from Thomas Warton's poem 'The Suicide', a 'case' that is typical and non-specific. Autobiographical truth, as he wrote in a letter of 1830, stood for 'das eigentlich Grundwahre', not objective reality. Thus Goethe can claim that it was Jerusalem's suicide that first caused the plan of *Werther* to 'freeze' into place as a 'solide Masse'. It was, however, to be well over a year, after the further distress of the marriages of Lotte and Maxe, that he was to sit down and, as it were, write Werther out of his system. Yet the suicide of Jerusalem did, perhaps in another sense, provide the germ of the novel. On hearing of this shocking event, Goethe wrote the following letter to Kestner:

Der unglückliche Jerusalem. Die Nachricht war mir schröcklich und unerwartet, es war grässlich zum angenehmsten Geschenck der Liebe diese Nachricht zur Beylage. Der unglückliche. Aber die Teufel, welches sind die schändlichen Menschen die nichts geniessen denn Spreu der Eitelkeit, und Götzen Lust in ihrem Herzen haben, und Götzendie[n]st predigen, und hemmen gute Natur, und übertreiben und verderben die Kräffte sind schuld an diesem

Unglück an unserm Unglück hohle sie der Teufel ihr Bruder. Wenn der verfluchte Pfaff sein Vater nicht schuld ist so verzeih mirs Gott dass ich ihm Wünsche er möge den Hals brechen wie Eli. Der arme iunge! wenn ich zurückkam vom Spaziergang und er mir begegnete hinaus im Mondschein, sagt ich er ist verliebt. Lotte muss sich noch erinnern dass ich drüber lächelte. Gott weis die Einsamkeit hat sein Herz untergraben, und — seit sieben jahren kenn ich die Gestalt, ich habe wenig mit ihm geredt, bey meiner Abreise nahm ich ihm ein Buch mit das will ich behalten und sein Gedencken so lang ich lebe.

Kestner's long reply was written in response to this impulsive note. Whereas Kestner's letter adopts a uniform, almost forensic tone in both report and commentary, Goethe's is notable for the way in which levels of style succeed and overlay each other. It is the characteristic style of the young Goethe's letters. There are two distinct reactions to the imperative question: why? The first seizes on those whose vanity and idolatry — Biblical words — have corrupted human nature, a Rousseauistic response overlaid with the vocabulary and tone of Luther's Bible. But if they were not the offenders, then Jerusalem's theologian father was, and, searching the scriptures for a terrible example, Goethe wishes on him the fate of the high priest Eli, whose 'neck brake' when he heard of the deaths of his sons (1 Sam. iv.18). But then perhaps personal experience, in both Leipzig and Wetzlar, will confirm a further reason for the tragedy. Goethe diagnoses a condition: solitary walks in the moonlight, something that the medicine of the century would have called 'melancolia errabunda', here with the special manifestation of *solitude*. The phrase 'die Einsamkeit hat sein Herz untergraben' recurs in another letter from about the same time, and it recalls the letter in *Werther* of 18 August in Part One, in which the experience of solitude amid God's creation, once the source of well-being and exaltation, in the contemplation of a well-ordered harmony, has become one great open grave, the scene of universal Moloch-like destruction: 'Mir untergräbt das Herz die verzehrende Kraft, die im All der Natur verborgen liegt'. Does Goethe, in his first, unrehearsed reaction to the news, sense that here was also the stuff of a good novel? The question has been asked, and must be asked again. It may have been the reason for his request from Kestner for more details, some of which actually go verbatim into the text of the novel. Genius is unsentimental and does not draw life and art into neat partitions. Even if Goethe did not plan a novel, let alone write one, there is already some of the stuff of the novel in the above letter: the Biblical style, interspersed with the colloquial, the abrupt transitions, the sentences that do not finish. In the novel, they are conscious devices, symptomatic of one whose heart is indeed consumed and undermined by total solitude. More than that one cannot say.

Another whole series of later statements by Goethe must also be taken into account. It had been his purpose, he claims, to remain alive in order to leave an account of how it actually was. His creative urge proved to be sufficiently robust to resist the enticements of self-inflicted death and was the 'Talent, das in mir steckt' that kept him going through the vicisssitudes of life. It is the reverse side of his awareness of being the favourite of the gods, the happy man: instead, he is the one chosen to survive, like Job's servant ('Herr, alle Deine Schafe und Knechte sind erschlagen worden, und ich bin allein entronnen, Dir Kunde zu bringen'), like the pelican ('Das ist auch so ein Geschöpf,[...] das ich gleich dem Pelikan mit dem Blute meines eigenen Herzens gefüttert habe'), or best-known of all ('An Werther', 1824):

> Noch einmal wagst du, vielbeweinter Schatten,
> Hervor dich an das Tageslicht,
> Begegnest mir auf neu beblümten Matten
> Und meinen Anblick scheust du nicht.
> Es ist als ob du lebtest in der Frühe,
> Wo uns der Tau auf Einem Feld erquickt,
> Und nach des Tages unwillkommner Mühe
> Der Scheidesonne letzter Strahl entzückt;
> Zum Bleiben ich, zum Scheiden du erkoren,
> Gingst du voran — und hast nicht viel verloren.

In every crucial respect, Goethe is not identical with Werther. Goethe runs from the situations that would endanger him, out into self-preservation: the anguish of heart produced is sufficient for the work of art. Werther significantly fails to do this. True, he also feels the need to create, to follow nature, not rules, to observe, to record in word and graphic image. He reflects Goethe's own thinking in many ways, but Goethe does not wish his hero to appear creative — that would be a betrayal of art. For art — everything Goethe says at the time and subsequently bears this out — is a matter of energy *and* observation, genius *and* limitation, all in one. Werther's longings and urges cannot fulfil this. Hence 'zum Scheiden du erkoren'.

Empfindsamkeit

How are we to read this novel? Goethe's immediate contemporaries were in no doubt. Wilhelm Heinse's response is typical of many:

Das Herz ist einem so voll davon, und der ganze Kopf ein Gefühl von Thräne [...] Für diejenigen Damen, die das edle volle Herz des unglücklichen Werthers bey Lotten für zu jugendliche unwahrscheinliche Schüchternheit, und seinen Selbstmord mit einigen Philosophen für unmöglich halten, ist das Büchlein nicht geschrieben.

It is also to the man or woman of feeling that Goethe addresses the preface of his novel, with the appeal to 'Bewunderung', 'Liebe', 'Thränen', even that 'schöpfe Trost aus seinem Leiden' for the weaker brethren. Interestingly enough, a more overtly warning alternative prefatory statement was rejected by Goethe in favour of the appeal to readers' sensitivities. This is surprising, in many ways, for Goethe could already rely on the culture in which most of his readers were situated to engage those faculties. This culture was 'Empfindsamkeit'. The strand of sentimentality, the cult of feeling, runs right through the culture of the eighteenth century, never more prominently than when this novel was written. The inward-looking mystical tradition in German religious culture, the insistence of the movement known as Pietism that faith is not merely a question of knowledge, credal statements or articles of faith, but an experience of the heart, that self-analysis is the key to one's state of soul — all of these elements become in the course of the eighteenth century aesthetic, moral, and social postulates. Writing should move the *heart* . This was essentially the notion of 'herzrührende Schreibart' as advocated in the 1740s by the Swiss critics Bodmer and Breitinger. Language and aesthetic decorum will make way for 'Empfindung', or rather, 'Empfindung' will create a new set of aesthetic criteria. When seeking to arouse emotion, Gellert's *Practische Abhandlung von dem guten Geschmacke in Briefen* of 1751 informs us, 'so lasse man sein Herz mehr reden, als seinen Verstand; und seinen Witz gar nicht. Man wisse von keiner Kunst, von keiner Ordnung in seinem Briefe'. Paramount are the subjugation of the rational powers of discrimination and distinction to the forces of the heart, the identification with the subject, not critical distance from it. In writing, it means effusion, outpouring; in reading, it means a passionate attempt to take the work concerned 'to heart'. The self-centred sense of joy in feeling will find expression in tears — the manifestation of virtue and a 'fühlendes Herz'. This phrase right at the beginning of the novel, like 'Fülle des Herzens', 'Fühlbarkeit' or 'ergießen', themselves the secularized language of religious emotion, becomes the touchstone of behaviour, that one's 'heart is in the right place'.

Empfindsamkeit creates its own literature, or borrows freely from the poetry of reflective inwardness so favoured by the English. Edward Young's *Night Thoughts* (1741-45), with its lugubrious and grandiose tedium, becomes a cult book, not just for its nocturnal setting and brooding melancholy, but for its sentiments on 'Life, Death, and Immortality'. It calls on the reader to withdraw into solitude, into creative introspection, to reflect amid tears and the awareness of one's inner virtue, on the universe and its creator. As the world and its design, set in motion by a benevolent deity, support all life and allow no manifestation of nature to go unexplained, so our lives and relationships do not end with earthly existence. Instead, we may look forward to reunion with our dead friends, as Young puts it, 'Angels sent on Errands full of Love'. The poetic cult of love, separation and future union is associated in Germany especially with the name of Klopstock. This cult, but also Klopstock's creative use of the language of the heart and the Bible, are the reasons that underly one of the climactic passages in the novel: Werther's and Lotte's meeting of souls in the invocation of the poet's name. *Empfindsamkeit* is also a movement of restrained and decorous feeling. There are always warnings against over-indulgence or over-identification. J.R.M. Lenz, not perhaps best known for reined-in sentiment, draws attention to the 'leidenschaftlicher Leser', who reads 'auf Kosten seiner Vernunft und Moralität', instead of 'mit fester Seele'. It is the danger of making literature into a surrogate for established modes of experience. Solitude, that Dr Johnson calls the retreat into 'lonely wisdom', must, like melancholy, be only a temporary turning away from human society and friendship. Excess may affect the harmony between body and soul by which the medical and devotional literature of the century lays such store. This is the burden of the standard work on the subject, Johann Georg Zimmermann's *Von der Einsamkeit* (1773): the man who cannot live in harmony with himself cannot live without others. The balance of the emotions, the interaction of body and soul, the avoidance of wrong stimuli, are arguments also adduced in the century's discussion of suicide. In introducing this theme into his novel, Goethe is touching on a subject that preoccupied his age and the one preceding. The European-wide debate sees suicide as the ultimate challenge to a sense of order and reason, an affront to divine and natural law, to design and providence. It opens up a world of chaos and disorder; it undermines social cohesion and moral reference. It can be 'explained' only in terms of mental aberration or confusion: Kestner's account to Goethe does precisely this in referring to those structures and norms that for Jerusalem no longer have validity. Werther quotes the standard arguments in favour. 'Das süsse Gefühl von Freyheit, und daß er diesen Kerker verlassen kann, wann er will', is based on Johannes Robeck's *De morte voluntaria* of 1736; it is essentially the case propounded by Montesquieu's *Lettres Persanes* of 1721 and in its second edition of 1754 for the preservation of human dignity by putting an end to an intolerable existence. Significantly, Werther's suicide has nothing ultimately to do with either of these philosophical positions: it is committed in a state of madness, beyond the reach of rational argument and for reasons so bizarrely and tragically deluded as to cancel out so much in him that was both good and dignified .

Goethe was familiar with the culture of *Empfindsamkeit* and moved freely within it. His letters from the period — emotional, disjointed, parenthetic like Werther's — take up the language of the heart or the Bible. He shares the cult of Klopstock and absorbs his language, even writing to the poet himself of 'mit welch wahrem Gefühl meine Seele an Ihnen hängt'. The culture into which he places Werther is thus not alien, but intimately familiar. Goethe, too, was aware that a cult of sentiment is not proof against introspection, anguish, and despair. He had sensed it in Jerusalem, and knew it in his worst moments after Wetzlar. He was to make his creation, Werther, experience that the opening up of the self or the descent into one's own heart, the search for totality through inward identification, are, when unchecked and narcissistically indulged, a 'Krankheit zum Tode'.

Werther's 'Leiden'

A good novel will not appeal merely because if reflects a culture. There must be human interest. This will be provided through the 'Leiden' 'des armen Werthers', 'unser Freund', 'der arme Junge', 'Ihr könnt [...] seinem Schicksaale eure Thränen nicht versagen'. All of these references are, to some extent, outside the main text, in that they represent the commentary of — presumably — the editor of the papers that have survived. Is he reliable? We have to take his word that it is as he says, that the mass of papers, some of which never reach their addressees, represent in sequent form accurately and sympathetically the state of Werther's body and soul over a period of a year and a half. We have to take him on trust and accept, for instance, that Werther's 'Verdruß' was a contributory cause in his final, rapid disintegration, whereas the hero's own statements reflect other and more radical preoccupations. We might wish to be told, except by implication and deduction, that Lotte and Albert survive and that somehow life goes on after the catastrophe. That would of course run counter to the wish to let the hero's words largely speak for themselves. For if Werther's 'sufferings' are not manifest in the course of his letters, the editor's interspersed commentary would assume a weight that the economy of the novel requires it should not. Does Goethe, by calling the novel 'Die Leiden' (pl.) but by having the editor invite the vulnerable reader to draw comfort 'aus seinem Leiden' (sing.), wish to distinguish between the 'sufferings' of the hero and his 'anguish'? For the echoes of the Passion, with its sacrificial connotations, are present both in the title and the text itself. They represent the wild regions of a mind that does not scruple to associate itself with 'the double agony in Man' and stylizes itself into an offering for others. It is part of the whole theological pathology that assails the reader towards the end of the novel, made compelling because of its perverse logic and deliberateness. Perhaps the singular 'Leiden', despite its religious associations, invites us to read the novel, not as something aberrant and monstrous, but more as a descent into affliction and despair. '*Die* Leiden' may highlight the acutely deluded nature of Werther's madness — and to overlook this is to miss the point of the novel at a very basic level. '*Das* Leiden' will engage the reader with the process of self-loss and sickness unto death. It will — or should — keep the reader from seeing the story merely as a case-history. It is not a mere clinical subject for what in Goethe's own day was known as 'Erfahrungsseelen-kunde' and what in ours has become psychoanalysis. Goethe himself, as he was putting the last touches to the novel, did express himself in these remarkably matter-of-fact terms:

darin ich einen jungen Menschen darstelle, der mit einer tiefen reinen Empfindung und wahrer Penetration begabt, sich in schwärmende Träume verliert, sich durch Speculation untergräbt, bis er zuletzt durch dazutretende unglückliche Leidenschaften, besonders eine endlose Liebe zerrüttet, sich eine Kugel vor den Kopf schiesst.

We should, however, not overlook the 'tiefe reine Empfindung und wahre Penetration'. For Goethe's dilemma (ours rather less) was to keep 'Bewunderung und Liebe' in balance with the pathology, the psychopathology, of his hero. Without this pathological dimension the work, even despite the starkness of the ending, might appear to favour suicide.

It is by the same token easy to overlook Werther's manifest virtues, just as it is easy to expect of him things that 'normal' behaviour takes for granted. We do wrong to play down his genuine sympathy — 'Mitleiden', 'Mitempfinden' — with others, his generosity and openness of mind, affronted as it is by peevishness and niggardliness, his love of children, his quick powers of human observation, his artistic talent that is by no means uncreative, and not least the nobility of his resolve at the end of Part One, to renounce and leave. Were these qualities more in evidence, it could be said that there would be no catastrophe and Part One would end in the style of Rousseau's famous novel of 1760, *La Nouvelle Héloïse*, but with an even greater and more generous sacrifice. But Werther cannot ever 'be himself', cannot fulfil himself in the terms of 'normal' social or psychological conventions: 'ich soll, ich soll nicht zu mir kommen!' His ideas of fulfilment are always changing as successive attainments prove to be illusory. He will not listen to what others tell him might be the way to himself, to fulfilment and happiness. Perhaps again he cannot be blamed for aspiring to notions of 'Glück' that are not accessible to restriction, rules or utility: 'O meine Freunde! warum der Strom des Genies so selten ausbricht, so selten in hohen Fluthen hereinbraust, und eure staunende Seele erschüttert. Lieben Freunde, da wohnen die gelaßnen Kerls auf beyden Seiten des Ufers, denen ihre Gartenhäuschen, Tulpenbeete, und Krautfelder zu Grunde gehen würden...'. Perhaps to do him justice, the excellent and impeccable advice given to him by others never seems to bear fruit, or when otherwise it might, it proves to be inapplicable.

'die heilige belebende Kraft, mit der ich Welt um mich schuf'

By turning to the inner self, the 'heart', as the eighteenth century calls it, to create a world, and by ratifying every experience only by reference to the inner life, Werther has no objective reality beyond himself. The mystics — and Werther uses their language of flowing and fulness and penetration — — also look inwards because only there the union with the higher divine force takes place. It is significant that the one 'mystical' experience in the novel is in those terms profoundly unmystical: the letter of 10 May. This is not to deny its dynamic power and impulsion towards a state beyond words. Its free borrowings and eclecticism — from Spinoza, the Bible, neo-platonism — need not trouble us, for no image is ultimately adequate to articulate the inexpressible. Werther does not meet the divine in nature; he meets a series of disparate and impalpable impressions in his 'heart' — 'mit ganzem Herzen', 'für solche Seelen geschaffen[...] wie die meine', 'näher an meinem Herzen'. The Platonic image of the mirror expresses not a state achieved but the hypothetical, unattainable, the longed-for, the 'würde' of a union between man and nature that might be. The experience is as lasting as the 'Herz' or 'Seele' can sustain it, and is equally evanescent. The 'Fülle des Herzens' means a state of longing — Werther never knows what for. The gesture of arms opened to seize what eludes his embrace accompanies so many of his actions. And so nature appears to reject him. But it is no longer nature 'out there'. It is only his momentary sensations, overlaid and stylized by so many associations of a literary, sentimental, and quasi-philosophical kind. Thus a nature that is merely the subject of the fugitive disarray of successive fluctuations of 'Herz' will lose all structure and congruity. Its changes will have no sense. Commenting on this, Goethe reminds his readers in *Dichtung und Wahrheit*:

Der Wechsel von Tag und Nacht, der Jahreszeiten, der Blüten und Früchte, und was uns sonst von Epoche zu Epoche entgegentritt, damit wir es genießen können und sollen, diese sind die eigentlichen Triebfedern des irdischen Lebens. Je offener wir für diese Genüsse sind, desto glücklicher fühlen wir uns; wälzt sich aber die Verschiedenheit dieser Erscheinungen vor uns auf und nieder, ohne daß wir daran teilnehmen, sind wir gegen so holde Anerbietungen unempfänglich: dann tritt das größte Übel, die schwerste Krankheit ein, man betrachtet das Leben als eine ekelhafte Last.

We have here the sense of that alarming contrast between 10 May and 18 August in Part One, from an experience of plenitude and perceived oneness to a sense of loss and imperilment and finally universal destruction.

For Werther the culture of the heart has become instead its tyranny: 'Mein Herzgen', 'mein armes Herz', 'Mein Herz hab ich allein'. Whatever else others may have — preferments, settled existence, limited horizons — Werther has his heart. It is part of that 'herrlich Ding', 'Freude an sich selbst'. It conditions that *étalage du moi* that can declare of Lotte, 'wie ich mich selbst anbete, seitdem sie mich liebt', an enormity of egoism were its consequences not also deeply tragic. 'Mir untergräbt das Herz die verzehrende Kraft, die im All der Natur verborgen liebt': this is an image so potent that nearly all the Romantics seize on it, and yet it is articulated amid the same plenitude of landscape and vista that produced the 10 May and 'Klopstock!'. The robust insistence on *hope* — in Goethe's Shakespeare speech of 1771 'die edelste von unsern Empfindungen,[...] auch dann zu bleiben, wenn das Schicksaal uns zur allgemeinen Nonexistenz zurückgeführt zu haben scheint' — becomes instead a grasping after false hopes, of embracing nature, of taking Lotte in his arms, of, finally, the ultimate insane projection,'vor dem Angesichte des Unendlichen in ewigen Umarmungen'. Werther's heart is capable of the same 'noblest of sensations', and his sensitivities often become persuasively ours, the readers'. But too often his heart and its effects are the 'krankes Kind'. They are designed like those many images of sickness and malady, real or imagined, ultimately to draw attention to himself. They are part of the willing surrender of the self to 'Nichtexistenz', to dissolution and chaos. Werther loves children because he can indulge them, a blessed relief in an insistently pedagogical century. But he also projects that indulgence into a surrender to the heart's wishes ('und thu ihm seinen Willen', 'Greifen die Kinder nicht nach allem..?'). Like so many themes and images of the novel — 'Einschränkung', 'Fülle der Empfindung', 'Strom des Genies', 'Wallfahrt' — that of childhood ends as they do in a sense of constriction, loss, flight and return, change and decay. It is like the mad clerk — 'eine Erscheinung, die mich aus aller Fassung bringt. Heut! o Schicksaal! o Menschheit!' — whose collapsed identity is the return to a childlike state resulting from an imposssible infatuation (for Lotte). It is the overhanging threat of such madness, as well as the thought of homicide, that causes Werther to contemplate what he sees as self-sacrifice. But in that too, in his ultimate delusion, he becomes again the child, the son who will be cherished in the self-constituted after-life, where God the Father and Lotte's mother will comfort him - 'bis du kommst'.

We do wrong merely to apply cold logic to Werther's situation. Yet he is confronted at several turnings in the story with decisions or moral imperatives to which he cannot or will not accede. Absence of dialogue is not by coincidence one of the most noticeable features of this epistolary novel. The letters have monologue character. Wilhelm, to whom the letters (except at the very end) are addressed, might from Werther's point of view well not exist. Put differently, Wilhelm, to some extent like Albert, is a point of reference, a propositional bearing, to be countered or disregarded at will. Thus so many of Werther's letters provide the evidence, the subtext if one will, of his other reading, not just of the literature that he assimilates and projects himself into with such ease.

In that sense, Werther's culture is not all *Night Thoughts* or Klopstock. He has been to university and knows the popular moral philosophers and enlightened theologians who never tire of informing their fellow-creatures how change and contingency can be subsumed under a general order of things, how everything works together for our good, how nature, in Leibniz's words, *non facit saltus,* how the first duty of man is to preserve his existence and fulfil it usefully. This he could read in Young or Klopstock. For they too talk of aim and purpose and design, moderation, the avoidance of extreme passion and solitude, comfort in adversity. Werther insistently urges himself away from the embrace of order and restriction. But the counterposition that he represents, exciting as language, can spell death when released on the unstable mind. On the one hand, Werther realizes that limitation means not tapping fully the resources of his heart. But by the same token, it also means consulting solely his own means of self-fulfilment: 'Ich kehre in mich selbst zurük, und finde eine Welt'. The admission,'Ich könnte das beste glücklichste Leben führen, wenn ich nicht ein Thor wäre', states that his relationship with Lotte is absurd, but... There is no hope, but then... He hates the qualifying 'Zwar', the 'modificiren'. Reason and feeling cannot interact as long as 'gewiß ist's, daß unser Herz allein sein Glük macht'. For Werther has rejected the notion of clear alternatives: 'In der Welt ist's sehr selten mit dem Entweder Oder gethan'. He speaks these words to Albert. He, representing a counter-position to Werther's, demonstrates that an ordered society is one in which moral decisions depend on categorizing human behaviour in a way unacceptable to Werther. Albert of course sees things precisely in those terms, for his is a world circumscribed by order and duty, reflecting the claims of a wider body politic.

Thus it is that Werther persists in approaching the unattainable ideal of Lotte. There is nothing new in that: even *Empfindsamkeit* has its Petrarchan streak. She cannot be his, not merely because her hand is promised to another, but because her true element is family, affection, self-sacrifice, self-abnegation. He recognizes these as her true qualities and he realizes that his can at most be the role of a spectator. Yet he acts as if what he does not wish to see were not there. The tragedy of Werther's love for Lotte seems to be this. His commitment to the inward response is total, ratified as it is by the surrogate experience of literature and its perceived codes of behaviour. Lotte, however, meets him on much narrower ground. She may join him in 'Klopstock!', 'Wiedersehen', or Ossian and indulge the sentiment and 'Schwärmerei' that Albert, his feet too solidly on the ground, cannot fulfil. She does not even wish all this away; she would not have it otherwise. The ending of Part One, a tour de force of that culture, puts her at the centre of that most *empfindsam* of scenes. Hence, for most of the novel, Lotte's tolerance of Werther and the passivity of their relationship, surprising yet ultimately tragic, with none of the aggressive sexual jealousy one might expect, with no hint of a ménage à trois, no attempt by force to possess the object of one's desire. True, Werther, to do him full credit, while seeking fulfilment with the only being who is denied him, does succeed at the end of Part One in renouncing her. But the tyranny of his heart demands that he return, to continue his previous behaviour after their marriage, to live in a state of infantile dependence on her every favour, imagined look or feeling ('sie fühlt, was ich dulde'). All three seek to avoid hurt, not to precipitate the crisis. When it does come, its anguish is all the greater for that 'letztes Mal' and 'erstes Mal', Lotte's first real admission of her attraction to Werther, their first and last embrace, and the lunacy of Werther's reaction to those words.

It is measure of the artistry of this novel that what could be potentially absurd seizes the reader in its tragic grip. Themes take on an intensity, attitudes become obsessions, being oneself means losing oneself — all with a narrative inexorability leading towards the final implosion and collapse. Lotte wakes up from an unreal world. For once it is literature (Ossian) that is the agent. Part of Werther's insanity is his belief that renunciation can succeed a second time — through the sacrifice of himself. As at the end of Part One, he wishes no hurt on another person: 'mache den Engel glücklich' are his last words to Albert. In this life, there will be no sexual union with the beloved, and he expiates his lusting after it. Life in the here and now may continue. Only in the afterlife will things be ordained differently: the child will become 'Mann' and enter into the sexual territory that on earth is forbidden. This time, all the wishes of his 'krankes Herz' will be fulfilled. These fantasies end in the maimed body and bloody death of the hero and in the disintegration of the extended family of which he so much felt a part. Goethe does not spare his readers, indeed he dare not.

Society and 'Verdruß'

Did society force Werther into the inward life by denying him an outlet for his talents and apportioning him only the terrain of melancholy and solitude? The novel does represent a structured society where, on the face of it, Werther has no clearly ordained place. It is based on the hierarchy of absolutist ruler, court, administration, established religion, and university, the family unit representing a microcosm of the larger order. Werther has been trained at university, presumably for useful employment, not merely for private study or literature. He chooses to reject the 'große Welt' in which his talents and character might otherwise guarantee a career. Instead, he constitutes an anti-society, a society within society. Lotte (when time permits) may join him there. There, all is sensitivity, the barriers of society or class fall down, religion may be de-institutionalized, the imagination and nature hold sway. To do him credit, he does try accommodation with the real world, and falls foul of rules and conventions. They are patently absurd, and we admire his stand against mere class and privilege. We know all the same that Werther is familiar with the rules of the charade into whose pretence he no longer wishes to enter. The 'Verdruß' does reflect society's inflexibilty and arrogance, but it need not spell the end of Werther's career. For does it not suit him just the same? It is employment in that very society, with all its pretensions, that stands between him and the return to what he has so nobly renounced. The 'Verdruß' and its aftermath occur neatly between the letters expressing the 'Hölle' of Albert's and Lotte's forthcoming union, and the 'vergebliche Wünsche' of a lost possession. He will come back, he must come back: 'Und ich lache über mein eigen Herz — und thu ihm seinen Willen'.

SELECT BIBLIOGRAPHY

Editions

The text of the first version of the novel, with notes, may be found in:

Der junge Goethe. Neu bearbeitete Ausgabe in fünf Bänden. Hg. von Hanna Fischer-Lamberg. 5 vols. Berlin 1963-73. Register 1974. IV,105-187, 349-363.

Johann Wolfgang Goethe: Münchner Ausgabe. Vol. I,2. *Der junge Goethe 1757-1775.* 2. Hg. v. Gerhard Sauder. München, Wien 1987.

The notes to the following contain much useful material:

Goethes Werke. Hamburger Ausgabe in 14 Bänden. Bd.6. Hg. v. Erich Trunz. Hamburg 1951 (since reissued and revised; the text is the *second* version of the novel).

Johann Wolfgang Goethe: *Die Leiden des jungen Werther.* Erläuterungen und Dokumente. Hg. Kurt Rothmann. Reclams Universal-Bibliothek 8113 [2]. Stuttgart 1987.

Material on background:

Heinrich Düntzer: *Goethe's Leiden des jungen Werthers.* Jena 1855 (reissued during 19th century).

Klaus Scherpe: *Werther und Wertherwirkung. Zum Syndrom bürgerlicher Gesellschaftsordnung im 18. Jahrhundert. Anhang: Vier Wertherschriften aus dem Jahre 1775 in Faksimile.* Bad Homburg v.d.H., Berlin, Zürich 1970.

Die Leiden des jungen Werthers. Goethes Roman im Spiegel seiner Zeit. Eine Ausstellung des Goethe-Museums Düsseldorf. Katalog hg. v. Jörn Göres u.a. Düsseldorf 1972.

Georg Jäger: 'Die Wertherwirkung. Ein rezeptions-ästhetischer Modellfall'. In: *Historizität in Sprach- und Literaturwissenschaft.* In Verbindung mit Hans Fromm und Karl Richter hg.v. Walter Müller-Seidel. München 1974, pp.389-409.

Johann Wolfgang Goethe: *Die Leiden des jungen Werther. Ein unklassischer Klassiker.* Neu hg., mit Dokumenten und Materialien, Wertheriana und Wertheriaden, von Hans Christoph Buch. Berlin 1982.

Roger Paulin: *Der Fall Wilhelm Jerusalem. Zum Selbstmordproblem zwischen Aufklärung und Empfindsamkeit.* Kleine Schriften zur Aufklärung. Göttingen 1993.

Studies on various aspects of the novel:

There are useful sections on *Werther* in general studies of Goethe, such as Staiger (vol.1, 1952), Reiss (*Goethe's Novels,* 1969) and Boyle (*Goethe: the Poet and the Age.* vol.1, 1991)

Horst Flaschka: *Goethes 'Werther'. Werkkontextuelle Deskription und Analyse.* München 1987.

Ilse Graham: 'Goethes eigener Werther. Eines Künstlers Wahrheit über seine Dichtung'. In: *Jahrbuch der Deutschen Schillergesellschaft* 18 (1974) pp.268-303.

Karl Hotz (ed.): *Goethes 'Werther' als Modell für kritisches Lesen. Materialien zur Rezeptionsgeschichte.* Literaturwissenschaft Gesellschaftswissenschaft. Materialien und Untersuchungen zur Literatursoziologie 6 (Stuttgart 1980).

Wolfgang Kayser: 'Die Entstehung von Goethes 'Werther''. In: *Deutsche Vierteljahrsschrift für Literaturwissenschaft und Geistesgeschichte* 19 (1941) pp.430-457.

Reinhart Meyer-Kalkus: 'Werthers Krankheit zum Tode. Pathologie und Familie in der Empfindsamkeit'. In: *Urszenen.* Hg. v. Friedrich A. Kittler und Horst Turk. Frankfurt am Main 1977, pp.76-138.

Paul Mog: *Ratio und Gefühlskultur. Studien zur Psychogenese und Literatur im 18. Jahrhundert.* Studien zur deutschen Literatur 48 (Tübingen 1976).

Roger Paulin: '"Wir werden uns wieder sehn!": On a Theme in *Werther'.* In: *Publications of the English Goethe Society* 50 (1980) pp.55-78.

Siegbert Prawer: 'Werther's People: Reflections on Literary Portraiture'. In: *Publications of the English Goethe Society* 53 (1982-83) pp.70-97. '

Herbert Schöffler: 'Die Leiden des jungen Werther. Ihr geistesgeschichtlicher Hintergrund'. In: *Deutscher Geist im 18. Jahrhundert. Essays zur Geistes- und Religionsgeschichte.* Kleine Vandenhoek-Reihe 254 S. Göttingen 1967, pp.155-181.

Martin Swales: *Goethe: The Sorrows of Young Werther.* Landmarks of World Literature. Cambridge 1987.

DIE LEIDEN DES JUNGEN WERTHERS

ERSTER THEIL

Was ich von der Geschichte des armen Werthers nur habe auffinden können, habe ich mit Fleiß gesammlet, und leg es euch hier vor, und weis, daß ihr mir's danken werdet. Ihr könnt seinem Geist und seinem Charakter eure Bewunderung und Liebe, und seinem Schicksaale eure Thränen nicht versagen.

Und du gute Seele, die du eben den Drang fühlst wie er, schöpfe Trost aus seinem Leiden, und laß das Büchlein deinen Freund seyn, wenn du aus Geschick oder eigner Schuld keinen nähern finden kannst.*

am 4. May 1771.*

Wie froh bin ich, daß ich weg bin! Bester Freund, was ist das Herz des Menschen! Dich zu verlassen, den ich so liebe, von dem ich unzertrennlich war, und froh zu seyn! Ich weis, Du verzeihst mir's. Waren nicht meine übrigen Verbindungen recht ausgesucht vom Schicksaal, um ein Herz wie das meine zu ängstigen? Die arme Leonore! Und doch war ich unschuldig! Konnt ich dafür, daß, während die eigensinnigen Reize ihrer Schwester mir einen angenehmen Unterhalt verschafften, daß eine Leidenschaft in dem armen Herzen sich bildete! Und doch — bin ich ganz unschuldig? Hab ich nicht ihre Empfindungen genährt? Hab ich mich nicht an denen ganz wahren Ausdrücken der Natur, die uns so oft zu lachen machten, so wenig lächerlich sie waren, selbst ergözt! Hab ich nicht — O was ist der Mensch, daß er über sich klagen darf! — Ich will, lieber Freund, ich verspreche Dir's, ich will mich bessern, will nicht mehr das Bisgen Uebel, das das Schicksaal uns vorlegt, wiederkäuen, wie ich's immer gethan habe. Ich will das Gegenwärtige genießen, und das Vergangene soll mir vergangen seyn. Gewiß Du hast recht,

1

Bester: der Schmerzen wären minder unter den Menschen, wenn sie nicht — Gott weis warum sie so gemacht sind — mit so viel Emsigkeit der Einbildungskraft sich beschäftigten, die Erinnerungen des vergangenen Uebels zurückzurufen, ehe denn eine gleichgültige Gegenwart zu tragen.

Du bist so gut, meiner Mutter zu sagen, daß ich ihr Geschäfte bestens betreiben, und ihr ehstens Nachricht davon geben werde. Ich habe meine Tante gesprochen, und habe bey weiten das böse Weib nicht gefunden, das man bey uns aus ihr macht, sie ist eine muntere heftige Frau von dem besten Herzen. Ich erklärte ihr meiner Mutter Beschwerden über den zurückgehaltenen Erbschaftsantheil. Sie sagte mir ihre Gründe, Ursachen und die Bedingungen, unter welchen sie bereit wäre alles heraus zu geben, und mehr als wir verlangten — Kurz, ich mag jezo nichts davon schreiben, sag meiner Mutter, es werde alles gut gehen. Und ich habe, mein Lieber! wieder bey diesem kleinen Geschäfte gefunden: daß Mißverständnisse und Trägheit vielleicht mehr Irrungen in der Welt machen, als List und Bosheit nicht thun. Wenigstens sind die beyden leztern gewiß seltner.

Uebrigens find ich mich hier gar wohl. Die Einsamkeit* ist meinem Herzen köstlicher Balsam in dieser paradisischen Gegend, und diese Jahrszeit der Jugend wärmt mit aller Fülle mein oft schauderndes Herz*. Jeder Baum, jede Hecke ist ein Straus von Blüten, und man möchte zur Mayenkäfer werden, um in dem Meer von Wohlgerüchen herumschweben, und alle seine Nahrung darinne finden zu können.

Die Stadt ist selbst unangenehm, dagegen rings umher eine unaussprechliche Schönheit der Natur. Das bewog den verstorbenen Grafen von M.. einen Garten auf einem der Hügel anzulegen, die mit der schönsten Mannigfaltigkeit der Natur sich kreuzen, und die lieblichsten Thäler bilden. Der Garten ist einfach, und man fühlt gleich bey dem Eintritte, daß nicht ein wissenschaftlicher Gärtner, sondern ein fühlendes Herz* den Plan bezeichnet, das sein selbst hier genießen wollte. Schon manche Thräne hab ich dem Abgeschiedenen in dem verfallnen Cabinetgen geweint, das sein Lieblingsplätzgen war, und auch mein's ist. Bald werd ich Herr vom Garten seyn, der Gärtner ist mir zugethan, nur seit den paar Tagen, und er wird sich nicht übel davon befinden.

am 10. May.*

Eine wunderbare Heiterkeit hat meine ganze Seele eingenommen, gleich denen süßen Frühlingsmorgen, die ich mit
ganzem Herzen geniesse. Ich bin so allein und freue mich so
meines Lebens, in dieser Gegend, die für solche Seelen
geschaffen ist, wie die meine. Ich bin so glücklich, mein
Bester, so ganz in dem Gefühl von ruhigem Daseyn
versunken, daß meine Kunst darunter leidet. Ich könnte jetzo
nicht zeichnen, nicht einen Strich, und bin niemalen ein
grösserer Mahler gewesen als in diesen Augenblicken. Wenn
das liebe Thal um mich dampft, und die hohe Sonne an der
Oberfläche der undurchdringlichen Finsterniß meines Waldes
ruht, und nur einzelne Strahlen sich in das innere Heiligthum
stehlen, und ich dann im hohen Grase am fallenden Bache
liege, und näher an der Erde tausend mannigfaltige Gräsgen
mir merkwürdig werden: Wenn ich das Wimmeln der kleinen
Welt zwischen Halmen, die unzähligen, unergründlichen
Gestalten, all der Würmgen, der Mückgen, näher an meinem
Herzen fühle, und fühle die Gegenwart des Allmächtigen, der
uns all nach seinem Bilde schuf, das Wehen des
Allliebenden, der uns in ewiger Wonne schwebend trägt und
erhält: Mein Freund, wenn's denn um meine Augen
dämmert, und die Welt um mich her und Himmel ganz in
meiner Seele ruht, wie die Gestalt einer Geliebten; dann sehn
ich mich oft und denke: ach könntest du das wieder
ausdrücken, könntest du dem Papier das einhauchen, was so
voll, so warm in dir lebt, daß es würde der Spiegel deiner
Seele, wie deine Seele ist der Spiegel des unendlichen
Gottes. Mein Freund—Aber ich gehe darüber zu Grunde, ich
erliege unter der Gewalt der Herrlichkeit dieser
Erscheinungen.

am 12. May.

Ich weis nicht, ob so täuschende Geister um diese Gegend
schweben, oder ob die warme himmlische Phantasie in
meinem Herzen ist, die mir alles rings umher so paradisisch
macht. Da ist gleich vor dem Orte ein Brunn'*, ein Brunn',
an den ich gebannt bin wie Melusine* mit ihren Schwestern.
Du gehst einen kleinen Hügel hinunter, und findest dich vor
einem Gewölbe, da wohl zwanzig Stufen hinab gehen, wo

3

unten das klarste Wasser aus Marmorfelsen quillt. Das Mäuergen, das oben umher die Einfassung macht, die hohen Bäume, die den Platz rings umher bedecken, die Kühle des Orts, das hat alles so was anzügliches,* was schauerliches. Es vergeht kein Tag, daß ich nicht eine Stunde da sizze. Da kommen denn die Mädgen aus der Stadt und holen Wasser, das harmloseste Geschäft und das nöthigste, das ehmals die Töchter der Könige selbst verrichteten. Wenn ich da sizze, so lebt die patriarchalische Idee so lebhaft um mich, wie sie alle die Altväter am Brunnen Bekanntschaft machen und freyen, und wie um die Brunnen und Quellen wohlthätige Geister schweben. O der muß nie nach einer schweren Sommer-tagswanderung sich an des Brunnens Kühle gelabt haben, der das nicht mit empfinden kann.

am 13. May.

Du fragst, ob Du mir meine Bücher schikken sollst? Lieber, ich bitte dich um Gottes willen, laß mir sie vom Hals. Ich will nicht mehr geleitet, ermuntert, angefeuret seyn, braust dieses Herz doch genug aus sich selbst, ich brauche Wiegengesang, und den hab ich in seiner Fülle gefunden in meinem Homer.* Wie oft lull ich mein empörendes Blut zur Ruhe, denn so ungleich, so unstet hast Du nichts gesehn als dieses Herz. Lieber! Brauch ich Dir das zu sagen, der Du so oft die Last getragen hast, mich vom Kummer zur Ausschweifung, und von süsser Melancholie* zur verderblichen Leidenschaft übergehn zu sehn. Auch halt ich mein Herzgen wie ein krankes Kind, all sein Wille wird so ihm gestattet. Sag das nicht weiter, es giebt Leute, die mir's verübeln würden.

am 15. May.

Die geringen Leute des Orts kennen mich schon, und lieben mich, besonders die Kinder. Eine traurige Bemerkung hab ich gemacht. Wie ich im Anfange mich zu ihnen gesellte, sie freundschaftlich fragte über dieß und das, glaubten einige, ich wollte ihrer spotten, und fertigten mich wol gar grob ab. Ich ließ mich das nicht verdriessen, nur fühlt ich, was ich schon oft bemerkt habe, auf das lebhafteste. Leute von einigem Stande werden sich immer in kalter Entfernung vom gemeinen Volke halten, als glaubten sie durch Annäherung zu verlieren, und dann giebts Flüchtlinge* und üble Spasvögel, die sich herabzulassen scheinen, um ihren Uebermuth dem armen Volke desto empfindlicher zu machen.

Ich weiß wohl, daß wir nicht gleich sind, noch seyn können. Aber ich halte dafür, daß der, der glaubt nöthig zu haben, vom sogenannten Pöbel sich zu entfernen, um den Respekt zu erhalten, eben so tadelhaft ist, als ein Feiger, der sich für seinem Feinde verbirgt, weil er zu unterliegen fürchtet.

Lezthin kam ich zum Brunnen, und fand ein junges Dienstmädgen, das ihr Gefäß auf die unterste Treppe gesetzt hatte, und sich umsah, ob keine Camerädin kommen wollte, ihr's auf den Kopf zu helfen. Ich stieg hinunter und sah sie an. Soll ich ihr* helfen, Jungfer? sagt ich. Sie ward roth über und über. O nein Herr ! sagte sie. — Ohne Umstände — Sie legte ihren Kringen* zurechte, und ich half ihr. Sie dankte und stieg hinauf.

den 17. May.

Ich hab allerley Bekanntschaft gemacht, Gesellschaft hab ich noch keine gefunden. Ich weiß nicht, was ich anzügliches für die Menschen haben muß, es mögen mich ihrer so viele, und hängen sich an mich, und da thut mirs immer weh, wenn unser Weg nur so eine kleine Strecke mit einander geht. Wenn Du fragst, wie die Leute hier sind? muß ich Dir sagen: wie überall! Es ist ein einförmig Ding um's Menschengeschlecht. Die meisten verarbeiten den grösten Theil der Zeit, um zu leben, und das Bisgen, das ihnen von Freyheit übrig bleibt, ängstigt sie so, daß sie alle Mittel aufsuchen, um's los zu werden. O Bestimmung des Menschen!

Aber eine rechte gute Art Volks! Wann ich mich manchmal vergesse, manchmal mit ihnen die Freuden genieße, die so den Menschen noch gewährt sind, an einem artig besetzten Tisch, mit aller Offen- und Treuherzigkeit sich herum zu spassen, eine Spazierfahrt, einen Tanz zur rechten Zeit anzuordnen und dergleichen, das thut eine ganz gute Würkung auf mich, nur muß mir nicht einfallen, daß noch so viele andere Kräfte in mir ruhen, die alle ungenutzt vermodern, und die ich sorgfältig verbergen muß. Ach das

5

engt all das Herz so ein* — Und doch! Misverstanden zu
werden, ist das Schicksal von unser einem.

Ach daß die Freundin meiner Jugend dahin ist, ach daß ich
sie je gekannt habe! Ich würde zu mir sagen: du bist ein
Thor! du suchst, was hienieden nicht zu finden ist. Aber ich
hab sie gehabt, ich habe das Herz gefühlt, die große Seele,*
in deren Gegenwart ich mir schien mehr zu seyn als ich war,
weil ich alles war was ich seyn konnte. Guter Gott, blieb da
eine einzige Kraft meiner Seele* ungenutzt, konnt ich nicht
vor ihr all das wunderbare Gefühl entwickeln, mit dem mein
Herz die Natur umfaßt, war unser Umgang nicht ein ewiges
Weben von feinster Empfindung, schärfstem Witze, dessen
Modifikationen bis zur Unart alle mit dem Stempel des
Genies* bezeichnet waren? Und nun — Ach ihre Jahre, die
sie voraus hatte, führten sie früher an's Grab als mich. Nie
werd ich ihrer vergessen, nie ihren festen Sinn und ihre
göttliche Duldung.

Vor wenig Tagen traf ich einen jungen V .. an, ein offner
Junge, mit einer gar glücklichen Gesichtsbildung.* Er kommt
erst von Akademien, dünkt sich nicht eben weise, aber glaubt
doch, er wüßte mehr als andere. Auch war er fleißig, wie ich
an allerley spüre, kurz er hatt' hüpsche Kenntnisse.* Da er
hörte, daß ich viel zeichnete, und Griechisch konnte, zwey
Meteore hier zu Land, wandt er sich an mich und kramte viel
Wissens aus, von Batteux* bis zu Wood*, von de Piles* zu
Winkelmann,* und versicherte mich, er habe Sulzers*
Theorie den ersten Theil ganz durchgelesen, und besitze ein
Manuscript von Heynen* über das Studium der Antike. Ich
ließ das gut seyn.

Noch gar einen braven Kerl hab ich kennen lernen, den
fürstlichen Amtmann.* Einen offenen, treuherzigen Menschen. Man sagt, es soll eine Seelenfreude seyn, ihn unter
seinen Kindern zu sehen, deren er neune* hat. Besonders
macht man viel Wesens von seiner ältsten Tochter. Er hat
mich zu sich gebeten, und ich will ihn ehster Tage besuchen,
er wohnt auf einem fürstlichen Jagdhofe, anderthalb Stunden
von hier, wohin er, nach dem Tode seiner Frau, zu ziehen die
Erlaubniß erhielt, da ihm der Aufenthalt hier in der Stadt und
dem Amthause zu weh that.

Sonst sind einige verzerrte Originale* mir in Weg gelaufen,
an denen alles unausstehlich ist, am unerträglichsten ihre
Freundschaftsbezeugungen.

Leb wohl! der Brief wird dir recht seyn, er ist ganz historisch*.

am 22. May.

Daß das Leben des Menschen nur ein Traum sey, ist manchem schon so vorgekommen, und auch mit mir zieht dieses Gefühl immer herum. Wenn ich die Einschränkung so ansehe, in welche die thätigen und forschenden Kräfte des Menschen eingesperrt sind, wenn ich sehe, wie alle Würksamkeit dahinaus läuft, sich die Befriedigung von Bedürfnissen zu verschaffen, die wieder keinen Zwek haben, als unsere arme Existenz zu verlängern, und dann, daß alle Beruhigung über gewisse Punkte des Nachforschens nur eine träumende Resignation ist, da man sich die Wände, zwischen denen man gefangen sizt, mit bunten Gestalten und lichten Aussichten bemahlt. Das alles, Wilhelm, macht mich stumm. Ich kehre in mich selbst zurük, und finde eine Welt!* Wieder mehr in Ahndung* und dunkler Begier, als in Darstellung und lebendiger Kraft. Und da schwimmt alles vor meinen Sinnen, und ich lächle dann so träumend weiter in die Welt.

Daß die Kinder nicht wissen, warum sie wollen, darinn sind alle hochgelahrte Schul- und Hofmeister einig. Daß aber auch Erwachsene, gleich Kindern, auf diesem Erdboden herumtaumeln, gleichwie jene nicht wissen, woher sie kommen und wohin sie gehen, eben so wenig nach wahren Zwekken handeln, eben so durch Biskuit und Kuchen und Birkenreiser regiert werden, das will niemand gern glauben, und mich dünkt, man kann's mit Händen greifen.

Ich gestehe dir gern, denn ich weis, was du mir hierauf sagen möchtest, daß diejenige die glüklichsten sind, die gleich den Kindern in Tag hinein leben, ihre Puppe herum schleppen, aus und anziehen, und mit großem Respekte um die Schublade herum schleichen, wo Mama das Zuckerbrod hinein verschlossen hat, und wenn sie das gewünschte endlich erhaschen, es mit vollen Bakken verzehren, und rufen: Mehr! das sind glükliche Geschöpfe! Auch denen ists wohl, die ihren Lumpenbeschäftigungen, oder wohl gar ihren Leidenschaften prächtige Titel geben, und sie dem Menschengeschlechte als Riesenoperationen zu dessen Heil und Wohlfahrt anschreiben. Wohl dem, der so seyn kann! Wer aber in seiner Demuth erkennt, wo das alles hinausläuft, der so sieht, wie artig jeder Bürger, dem's wohl ist, sein Gärtchen zum Paradiese zuzustuzzen weis, und wie unverdrossen dann doch auch der Unglükliche unter der Bürde seinen Weg fortkeicht*, und alle gleich interessirt sind, das Licht dieser Sonne noch eine Minute länger zu sehn, ja! der ist still und bildet auch seine Welt aus sich selbst, und ist auch glüklich, weil er ein Mensch ist. Und dann, so eingeschränkt er ist, hält er doch immer im Herzen das süsse Gefühl von Freyheit, und daß er diesen Kerker verlassen kann, wann er will.*

am 26. May.

Du kennst von Alters her meine Art, mich anzubauen, irgend mir an einem vertraulichen Orte ein Hüttchen aufzuschlagen, und da mit aller Einschränkung zu herbergen. Ich hab auch hier wieder ein Pläzchen angetroffen, das mich angezogen hat.

Ohngefähr eine Stunde von der Stadt liegt ein Ort, den sie Wahlheim*[1] nennen. Die Lage an einem Hügel ist sehr interessant, und wenn man oben auf dem Fußpfade zum Dorfe heraus geht, übersieht man mit Einem das ganze Thal. Eine gute Wirthin, die gefällig und munter in ihrem Alter ist, schenkt Wein, Bier, Caffee, und was über alles geht, sind zwey Linden, die mit ihren ausgebreiteten Aesten den kleinen Plaz vor der Kirche bedecken, der ringsum mit Bauerhäusern, Scheuern und Höfen eingeschlossen ist. So vertraulich, so heimlich* hab ich nicht leicht ein Pläzchen gefunden, und dahin laß ich mein Tischchen aus dem Wirthshause bringen und meinen Stuhl, und trinke meinen Caffee da, und lese meinen Homer. Das erstemal als ich durch einen Zufall an einem schönen Nachmittage unter die Linden kam, fand ich das Pläzchen so einsam. Es war alles im Felde. Nur ein Knabe von ohngefähr vier Jahren saß an der Erde, und hielt ein andres etwa halbjähriges vor ihm zwischen seinen Füssen sitzendes Kind mit beyden Armen wider seine Brust, so daß er ihm zu einer Art von Sessel diente, und ohngeachtet der Munterkeit, womit er aus seinen

---

[1] Der Leser wird sich keine Mühe geben, die hier genannten Orte zu suchen, man hat sich genöthigt gesehen, die im Originale befindlichen Nahmen zu verändern.

schwarzen Augen herumschaute, ganz ruhig saß. Mich vergnügte der Anblik, und ich sezte mich auf einen Pflug, der gegen über stund, und zeichnete die brüderliche Stellung mit vielem Ergözzen, ich fügte den nächsten Zaun, ein Tennenthor und einige gebrochne Wagenräder bey, wie es all hintereinander stund, und fand nach Verlauf einer Stunde, daß ich eine wohlgeordnete sehr interessante Zeichnung verfertigt hatte, ohne das mindeste von dem meinen hinzuzuthun. Das bestärkte mich in meinem Vorsazze, mich künftig allein an die Natur zu halten. Sie allein ist unendlich reich, und sie allein bildet den großen Künstler. Man kann zum Vortheile der Regeln* viel sagen, ohngefähr was man zum Lobe der bürgerlichen Gesellschaft sagen kann. Ein Mensch, der sich nach ihnen bildet, wird nie etwas abgeschmaktes und schlechtes hervor bringen, wie einer, der sich durch Gesezze und Wohlstand* modeln läßt, nie ein unerträglicher Nachbar, nie ein merkwürdiger Bösewicht werden kann; dagegen wird aber auch alle Regel, man rede was man wolle, das wahre Gefühl von Natur und den wahren Ausdruk derselben zerstören! sagst du, das ist zu hart! Sie schränkt nur ein, beschneidet die geilen* Reben &c. Guter Freund, so soll ich dir ein Gleichniß geben: es ist damit wie mit der Liebe, ein junges Herz hängt ganz an einem Mädchen, bringt alle Stunden seines Tags bey ihr zu, verschwendet all seine Kräfte, all sein Vermögen, um ihr jeden Augenblik auszudrükken, daß er sich ganz ihr hingiebt. Und da käme ein Philister, ein Mann, der in einem öffentlichen Amte steht, und sagte zu ihm: feiner junger Herr, lieben ist menschlich, nur müßt ihr menschlich lieben! Theilet eure Stunden ein, die einen zur Arbeit, und die Erholungsstunden widmet eurem Mädchen, berechnet euer Vermögen, und was euch von eurer Nothdurft übrig bleibt, davon verwehr ich euch nicht ihr ein Geschenk, nur nicht zu oft, zu machen. Etwa zu ihrem Geburts- und Namenstage &c. — Folgt der Mensch, so giebts einen brauchbaren jungen Menschen, und ich will selbst jedem Fürsten rathen, ihn in ein Collegium zu sezzen, nur mit seiner Liebe ist's am Ende, und wenn er ein Künstler ist, mit seiner Kunst. O meine Freunde! warum der Strom des Genies so selten ausbricht, so selten in hohen Fluthen hereinbraust, und eure staunende Seele erschüttert. Lieben Freunde, da wohnen die gelaßnen Kerls auf beyden Seiten des Ufers, denen ihre

Gartenhäuschen, Tulpenbeete, und Krautfelder zu Grunde
gehen würden, und die daher in Zeiten mit dämmen und
ableiten der künftig drohenden Gefahr abzuwehren wissen.

am 27. May.

Ich bin, wie ich sehe, in Verzükkung, Gleichnisse und
Deklamation verfallen, und habe drüber vergessen, dir
auszuerzählen, was mit den Kindern weiter worden ist. Ich
saß ganz in mahlerische Empfindungen vertieft, die dir mein
gestriges Blatt sehr zerstükt darlegt, auf meinem Pfluge wohl
zwey Stunden. Da kommt gegen Abend eine junge Frau auf
die Kinder los, die sich die Zeit nicht gerührt hatten, mit
einem Körbchen am Arme, und ruft von weitem: Philips, du
bist recht brav. Sie grüßte mich, ich dankte ihr, stand auf, trat
näher hin, und fragte sie: ob sie Mutter zu den Kindern wäre?
Sie bejahte es, und indem sie dem Aeltesten einen halben
Wek* gab, nahm sie das Kleine auf und küßte es mit aller
mütterlichen Liebe. Ich habe, sagte sie, meinem Philips das
Kleine zu halten gegeben, und bin in die Stadt gegangen mit
meinem Aeltsten, um weis Brod zu holen, und Zukker, und
ein irden Breypfännchen; ich sah das alles in dem Korbe,
dessen Dekkel abgefallen war. Ich will meinem Hans (das
war der Nahme des Jüngsten) ein Süppchen kochen zum
Abende, der lose Vogel der Große hat mir gestern das
Pfännchen zerbrochen, als er sich mit Philipsen um die
Scharre* des Brey's zankte. Ich fragte nach dem Aeltsten,
und sie hatte mir kaum gesagt, daß er auf der Wiese sich mit
ein Paar Gänsen herumjagte, als er hergesprungen kam, und
dem zweyten eine Haselgerte mitbrachte. Ich unterhielt mich
weiter mit dem Weibe, und erfuhr, daß sie des Schulmeisters
Tochter sey, und daß ihr Mann eine Reise in die Schweiz
gemacht habe, um die Erbschaft eines Vettern zu holen. Sie
haben ihn drum betrügen wollen, sagte sie, und ihm auf seine
Briefe nicht geantwortet, da ist er selbst hineingegangen.
Wenn ihm nur kein Unglük passirt ist, ich höre nichts von
ihm. Es ward mir schwer, mich von dem Weibe loszu-
machen, gab jedem der Kinder einen Kreuzer, und auch für's
jüngste gab ich ihr einen, ihm einen Wek mitzubringen zur
Suppe, wenn sie in die Stadt gieng, und so schieden wir von
einander.

Ich sage dir, mein Schaz, wenn meine Sinnen gar nicht mehr halten wollen, so linderts all den Tumult, der Anblik eines solchen Geschöpfs, das in der glüklichen Gelassenheit so den engen Kreis seines Daseyns ausgeht, von einem Tag zum andern sich durchhilft, die Blätter abfallen sieht, und nichts dabey denkt, als daß der Winter kömmt.

Seit der Zeit bin ich oft draus, die Kinder sind ganz an mich gewöhnt. Sie kriegen Zukker, wenn ich Caffee trinke, und theilen das Butterbrod und die saure Milch mit mir des Abends. Sonntags fehlt ihnen der Kreuzer nie, und wenn ich nicht nach der Betstunde da bin, so hat die Wirthin Ordre, ihn auszubezahlen.

Sie sind vertraut, erzählen mir allerhand, und besonders ergözz' ich mich an ihren Leidenschaften und simplen Ausbrüchen des Begehrens, wenn mehr Kinder aus dem Dorfe sich versammeln.

Viel Mühe hat mich's gekostet, der Mutter ihre Besorgniß zu benehmen: »Sie möchten den Herrn inkommodiren.«

am 16. Juny.*

Warum ich dir nicht schreibe? Fragst du das und bist doch auch der Gelehrten einer. Du solltest rathen, daß ich mich wohl befinde, und zwar — Kurz und gut, ich habe eine Bekanntschaft gemacht, die mein Herz näher angeht. Ich habe — ich weis nicht.

Dir in der Ordnung zu erzählen, wie's zugegangen ist, daß ich ein's der liebenswürdigsten Geschöpfe habe kennen lernen, wird schwer halten, ich bin vergnügt und glüklich, und so kein guter Historienschreiber.

Einen Engel! Pfuy! das sagt jeder von der seinigen! Nicht wahr? Und doch bin ich nicht im Stande, dir zu sagen, wie sie vollkommen ist, warum sie vollkommen ist, genug, sie hat all meinen Sinn gefangen genommen.

So viel Einfalt bey so viel Verstand, so viel Güte bey so viel Festigkeit, und die Ruhe der Seele bey dem wahren Leben und der Thätigkeit.—

Das ist alles garstiges Gewäsche, was ich da von ihr sage, leidige Abstraktionen, die nicht einen Zug ihres Selbst ausdrükken. Ein andermal — Nein, nicht ein andermal, jezt gleich will ich dir's erzählen. Thu ich's jezt nicht, geschäh's niemals. Denn, unter uns, seit ich angefangen habe zu schreiben, war ich schon dreymal im Begriffe die Feder niederzulegen, mein Pferd satteln zu lassen und hinaus zu reiten, und doch schwur ich mir heut früh nicht hinaus zu reiten — und gehe doch alle Augenblikke ans Fenster zu sehen, wie hoch die Sonne noch steht.

Ich hab's nicht überwinden können, ich mußte zu ihr hinaus. Da bin ich wieder, Wilhelm, und will mein Butterbrod zu Nacht essen und dir schreiben. Welch eine Wonne das für meine Seele ist, sie in dem Kreise der lieben muntern Kinder ihrer acht Geschwister zu sehen! —

Wenn ich so fortfahre, wirst du am Ende so klug seyn wie am Anfange, höre denn, ich will mich zwingen ins Detail zu gehen.

Ich schrieb dir neulich, wie ich den Amtmann S.. habe kennen lernen, und wie er mich gebeten habe, ihn bald in seiner Einsiedeley, oder vielmehr seinem kleinen Königreiche zu besuchen. Ich vernachläßigte das, und wäre vielleicht nie hingekommen, hätte mir der Zufall nicht den Schaz entdekt, der in der stillen Gegend verborgen liegt.

Unsere jungen Leute hatten einen Ball auf dem Lande angestellt, zu dem ich mich denn auch willig finden ließ. Ich bot einem hiesigen guten, schönen, weiters unbedeutenden Mädchen die Hand, und es wurde ausgemacht, daß ich eine Kutsche nehmen, mit meiner Tänzerin und ihrer Baase nach dem Orte der Lustbarkeit hinausfahren, und auf dem Wege Charlotten S.. mitnehmen sollte. Sie werden ein schönes Frauenzimmer kennen lernen, sagte meine Gesellschafterin, da wir durch den weiten schön ausgehauenen Wald nach dem Jagdhause fuhren. Nehmen sie sich in Acht, versezte die Baase, daß Sie sich nicht verlieben! Wie so? sagt' ich: Sie ist schon vergeben, antwortete jene, an einen sehr braven Mann, der weggereist ist, seine Sachen in Ordnung zu bringen nach seines Vaters Tod, und sich um eine ansehnliche Versorgung zu bewerben. Die Nachricht war mir ziemlich gleichgültig.

Die Sonne war noch eine Viertelstunde vom Gebürge, als wir vor dem Hofthore anfuhren, es war sehr schwühle, und die Frauenzimmer äusserten ihre Besorgniß wegen eines Gewitters, das sich in weisgrauen dumpfigen Wölkchen rings am Horizonte zusammen zu ziehen schien. Ich tauschte ihre Furcht mit anmaßlicher Wetterkunde, ob mir gleich selbst zu ahnden anfieng, unsere Lustbarkeit werde einen Stoß leiden.

Ich war ausgestiegen. Und eine Magd, die an's Thor kam, bat uns, einen Augenblik zu verziehen*, Mamsell Lottchen würde gleich kommen. Ich gieng durch den Hof nach dem wohlgebauten Hause, und da ich die vorliegenden Treppen hinaufgestiegen war und in die Thüre trat, fiel mir das reizendste Schauspiel in die Augen, das ich jemals gesehen habe. In dem Vorsaale wimmelten sechs Kinder, von eilf zu zwey Jahren, um ein Mädchen von schöner mittlerer Taille*, die ein simples weisses Kleid mit blaßrothen Schleifen an Arm und Brust anhatte. Sie hielt ein schwarzes Brod und schnitt ihren Kleinen rings herum jedem sein Stük nach Proportion ihres Alters und Appetites ab, gabs jedem mit solcher Freundlichkeit, und jedes rufte* so ungekünstelt sein: Danke! indem es mit den kleinen Händchen lang in die Höh gereicht hatte, eh es noch abgeschnitten war, und nun mit seinem Abendbrode vergnügt entweder wegsprang, oder nach seinem stillern Charakter gelassen davon nach dem Hofthore zugieng, um die Fremden und die Kutsche zu sehen, darinnen ihre Lotte wegfahren sollte. Ich bitte um Vergebung, sagte sie, daß ich Sie herein bemühe*, und die Frauenzimmer warten lasse. Ueber dem Anziehen und allerley Bestellungen für's Haus in meiner Abwesenheit, habe ich vergessen meinen Kindern ihr Vesperstük zu geben, und sie wollen von niemanden Brod geschnitten haben als von mir. Ich machte ihr ein unbedeutendes Compliment, und meine ganze Seele ruhte auf der Gestalt, dem Tone, dem Betragen, und hatte eben Zeit, mich von der Ueberraschung zu erholen, als sie in die Stube lief ihre Handschuh und Fächer zu nehmen. Die Kleinen sahen mich in einiger Entfernung so von der Seite an, und ich gieng auf das jüngste los, das ein Kind von der glüklichsten Gesichtsbildung war. Es zog sich zurük, als eben Lotte zur Thüre herauskam, und sagte: Louis, gieb dem Herrn Vetter eine Hand. Das that der Knabe sehr freymüthig, und ich konnte mich nicht enthalten, ihn ohngeachtet seines kleinen Roznäschens herzlich zu küssen. Vetter? sagt' ich, indem ich ihr die Hand reichte, glauben Sie, daß ich des Glüks werth sey, mit Ihnen verwandt zu seyn? O! sagte sie, mit einem leichtfertigen* Lächeln, unsere Vetterschaft ist sehr weitläuftig, und es wäre mir leid, wenn sie der Schlimmste drunter seyn sollten. Im Gehen gab sie Sophien, der ältsten Schwester nach ihr, einem Mädchen von ohngefähr eilf Jahren, den Auftrag, wohl auf die Kleinen Acht zu haben, und den Papa zu grüssen, wenn er vom Spazierritte zurükkäme. Den Kleinen sagte sie, sie sollten ihrer Schwester Sophie folgen, als wenn sie's selbst wäre, das denn auch einige ausdrüklich versprachen. Eine kleine nasweise Blondine aber, von ohngefähr sechs Jahren, sagte: du bist's doch nicht, Lottchen! wir haben dich doch lieber. Die zwey ältsten der Knaben waren hinten auf die Kutsche geklettert, und auf mein Vorbitten erlaubte sie ihnen, bis vor den Wald mit zu fahren, wenn sie versprächen, sich nicht zu necken, und sich recht fest zu halten.

Wir hatten uns kaum zurecht gesezt, die Frauenzimmer sich bewillkommt, wechselsweis über den Anzug und vorzüglich die Hütchen ihre Anmerkungen gemacht, und die Gesellschaft, die man zu finden erwartete, gehörig durchgezogen; als Lotte den Kutscher halten, und ihre Brüder herabsteigen lies, die noch einmal ihre Hand zu küssen begehrten, das denn der ältste mit aller Zärtlichkeit, die dem Alter von funfzehn Jahren eigen seyn kann, der andere mit viel Heftigkeit und Leichtsinn* that. Sie ließ die Kleinen noch einmal grüßen, und wir fuhren weiter.

Die Baase fragte: ob sie mit dem Buche fertig wäre, das sie ihr neulich geschickt hätte. Nein, sagte Lotte, es gefällt mir nicht, sie könnens wieder haben. Das vorige war auch nicht besser. Ich erstaunte, als ich fragte: was es für Bücher wären und sie mir antwortete:[1]

— Ich fand so viel Charakter in allem was sie sagte, ich sah mit jedem Wort neue Reize, neue Strahlen des Geistes aus ihren Gesichtszügen hervorbrechen, die sich nach und nach vergnügt zu entfalten schienen, weil sie an mir fühlte, daß ich sie verstund.

Wie ich jünger war, sagte sie, liebte ich nichts so sehr als die Romanen. Weis Gott wie wohl mir's war, mich so Sonntags in ein Eckgen zu sezzen, und mit ganzem Herzen an dem Glükke und Unstern einer Miß Jenny* Theil zu nehmen. Ich läugne auch nicht, daß die Art noch einige Reize

---

[1] Man sieht sich genöthigt, diese Stelle des Briefes zu unterdücken, um niemand Gelegenheit zu einiger Beschwerde zu geben. Obgleich im Grunde jedem Autor wenig an dem Urtheile eines einzelnen Mädgens, und eines jungen, unsteten Menschen gelegen seyn kann.

für mich hat. Doch da ich so selten an ein Buch komme, so müssen sie auch recht nach meinem Geschmakke seyn. Und der Autor ist mir der liebste, in dem ich meine Welt wieder finde, bey dem's zugeht wie um mich, und dessen Geschichte mir doch so interessant so herzlich wird, als mein eigen häuslich Leben, das freylich kein Paradies, aber doch im Ganzen eine Quelle unsäglicher Glükseligkeit ist.

Ich bemühte mich, meine Bewegungen über diese Worte zu verbergen. Das gieng freylich nicht weit, denn da ich sie mit solcher Wahrheit im Vorbeygehn vom Landpriester von Wakefield vom*[1] — reden hörte, kam ich eben ausser mich und sagte ihr alles was ich mußte, und bemerkte erst nach einiger Zeit, da Lotte das Gespräch an die andern wendete, daß diese die Zeit über mit offnen Augen, als säßen sie nicht da, da gesessen hatten. Die Baase sah mich mehr als einmal mit einem spöttischen Näsgen an, daran mir aber nichts gelegen war.

Das Gespräch fiel auf das Vergnügen am Tanze. Wenn diese Leidenschaft ein Fehler ist, sagte Lotte, so gesteh ich ihnen gern, ich weis nichts über's Tanzen*. Und wenn ich was im Kopfe habe, und mir auf meinem verstimmten Klaviere einen Contretanz* vortrommle, so ist alles wieder gut.

Wie ich mich unter dem Gespräche in den schwarzen Augen weidete, wie die lebendigen Lippen und die frischen muntern Wangen meine ganze Seele anzogen, wie ich in den herrlichen Sinn ihrer Rede ganz versunken, oft gar die Worte nicht hörte, mit denen sie sich ausdrukte! Davon hast du eine Vorstellung, weil du mich kennst. Kurz, ich stieg aus dem Wagen wie ein Träumender, als wir vor dem Lusthause still hielten, und war so in Träumen rings in der dämmernden Welt verlohren, daß ich auf die Musik kaum achtete, die uns von dem erleuchteten Saale herunter entgegen schallte.

Die zwey Herren Audran und ein gewisser N. N. wer behält all die Nahmen! die der Baase und Lottens Tänzer waren, empfiengen uns am Schlage, bemächtigten sich ihrer Frauenzimmer und ich führte die meinige hinauf.

---

1 Man hat auch hier die Namen einiger vaterländischen Autoren ausgelassen. Wer Theil an Lottens Beyfall hatte, wird es gewiß an seinem Herzen fühlen, wenn er diese Stelle lesen sollte. Und sonst brauchts ja niemand zu wissen.

Wir schlangen uns in Menuets um einander herum, ich
forderte ein Frauenzimmer nach dem andern auf, und just die
unleidlichsten konnten nicht dazu kommen, einem die Hand
zu reichen, und ein Ende zu machen. Lotte und ihr Tänzer
fiengen einen englischen* an, und wie wohl mir's war, als
sie auch in der Reihe die Figur mit uns anfieng, magst du
fühlen. Tanzen muß man sie sehen. Siehst du, sie ist so mit
ganzem Herzen und mit ganzer Seele dabey, ihr ganzer
Körper, eine Harmonie, so sorglos, so unbefangen, als wenn
das eigentlich alles wäre, als wenn sie sonst nichts dächte,
nichts empfände, und in dem Augenblikke gewiß schwindet
alles andere vor ihr.

Ich bat sie um den zweyten Contretanz, sie sagte mir den
dritten zu, und mit der liebenswürdigsten Freymüthigkeit von
der Welt versicherte sie mich, daß sie herzlich gern deutsch
tanzte. Es ist hier so Mode, fuhr sie fort, daß jedes paar, das
zusammen gehört, beym Deutschen* zusammen bleibt, und
mein Chapeau* walzt schlecht, und dankt mir's, wenn ich
ihm die Arbeit erlasse, ihr Frauenzimmer kann's auch nicht
und mag nicht, und ich habe im Englischen gesehn, daß sie
gut walzen, wenn sie nun mein seyn wollen fürs Deutsche,
so gehn sie und bitten sich's aus von meinem Herrn, ich will
zu ihrer Dame gehn. Ich gab ihr die Hand drauf und es wurde
schon arrangirt, daß ihrem Tänzer inzwischen die
Unterhaltung meiner Tänzerinn aufgetragen ward.

Nun giengs, und wir ergözten uns eine Weile an
mannchfaltigen Schlingungen der Arme. Mit welchem Reize,
mit welcher Flüchtigkeit bewegte sie sich! Und da wir nun
gar an's Walzen kamen, und wie die Sphären um einander
herumrollten, giengs freylich anfangs, weil's die wenigsten
können, ein bisgen bunt durch einander. Wir waren klug und
liessen sie austoben, und wie die ungeschiktesten den Plan
geräumt hatten, fielen wir ein, und hielten mit noch einem
Paare, mit Audran und seiner Tänzerinn, wakker aus. Nie ist
mir's so leicht vom Flekke gegangen. Ich war kein Mensch
mehr. Das liebenswürdigste Geschöpf in den Armen zu
haben, und mit ihr herum zu fliegen wie Wetter, daß alles
rings umher vergieng und — Wilhelm, um ehrlich zu seyn,
that ich aber doch den Schwur, daß ein Madchen, das ich
liebte, auf das ich Ansprüche hätte, mir nie mit einem andern
walzen sollte, als mit mir, und wenn ich drüber zu Grunde
gehen müßte, du verstehst mich.

Wir machten einige Touren gehend im Saale, um zu verschnauffen. Dann sezte sie sich, und die Zitronen, die ich weggestohlen hatte beym Punsch machen, die nun die einzigen noch übrigen waren, und die ich ihr in Schnittchen, mit Zukker zur Erfrischung brachte, thaten fürtrefliche Würkung, nur daß mir mit jedem Schnittgen das ihre Nachbarinn aus der Tasse nahm, ein Stich durch's Herz gieng, der ich's nun freylich Schanden halber* mit präsentiren mußte.

Beym dritten Englischen waren wir das zweyte Paar. Wie wir die Reihe so durchtanzten, und ich, weis Gott mit wie viel Wonne, an ihrem Arme und Auge hieng, das voll vom wahrsten Ausdrukke des offensten reinsten Vergnügens war, kommen wir an eine Frau, die mir wegen ihrer liebenswürdigen Mine auf einem nicht mehr ganz jungen Gesichte, merkwürdig gewesen war. Sie sieht Lotten lächelnd an, hebt einen drohenden Finger auf, und nennt den Nahmen Albert zweymal im Vorbeyfliegen mit viel Bedeutung.

Wer ist Albert, sagte ich zu Lotten, wenns nicht Vermessenheit ist zu fragen. Sie war im Begriffe zu antworten, als wir uns scheiden mußten die grosse Achte* zu machen, und mich dünkte einiges Nachdenken auf ihrer Stirne zu sehen, als wir so vor einander vorbeykreuzten. Was soll ich's ihnen läugnen, sagte sie, indem sie mir die Hand zur Promenade bot. Albert ist ein braver Mensch, dem ich so gut als verlobt bin! Nun war mir das nichts neues, denn die Mädchen hatten mir's auf dem Wege gesagt, und war mir doch so ganz neu, weil ich das noch nicht im Verhältnisse auf sie, die mir in so wenig Augenblikken so werth geworden war, gedacht hatte. Genug ich verwirrte mich, vergaß mich, und kam zwischen das unrechte Paar hinein, daß alles drunter und drüber gieng, und Lottens ganze Gegenwart und Zerren und Ziehen nöthig war, um's schnell wieder in Ordnung zu bringen.

Der Tanz war noch nicht zu Ende, als die Blizze, die wir schon lange am Horizonte leuchten gesehn, und die ich immer für Wetterkühlen* ausgegeben hatte, viel stärker zu werden anfiengen, und der Donner die Musik überstimmte. Drey Frauenzimmer liefen aus der Reihe, denen ihre Herren folgten, die Unordnung ward allgemein, und die Musik hörte auf. Es ist natürlich, wenn uns ein Unglük oder etwas

17

schrökliches im Vergnügen überrascht, daß es stärkere Eindrükke auf uns macht, als sonst, theils wegen dem Gegensazze, der sich so lebhaft empfinden läßt, theils und noch mehr, weil unsere Sinnen einmal der Fühlbarkeit* geöffnet sind und also desto schneller einen Eindruk annehmen. Diesen Ursachen muß ich die wunderbaren Grimassen zuschreiben, in die ich mehrere Frauenzimmer ausbrechen sah. Die Klügste sezte sich in eine Ekke, mit dem Rükken gegen das Fenster, und hielt die Ohren zu, eine andere kniete sich vor ihr nieder und verbarg den Kopf in der ersten Schoos, eine dritte schob sich zwischen beyde hinein, und umfaßte ihre Schwesterchen mit tausend Thränen. Einige wollten nach Hause, andere, die noch weniger wußten was sie thaten, hatten nicht so viel Besinnungskraft, den Kekheiten unserer jungen Schlukkers* zu steuern, die sehr beschäftigt zu seyn schienen, alle die ängstlichen Gebete, die dem Himmel bestimmt waren, von den Lippen der schönen Bedrängten wegzufangen. Einige unserer Herren hatten sich hinab begeben, um ein Pfeifchen in Ruhe zu rauchen, und die übrige Gesellschaft schlug es nicht aus, als die Wirthinn auf den klugen Einfall kam, uns ein Zimmer anzuweisen, das Laden und Vorhänge hätte. Kaum waren wir da angelangt, als Lotte beschäftigt war, einen Kreis von Stühlen zu stellen, die Gesellschaft zu sezzen, und den Vortrag* zu einem Spiele zu thun.

Ich sahe manchen, der in Hoffnung auf ein saftiges Pfand* sein Mäulchen spizte, und seine Glieder rekte. Wir spielen Zählens, sagte sie, nun gebt Acht! Ich gehe im Kreise herum von der Rechten zur Linken, und so zahlt ihr auch rings herum jeder die Zahl die an ihn kommt, und das muß gehn wie ein Lauffeuer, und wer stokt, oder sich irrt, kriegt eine Ohrfeige, und so bis tausend. Nun war das lustig anzusehen. Sie gieng mit ausgestrecktem Arme im Kreise herum, Eins! fieng der erste an, der Nachbar zwey! drey! der folgende und so fort; dann fieng sie an geschwinder zu gehn, immer geschwinder. Da versahs einer, Patsch eine Ohrfeige, und über das Gelächter der folgende auch Patsch! Und immer geschwinder. Ich selbst kriegte zwey Maulschellen und glaubte mit innigem Vergnügen zu bemerken, daß sie stärker seyen, als sie sie den übrigen zuzumessen pflegte. Ein allgemeines Gelächter und Geschwärme machte dem Spiele ein Ende, ehe noch das Tausend ausgezählt war. Die

Vertrautesten zogen einander beyseite, das Gewitter war
vorüber, und ich folgte Lotten in den Saal. Unterwegs sagte
sie: über die Ohrfeigen haben sie Wetter und alles vergessen!
Ich konnte ihr nichts antworten. Ich war, fuhr sie fort, eine
der Furchtsamsten, und indem ich mich herzhaft stellte, um
den andern Muth zu geben, bin ich muthig geworden. Wir
traten an's Fenster*, es donnerte abseitwärts und der
herrliche Regen säuselte auf das Land, und der erquikkendste
Wohlgeruch stieg in aller Fülle einer warmen Luft zu uns auf.
Sie stand auf ihrem Ellenbogen gestüzt und ihr Blik
durchdrang die Gegend, sie sah gen Himmel und auf mich,
ich sah ihr Auge thränenvoll, sie legte ihre Hand auf die
meinige und sagte — Klopstock!* Ich versank in dem
Strome von Empfindungen, den sie in dieser Loosung* über
mich ausgoß. Ich ertrugs nicht, neigte mich auf ihre Hand
und küßte sie unter den wonnevollsten Thränen. Und sah
nach ihrem Auge wieder — Edler! hättest du deine
Vergötterung in diesem Blikke gesehn, und möcht ich nun
deinen so oft entweihten Nahmen nie wieder nennen hören!

am 19. Juny.

Wo ich neulich mit meiner Erzählung geblieben bin, weis
ich nicht mehr, das weis ich, daß es zwey Uhr des Nachts
war, als ich zu Bette kam, und daß, wenn ich dir hätte
vorschwäzzen können, statt zu schreiben, ich dich vielleicht
bis an Tag aufgehalten hätte.

Was auf unserer Hereinfahrt vom Balle passirt ist, hab ich
noch nicht erzählt, hab auch heut keinen Tag dazu.

Es war der liebwürdigste Sonnenaufgang. Der tröpfelnde
Wald und das erfrischte Feld umher! Unsere Gesellschafte-
rinnen nikten ein. Sie fragte mich, ob ich nicht auch von der
Parthie seyn wollte, ihrentwegen sollt ich unbekümmert
seyn. So lang ich diese Augen offen sehe, sagt' ich, und sah
sie fest an, so lang hats keine Gefahr. Und wir haben beyde
ausgehalten, bis an ihr Thor, da ihr die Magd leise
aufmachte, und auf ihr Fragen vom Vater und den Kleinen
versicherte, daß alles wohl sey und noch schlief. Und da
verließ ich sie mit dem Versichern: sie selbigen Tags noch zu
sehn, und hab mein Versprechen gehalten, und seit der Zeit
können Sonne, Mond und Sterne geruhig ihre Wirthschaft

treiben*, ich weis weder daß Tag noch daß Nacht ist, und die ganze Welt verliert sich um mich her.

am 21. Juny.

Ich lebe so glükliche Tage, wie sie Gott seinen Heiligen ausspart, und mit mir mag werden was will; so darf ich nicht sagen, daß ich die Freuden, die reinsten Freuden des Lebens nicht genossen habe. Du kennst mein Wahlheim. Dort bin ich völlig etablirt. Von dort hab ich nur eine halbe Stunde zu Lotten, dort fühl ich mich selbst und alles Glük, das dem Menschen gegeben ist.

Hätte ich gedacht, als ich mir Wahlheim zum Zwekke meiner Spaziergänge wählte, daß es so nahe am Himmel läge! Wie oft habe ich das Jagdhaus, das nun alle meine Wünsche einschließt, auf meinen weiten Wandrungen bald vom Berge, bald in der Ebne über den Fluß gesehen.

Lieber Wilhelm, ich habe allerley nachgedacht, über die Begier im Menschen sich auszubreiten*, neue Entdekkungen zu machen, herumzuschweifen; und dann wieder über den innern Trieb, sich der Einschränkung* willig zu ergeben, und in dem Gleise der Gewohnheit so hinzufahren, und sich weder um rechts noch links zu bekümmern.

Es ist wunderbar, wie ich hierher kam und vom Hügel in das schöne Thal schaute, wie es mich rings umher anzog. Dort das Wäldchen! Ach könntest du dich in seine Schatten mischen! Dort die Spizze des Bergs! Ach könntest du von da die weite Gegend überschauen! Die in einander gekettete Hügel und vertrauliche Thäler. O könnte ich mich in ihnen verliehren! — Ich eilte hin! und kehrte zurük, und hatte nicht gefunden was ich hoffte. O es ist mit der Ferne wie mit der Zukunft! Ein grosses dämmerndes Ganze ruht vor unserer Seele, unsere Empfindung verschwimmt sich darinne, wie unser Auge und wir sehnen uns, ach! unser ganzes Wesen hinzugeben, uns mit all der Wonne eines einzigen grossen herrlichen Gefühls ausfüllen zu lassen.

Und ach, wenn wir hinzueilen, wenn das Dort nun Hier wird, ist alles vor wie nach, und wir stehen in unserer Armuth, in unserer Eingeschränktheit, und unsere Seele lechzt nach entschlüpftem Labsale.

Und so sehnt sich der unruhigste Vagabund zulezt wieder nach seinem Vaterlande, und findet in seiner Hütte, an der Brust seiner Gattin, in dem Kreise seiner Kinder und der Geschäfte zu ihrer Erhaltung, all die Wonne, die er in der weiten öden Welt vergebens suchte.

Wenn ich so des Morgens mit Sonnenaufgange hinausgehe nach meinem Wahlheim, und dort im Wirthsgarten mir meine Zukkererbsen selbst pflükke, mich hinsezze, und sie abfädme* und dazwischen lese in meinem Homer. Wenn ich denn in der kleinen Küche mir einen Topf wähle, mir Butter aussteche, meine Schoten an's Feuer stelle, zudekke und mich dazu sezze, sie manchmal umzuschütteln. Da fühl ich so lebhaft, wie die herrlichen übermüthigen Freyer der Penelope* Ochsen und Schweine schlachten, zerlegen und braten. Es ist nichts, das mich so mit einer stillen, wahren Empfindung ausfüllte, als die Züge patriarchalischen Lebens, die ich, Gott sey Dank, ohne Affektation in meine Lebensart verweben kann.

Wie wohl ist mir's, daß mein Herz die simple harmlose Wonne des Menschen fühlen kann, der ein Krauthaupt auf seinen Tisch bringt, das er selbst gezogen, und nun nicht den Kohl allein, sondern all die guten Tage, den schönen Morgen, da er ihn pflanzte, die lieblichen Abende, da er ihn begoß, und da er an dem fortschreitenden Wachsthume seine Freude hatte, alle in einem Augenblikke wieder mit geniest.

am 29. Juny.

Vorgestern kam der Medikus hier aus der Stadt hinaus zum Amtmanne und fand mich auf der Erde unter Lottens Kindern, wie einige auf mir herumkrabelten, andere mich nekten und wie ich sie küzzelte, und ein grosses Geschrey mit ihnen verführte. Der Doktor, der eine sehr dogmatische Dratpuppe ist, und im Diskurs seine Manschetten in Falten legt, und den Kräusel bis zum Nabel herauszupft, fand dieses unter der Würde eines gescheuten Menschen, das merkte ich an seiner Nase. Ich lies mich aber in nichts stören, lies ihn sehr vernünftige Sachen abhandeln, und baute den Kindern ihre Kartenhäuser wieder, die sie zerschlagen hatten. Auch gieng er darauf in der Stadt herum und beklagte: des Amtsmanns Kinder wären schon ungezogen genug, der Werther verdürbe sie nun völlig.

Ja, lieber Wilhelm, meinem Herzen sind die Kinder am nächsten auf der Erde. Wenn ich so zusehe und in dem kleinen Dinge die Keime aller Tugenden, aller Kräfte sehe, die sie einmal so nöthig brauchen werden, wenn ich in dem Eigensinne, alle die künftige Standhaftigkeit und Festigkeit des Charakters, in dem Muthwillen, allen künftigen guten Humor* und die Leichtigkeit, über alle die Gefahren der Welt hinzuschlüpfen, erblikke, alles so unverdorben, so ganz! Immer, immer wiederhol ich die goldnen Worte des Lehrers der Menschen: wenn ihr nicht werdet* wie eines von diesen! Und nun, mein Bester, sie, die unsers gleichen sind, die wir als unsere Muster* ansehen sollten; behandeln wir als Unterthanen*. Sie sollen keinen Willen haben! — Haben wir denn keinen? und wo liegt das Vorrecht? — Weil wir älter sind und gescheuter? — Guter Gott von deinem Himmel, alte Kinder siehst du, und junge Kinder und nichts weiter, und an welchen du mehr Freude hast, das hat dein Sohn schon lange verkündigt. Aber sie glauben an ihn und hören ihn nicht, das ist auch was alt's, und bilden ihre Kinder nach sich und — Adieu, Wilhelm, ich mag darüber nicht weiter radotiren*.

am 1. Juli.

Was Lotte einem Kranken seyn muß, fühl ich an meinem eignen armen Herzen, das übler dran ist als manches, das auf dem Siechbette verschmachtet. Sie wird einige Tage in der Stadt bey einer rechtschaffenen Frau zubringen, die sich nach der Aussage der Aerzte ihrem Ende naht, und in diesen lezten Augenblikken will sie Lotten um sich haben. Ich war vorige Woche mit ihr den Pfarrer von St.. zu besuchen, ein Oertgen, das eine Stunde seitwärts im Gebürge liegt. Wir kamen gegen viere dahin. Lotte hatte ihre zweyte Schwester mitgenommen. Als wir in den, von zwey hohen Nußbäumen überschatteten, Pfarrhof traten, saß der gute alte Mann auf einer Bank vor der Hausthüre, und da er Lotten sah, ward er wie neubelebt, vergaß seinen Knotenstok, und wagte sich auf ihr entgegen. Sie lief hin zu ihm, nöthigte ihn sich niederzusezzen, indem sie sich zu ihm sezte, brachte viel Grüsse von ihrem Vater, herzte seinen garstigen schmuzigen jüngsten Buben, das Quakelgen seines Alters*. Du hättest sie sehen sollen, wie sie den Alten beschäftigte, wie sie ihre Stimme erhub um seinen halb tauben Ohren vernehmlich zu werden, wie sie ihm

22

erzählte von jungen robusten Leuten, die unvermuthet gestorben wären, von der Vortreflichkeit des Carlsbades*, und wie sie seinen Entschluß lobte, künftigen Sommer hinzugehen, und wie sie fand, daß er viel besser aussähe, viel munterer sey als das leztemal, da sie ihn gesehn. Ich hatte indeß der Frau Pfarrern meine Höflichkeiten gemacht, der Alte wurde ganz munter, und da ich nicht umhin konnte, die schönen Nußbäume zu loben, die uns so lieblich beschatteten, fieng er an, uns, wiewohl mit einiger Beschwerlichkeit, die Geschichte davon zu geben. Den alten sagte er, wissen wir nicht, wer den gepflanzt hat, einige sagen dieser, andere jener Pfarrer. Der jüngere aber dorthinten ist so alt als meine Frau, im Oktober funfzig Jahre. Ihr Vater pflanzte ihn des Morgens, als sie gegen Abend gebohren wurde. Er war mein Vorfahr im Amte, und wie lieb ihm der Baum war, ist nicht zu sagen, mir ist er's gewiß nicht weniger, meine Frau sas drunter auf einem Balken und strikte, als ich vor sieben und zwanzig Jahren als ein armer Student zum erstenmal hier in Hof kam. Lotte fragte nach seiner Tochter, es hieß, sie sey mit Herrn Schmidt auf der Wiese hinaus zu den Arbeitern, und der Alte fuhr in seiner Erzählung fort, wie sein Vorfahr ihn lieb gewonnen und die Tochter dazu, und wie er erst sein Vikar* und dann sein Nachfolger geworden. Die Geschichte war nicht lange zu Ende, als die Jungfer Pfarrern, mit dem sogenannten Herrn Schmidt durch den Garten herkam, sie bewillkommte Lotten mit herzlicher Wärme, und ich muß sagen, sie gefiel mir nicht übel, eine rasche, wohlgewachsne Brünette, die einen die Kurzeit über auf dem Lande* wohl unterhalten hätte. Ihr Liebhaber, denn als solchen stellte sich Herr Schmidt gleich dar, ein feiner, doch stiller Mensch, der sich nicht in unsere Gespräche mischen wollte, ob ihn gleich Lotte immer herein zog, und was mich am meisten betrübte, war, daß ich an seinen Gesichtszügen zu bemerken schien, es sey mehr Eigensinn und übler Humor als Eingeschränktheit des Verstandes, der ihn sich mitzutheilen hinderte. In der Folge ward dieß nur leider zu deutlich, denn als Friederike beym Spazierengehn mit Lotten und verschiedentlich auch mit mir gieng, wurde des Herrn Angesicht, das ohne das einer bräunlichen Farbe war, so sichtlich verdunkelt, daß es Zeit war, daß Lotte mich beym Ermel zupfte, und mir das Artigthun mit Friederiken abrieth. Nun verdrießt mich nichts mehr als wenn die Menschen einander plagen, am meisten, wenn junge Leute in der Blüthe des Lebens, da sie am offensten für alle Freuden seyn könnten, einander die paar gute Tage mit Frazzen* verderben, und nur erst zu spät das unersezliche ihrer Verschwendung einsehen. Mir wurmte das, und ich konnte nicht umhin, da wir gegen Abend in den Pfarrhof zurükkehrten, und an einem Tische gebroktes* Brod in Milch assen, und der Diskurs auf Freude und Leid in der Welt roulirte, den Faden zu ergreifen, und recht herzlich gegen die üble Laune zu reden. Wir Menschen beklagen uns oft, fing ich an, daß der guten Tage so wenig sind, und der schlimmen so viel, und wie mich dünkt, meist mit Unrecht. Wenn wir immer ein offenes Herz hätten das Gute zu geniessen, das uns Gott für jeden Tag bereitet, wir würden alsdenn auch Kraft genug haben, das Uebel zu tragen, wenn es kommt. — Wir haben aber unser Gemüth nicht in unserer Gewalt, versezte die Pfarrern, wie viel hängt vom Körper ab!* wenn man nicht wohl ist, ist's einem überall nicht recht. — Ich gestund ihr das ein. Wir wollens also, fuhr ich fort, als eine Krankheit ansehen, und fragen ob dafür kein Mittel ist! — Das läßt sich hören, sagte Lotte, ich glaube wenigstens, daß viel von uns abhängt, ich weis es an mir, wenn mich etwas nekt, und mich verdrüßlich machen will, spring ich auf und sing ein paar Contretänze den Garten auf und ab, gleich ist's weg. — Das war's was ich sagen wollte, versezte ich, es ist mit der üblen Laune völlig wie mit der Trägheit, denn es ist eine Art von Trägheit, unsere Natur hängt sehr dahin*, und doch, wenn wir nur einmal die Kraft haben uns zu ermannen, geht uns die Arbeit frisch von der Hand, und wir finden in der Thätigkeit ein wahres Vergnügen. Friederike war sehr aufmerksam, und der junge Mensch wandte mir ein, daß man nicht Herr über sich selbst sey, und am wenigsten über seine Empfindungen gebieten könne. Es ist hier die Frage von einer unangenehmen Empfindung, versezt ich, die doch jedermann gern los ist, und niemand weis wie weit seine Kräfte gehn, bis er sie versucht hat. Gewiß, einer der krank ist, wird bey allen Aerzten herum fragen und die größten Resignationen*, die bittersten Arzneyen, wird er nicht abweisen um seine gewünschte Gesundheit zu erhalten. Ich bemerkte, daß der ehrliche Alte sein Gehör anstrengte um an unserm Diskurs Theil zu nehmen, ich erhub die Stimme, indem ich die Rede gegen ihn wandte. Man predigt gegen so viele Laster, sagt ich, ich habe noch nie gehört daß man gegen die üble Laune* vom Predigtstuhle gearbeitet hätte[1]—Das müßten die Stadtpfarrer thun, sagt er, die Bauern haben keinen bösen Humor, doch könnts auch nichts schaden zuweilen, es wäre eine Lektion für seine Frau wenigstens, und den Herrn Amtmann. Die Gesellschaft lachte und er herzlich mit, bis er in einen Husten verfiel, der unsern Diskurs eine Zeitlang unterbrach, darauf denn der junge Mensch wieder das Wort nahm: Sie nannten den bösen Humor* ein Laster, mich däucht, das ist übertrieben. — Mit nichten gab ich zur Antwort, wenn das, womit man sich selbst und seinen Nächsten schadet, den Namen verdient. Ist es nicht genug, daß wir einander nicht glüklich machen können, müssen wir auch noch einander das Vergnügen rauben, das jedes Herz sich noch manchmal selbst gewähren kann. Und nennen sie mir den Menschen, der übler Laune ist und so brav dabey sie zu verbergen, sie allein zu tragen, ohne die Freuden um sich her zu zerstören! Oder ist sie nicht vielmehr ein innerer Unmuth über unsre eigne Unwürdigkeit, ein Misfallen an uns selbst*, das immer mit einem Neide verknüpft ist, der durch eine thörige Eitelkeit aufgehezt wird: wir sehen glükliche Menschen die wir nicht glüklich machen, und das ist unerträglich! Lotte lächelte mich an, da sie die Bewegung sah mit der ich redte, und eine Thräne in Friederikens Auge spornte mich, fortzufahren. Weh denen sagt ich, die sich der Gewalt bedienen, die sie über ein Herz haben, um ihm die einfachen Freuden zu rauben, die aus ihm selbst hervorkeimen. Alle Geschenke, alle Gefälligkeiten der Welt ersezzen nicht einen Augenblik Vergnügen an sich selbst, den uns eine neidische Unbehaglichkeit unsers Tyrannen vergällt hat.

Mein ganzes Herz war voll in diesem Augenblikke, die Erinnerung so manches Vergangenen drängte sich an meine Seele, und die Thränen kamen mir in die Augen.

Wer sich das nur täglich sagte, rief ich aus: du vermagst nichts auf deine Freunde, als ihnen ihre Freude zu lassen und ihr Glük zu vermehren, indem du es mit ihnen geniessest. Vermagst du, wenn ihre innre Seele von einer ängstigenden

---

[1] Wir haben nun von Lavatern* eine treffliche Predigt hierüber unter denen über das Buch Jonas.

Leidenschaft gequält, vom Kummer zerrüttet ist, ihnen einen
Tropfen Linderung zu geben?

Und wenn die lezte bangste Krankheit dann über das
Geschöpf herfällt, das du in blühenden Tagen untergraben
hast, und sie nun da liegt in dem erbärmlichen Ermatten, und
das Aug gefühllos gen Himmel sieht, und der Todesschweis
auf ihrer Stirne abwechselt, und du vor dem Bette stehst wie
ein Verdammter, in dem innigsten Gefühl, daß du nichts
vermagst mit all deinem Vermögen, und die Angst dich
inwendig krampft, daß du alles hingeben möchtest, um dem
untergehenden Geschöpf einen Tropfen Stärkung, einen
Funken Muth einflösen zu können.

Die Erinnerung einer solchen Scene, da ich gegenwärtig
war, fiel mit ganzer Gewalt bey diesen Worten über mich.
Ich nahm das Schnupftuch vor die Augen, und verlies die
Gesellschaft, und nur Lottens Stimme, die mir rief: wir
wollten fort, brachte mich zu mir selbst. Und wie sie mich
auf dem Wege schalt, über den zu warmen Antheil an allem!
und daß ich drüber zu Grunde gehen würde! Daß ich mich
schonen sollte! O der Engel! Um deinetwillen muß ich leben!

am 6. Juli.

Sie ist immer um ihre sterbende Freundinn, und ist immer
dieselbe, immer das gegenwärtige* holde Geschöpf, das, wo
sie hinsieht, Schmerzen lindert und Glückliche macht. Sie
gieng gestern Abend mit Mariannen und dem kleinen Malgen
spazieren, ich wußt es und traf sie an, und wir giengen
zusammen. Nach einem Wege von anderthalb Stunden
kamen wir gegen die Stadt zurück, an den Brunnen, der mir
so werth ist, und nun tausendmal werther ward, als Lotte
sich auf's Mauergen sezte. Ich sah umher, ach! und die Zeit,
da mein Herz so allein war, lebte wieder vor mir auf. Lieber
Brunn, sagt ich, seither hab ich nicht mehr an deiner Kühle
geruht, habe in eilendem Vorübergehn dich manchmal nicht
angesehn. Ich blikte hinab und sah, daß Malgen mit einem
Glase Wasser sehr beschäftigt heraufstieg. Ich sahe Lotten an
und fühlte alles, was ich an ihr habe. Indem so kommt
Malgen mit einem Glase, Marianne wollt es ihr abnehmen,
nein! rufte das Kind mit dem süßten Ausdrukke: nein,
Lottgen, du sollst zuerst trinken! Ich ward über die Wahrheit,
die Güte, womit sie das ausrief, so entzükt, daß ich meine

Empfindung mit nichts ausdrukken konnte, als ich nahm das Kind von der Erde und küßte es lebhaft, das sogleich zu schreien und zu weinen anfieng. Sie haben übel gethan, sagte Lotte! Ich war betroffen. Komm Malgen, fuhr sie fort, indem sie es an der Hand nahm und die Stufen hinabführte; da wasche dich aus der frischen Quelle geschwind, geschwind, da thut's nichts. Wie ich so da stund und zusah, mit welcher Emsigkeit das Kleine mit seinen nassen Händgen die Bakken rieb, mit welchem Glauben, daß durch die Wunderquelle alle Verunreinigung abgespült, und die Schmach abgethan würde, einen häslichen Bart zu kriegen. Wie Lotte sagte, es ist genug, und das Kind doch immer eifrig fort wusch, als wenn Viel mehr thäte als Wenig. Ich sage dir, Wilhelm, ich habe mit mehr Respekt nie einer Taufhandlung* beygewohnt, und als Lotte herauf kam, hätte ich mich gern vor ihr niedergeworfen wie vor einem Propheten, der die Schulden* einer Nation weggeweiht hat.

Des Abends konnt ich nicht umhin, in der Freude meines Herzens den Vorfall einem Manne zu erzählen, dem ich Menschensinn zutraute, weil er Verstand hat. Aber wie kam ich an. Er sagte, das wäre sehr übel von Lotten gewesen, man solle die Kinder nichts weis machen, dergleichen gäbe zu unzählichen Irrthümern und Aberglauben Anlaß, man müßte die Kinder frühzeitig davor bewahren. Nun fiel mir ein, daß der Mann vor acht Tagen hatte taufen lassen, drum ließ ich's vorbey gehn, und blieb in meinem Herzen der Wahrheit getreu: wir sollen es mit den Kindern machen, wie Gott mit uns, der uns am glüklichsten macht, wenn er uns im freundlichen Wahne so hintaumeln läßt.

am 8. Juli.

Was man ein Kind ist! Was man nach so einem Blikke geizt*! Was man ein Kind ist! Wir waren nach Wahlheim gegangen, die Frauenzimmer fuhren hinaus, und während unsrer Spaziergange glaubt ich in Lottens schwarzen Augen — Ich bin ein Thor, verzeih mir's, du solltest sie sehn, diese Augen. Daß ich kurz bin, denn die Augen fallen mir zu vom Schlaf. Siehe die Frauenzimmer steigen ein, da stunden um die Kutsche der junge W. . Selstadt und Audran, und ich. Da ward aus dem Schlage geplaudert mit den Kerlgens, die freylich leicht und lüftig* genug waren. Ich suchte Lottens

Augen! Ach sie giengen von einem zum andern! Aber auf
mich! Mich! Mich! der ganz allein auf sie resignirt dastund,
fielen sie nicht! Mein Herz sagte ihr tausend Adieu! Und sie
sah mich nicht! Die Kutsche fuhr vorbey und eine Thräne
stund mir im Auge. Ich sah ihr nach! Und sah Lottens
Kopfputz sich zum Schlag heraus lehnen, und sie wandte
sich um zu sehn. Ach! Nach mir? — Lieber! In dieser
Ungewißheit schweb ich! Das ist mein Trost. Vielleicht hat
sie sich nach mir umgesehen. Vielleicht—Gute Nacht! O was
ich ein Kind bin!

am 10. Juli.

Die alberne Figur, die ich mache, wenn in Gesellschaft von
ihr gesprochen wird, solltest du sehen. Wenn man mich nun
gar fragt, wie sie mir gefällt— Gefällt! das Wort haß ich in
Tod. Was muß das für ein Kerl seyn, dem Lotte gefällt, dem
sie nicht alle Sinnen, alle Empfindungen ausfüllt. Gefällt!
Neulich fragte mich einer, wie mir Ossian* gefiele.

am 11. Juli.

Frau M.. ist sehr schlecht, ich bete für ihr Leben, weil ich
mit Lotten dulde. Ich seh sie selten bey einer Freundinn, und
heut hat sie mir einen wunderbaren Vorfall erzahlt. Der alte
M.. ist ein geiziger rangiger* Hund, der seine Frau im Leben
was rechts geplagt und eingeschränkt hat. Doch hat sich die
Frau immer durchzuhelfen gewußt. Vor wenig Tagen, als der
Doktor ihr das Leben abgesprochen hatte, ließ sie ihren Mann
kommen, Lotte war im Zimmer, und redte ihn also an: Ich
muß dir eine Sache gestehn, die nach meinem Tode
Verwirrung und Verdruß machen könnte. Ich habe bisher die
Haushaltung geführt, so ordentlich und sparsam als möglich, allein du wirst mir verzeihen, daß ich dich diese dreyßig
Jahre her hintergangen habe. Du bestimmtest im Anfange
unserer Heyrath ein geringes für die Bestreitung der Küche
und anderer häuslichen Ausgaben. Als unsere Haushaltung
stärker wurde, unser Gewerb grösser, warst du nicht zu
bewegen, mein Wochengeld nach dem Verhältnisse zu
vermehren, kurz du weißt, daß du in den Zeiten, da sie am
grösten war, verlangtest, ich solle mit sieben Gulden die
Woche auskommen. Die hab ich denn ohne Widerrede

genmmen und mir den Ueberschuß wöchentlich aus der Loosung* geholt, da niemand vermuthete, daß die Frau die Casse bestehlen würde. Ich habe nichts verschwendet, und wäre auch, ohne es zu bekennen, getrost der Ewigkeit entgegen gegangen, wenn nicht diejenige, die nach mir das Wesen zu führen hat, sich nicht zu helfen wissen würde, und du doch immer drauf bestehen könntest, deine erste Frau sey damit ausgekommen.

Ich redete mit Lotten über die unglaubliche Verblendung des Menschensinns, daß einer nicht argwohnen soll, dahinter müsse was anders stekken, wenn eins mit sieben Gulden hinreicht, wo man den Aufwand vielleicht um zweymal so viel sieht. Aber ich hab selbst Leute gekannt, die des Propheten ewiges Oelkrüglein* ohne Verwunderung in ihrem Hause statuirt* hätten.

am 13. Juli.

Nein, ich betrüge mich nicht! Ich lese in ihren schwarzen Augen wahre Theilnehmung an mir, und meinem Schicksaale. Ja ich fühle, und darin darf ich meinem Herzen trauen, daß sie — O darf ich, kann ich den Himmel in diesen Worten aussprechen? — daß sie mich liebt.

Mich liebt! Und wie werth ich mir selbst werde! Wie ich — dir darf ich's wohl sagen, du hast Sinn für so etwas — wie ich mich selbst anbete, seitdem sie mich liebt.

Und ob das Vermessenheit ist oder Gefühl des wahren Verhältnisses: Ich kenne den Menschen nicht, von dem ich etwas in Lottens Herzen fürchtete. Und doch — wenn sie von ihrem Bräutigam spricht mit all der Wärme, all der Liebe, da ist mir's wie einem, der all seiner Ehren und Würden entsezt*, und dem der Degen abgenommen wird.

am 16. Juli.

Ach wie mir* das durch alle Adern läuft, wenn mein Finger unversehens den ihrigen berührt, wenn unsere Füsse sich unter dem Tische begegnen. Ich ziehe zurück wie vom Feuer, und eine geheime Kraft zieht mich wieder vorwärts, mir wirds so schwindlich vor allen Sinnen. O und ihre Unschuld, ihre unbefangene Seele fühlt nicht, wie sehr mich die kleinen Vertraulichkeiten peinigen. Wenn sie gar im Gespräch ihre

Hand auf die meinige legt, und im Interesse der Unterredung näher zu mir rückt, daß der himmlische Athem ihres Mundes meine Lippen reichen* kann. — Ich glaube zu versinken wie vom Wetter gerührt. Und Wilhelm, wenn ich mich jemals unterstehe, diesen Himmel, dieses Vertrauen — Du verstehst mich. Nein, mein Herz ist so verderbt nicht! Schwach! schwach genug! Und ist das nicht Verderben? Sie ist mir heilig. Alle Begier schweigt in ihrer Gegenwart. Ich weis nimmer wie mir ist, wenn ich bey ihr bin, es ist als wenn die Seele sich mir in allen Nerven umkehrte. Sie hat eine Melodie, die sie auf dem Clavier spielt mit der Kraft eines Engels, so simpel und so geistvoll, es ist ihr Leiblied, und mich stellt es von aller Pein, Verwirrung und Grillen her, wenn sie nur die erste Note davon greift.

Kein Wort von der Zauberkraft* der alten Musik ist mir unwahrscheinlich, wie mich der einfache Gesang angreift. Und wie sie ihn anzubringen weis, oft zur Zeit, wo ich mir eine Kugel vor'n Kopf schiessen möchte. Und all die Irrung und Finsterniß meiner Seele zerstreut sich, und ich athme wieder freyer.

am 18. Juli.

Wilhelm, was ist unserm Herzen die Welt ohne Liebe! Was eine Zauberlaterne ist, ohne Licht! Kaum bringst Du das Lämpgen hinein, so scheinen Dir die buntesten Bilder an deine weiße Wand! Und wenn's nichts wäre als das, als vorübergehende Phantomen, so machts doch immer unser Glük, wenn wir wie frische Bubens davor stehen und uns über die Wundererscheinungen entzükken. Heut konnt ich nicht zu Lotten, eine unvermeidliche Gesellschaft hielt mich ab. Was war zu thun. Ich schikte meinen Buben hinaus, nur um einen Menschen um mich zu haben, der ihr heute nahe gekommen wäre. Mit welcher Ungedult ich den Buben erwartete, mit welcher Freude ich ihn wieder sah. Ich hätt' ihn gern bey'm Kopf genommen und geküßt, wenn ich mich nicht geschämt hätte.

Man erzählt von dem Bononischen Stein*, daß er, wenn man ihn in die Sonne legt, ihre Strahlen anzieht und eine Weile bey Nacht leuchtet. So war mir's mit dem Jungen. Das Gefühl, daß ihre Augen auf seinem Gesicht', seinen Bakken, seinen Rokknöpfen und dem Kragen am Sürtout* geruht hatten, machte mir das all so heilig, so werth, ich hätte in dem Augenblikke den Jungen nicht vor tausend Thaler gegeben. Es war mir so wohl in seiner Gegenwart — Bewahre dich Gott, daß du darüber nicht lachst. Wilhelm, sind das Phantomen, wenn es uns wohl wird?

den 19. Juli.

Ich werde sie sehen: ruf ich Morgens aus, wenn ich mich ermuntere, und mit aller Heiterkeit der schönen Sonne entgegen blikke. Ich werde sie sehen! Und da hab ich für den ganzen Tag keinen Wunsch weiter. Alles, alles verschlingt sich in dieser Aussicht.

den 20. Juli.

Eure Idee will noch nicht die meinige werden, daß ich mit dem Gesandten nach *** gehen soll. Ich liebe die Subordination nicht sehr, und wir wissen alle, daß der Mann noch dazu ein widriger Mensch ist. Meine Mutter möchte mich gern in Aktivität* haben, sagst du, das hat mich zu lachen gemacht, bin ich jezt nicht auch aktiv? und ist's im Grund nicht einerley: ob ich Erbsen zähle oder Linsen? Alles in der Welt läuft doch auf eine Lumperey hinaus, und ein Kerl, der um anderer willen, ohne daß es seine eigene Leidenschaft ist, sich um Geld, oder Ehre, oder sonst was, abarbeitet, ist immer ein Thor.

am 24. Juli.

Da Dir so viel daran gelegen ist, daß ich mein Zeichnen nicht vernachlässige, möcht ich lieber die ganze Sache übergehn, als Dir sagen: daß zeither wenig gethan wird.

Noch nie war ich glüklicher, noch nie meine Empfndung an der Natur, bis auf's Steingen, auf's Gräsgen herunter, voller und inniger, und doch—ich weis nicht, wie ich mich ausdrükken soll, meine vorstellende Kraft ist so schwach, alles schwimmt, schwankt vor meiner Seele, daß ich keinen Umriß pakken kann; aber ich bilde mir ein, wenn ich Thon hätte oder Wachs, so wollt ich's wohl herausbilden, ich werde auch Thon nehmen wenn's länger währt, und kneten, und sollten's Kuchen werden.

31

Lottens Porträt habe ich dreymal angefangen, und habe mich dreymal prostituirt*, das mich um so mehr verdriest, weil ich vor einiger Zeit sehr glüklich im Treffen war, darauf hab ich denn ihren Schattenriß gemacht, und damit soll mir genügen.

am 26. Juli.

Ich habe mir schon so manchmal vorgenommen, sie nicht so oft zu sehn. Ja wer das halten könnte! Alle Tage unterlieg ich der Versuchung, und verspreche mir heilig: Morgen willst du einmal wegbleiben, und wenn der Morgen kommt, find ich doch wieder eine unwiderstehliche Ursache, und eh ich mich's versehe, bin ich bey ihr. Entweder sie hat des Abends gesagt: Sie kommen doch Morgen? — Wer könnte da wegbleiben? Oder der Tag ist gar zu schön, ich gehe nach Wahlheim, und wenn ich so da bin—ist's nur noch eine halbe Stunde zu ihr! Ich bin zu nah in der Atmosphäre, Zuk! so bin ich dort. Meine Großmutter hatte ein Mährgen vom Magnetenberg*. Die Schiffe die zu nahe kamen, wurde auf einmal alles Eisenwerks beraubt, die Nägel flogen dem Berge zu, und die armen Elenden scheiterten zwischen den übereinander stürzenden Brettern.

am 30. Juli.

Albert ist angekommen, und ich werde gehen, und wenn er der beste, der edelste Mensch wäre, unter den ich mich in allem Betracht zu stellen bereit wäre, so wär's unerträglich, ihn vor meinem Angesichte im Besizze so vieler Vollkommenheiten zu sehen. Besiz! — Genug, Wilhelm der Bräutigam ist da. Ein braver lieber Kerl, dem man gut seyn muß. Glüklicher weise war ich nicht bey'm Empfange! Das hätte mir das Herz zerrissen. Auch ist er so ehrlich und hat Lotten in meiner Gegenwart noch nicht einmal geküßt. Das lohn ihm Gott! Um des Respekts willen, den er vor dem Mädgen hat, muß ich ihn lieben. Er will mir wohl, und ich vermuthe, das ist Lottens Werk, mehr als seiner eigenen Empfindung, denn darinn sind die Weiber fein, und haben recht. Wenn sie zwey Kerls in gutem Vernehmen mit einander halten können, ist der Vortheil immer ihre, so selten es auch angeht.

Indeß kann ich Alberten meine Achtung nicht versagen, seine gelassne Aussenseite*, sticht gegen die Unruhe meines Charakters* sehr lebhaft ab, die sich nicht verbergen läßt, er hat viel Gefühl und weis, was er an Lotten hat. Er scheint wenig üble Laune zu haben, und du weist, das ist die Sünde, die ich ärger hasse am Menschen als alle andre.

Er hält mich für einen Menschen von Sinn*, und meine Anhänglichkeit an Lotten, meine warme Freude, die ich an all ihren Handlungen habe, vermehrt seinen Triumph, und er liebt sie nur desto mehr. Ob er sie nicht manchmal heimlich mit kleiner Eifersüchteley peinigt, das laß ich dahin gestellt seyn, wenigstens an seinem Plazze würde ich nicht ganz sicher vor dem Teufel bleiben.

Dem sey nun wie ihm wolle, meine Freude bey Lotten zu seyn, ist hin! Soll ich das Thorheit nennen oder Verblendung? —Was braucht's Nahmen! Erzählt die Sache an sich!*—Ich wuste alles, was ich jezt weis, eh Albert kam, ich wuste, daß ich keine Prätensionen auf sie zu machen hatte, machte auch keine —Heist das, insofern es möglich ist, bey so viel Liebenswürdigkeiten nicht zu begehren — Und jezt macht der Frazze* grosse Augen, da der andere nun wirklich kommt, und ihm das Mädgen wegnimmt.

Ich beisse die Zähne auf einander und spotte über mein Elend, und spottete derer doppelt und dreyfach, die sagen könnten, ich sollte mich resigniren, und weil's nun einmal nicht anders seyn könnte. — Schafft mir die Kerls vom Hals! — Ich laufe in den Wäldern herum, und wenn ich zu Lotten komme, und Albert so bey ihr sizt im Gärtgen unter der Laube, und ich nicht weiter kann, so bin ich ausgelassen närrisch, und fange viel Possen, viel verwirrtes Zeug an. Um Gottes willen, sagte mir Lotte heute, ich bitte Sie! keine Scene wie die von gestern Abend! sie sind fürchterlich, wenn Sie so lustig sind. Unter uns, ich passe die Zeit ab, wenn er zu thun hat, wutsch! bin ich draus, und da ist mir's immer wohl, wenn ich sie allein finde.

am 8. Aug.

Ich bitte dich, lieber Wilhelm! Es war gewiß nicht auf dich geredt, wenn ich schrieb: schafft mir die Kerls vom Hals, die sagen, ich sollte mich resigniren. Ich dachte warlich nicht dran, daß du von ähnlicher Meinung seyn könntest. Und im

Grunde hast du recht! Nur eins, mein Bester, in der Welt ist's sehr selten* mit dem Entweder Oder gethan, es giebt so viel Schattirungen der Empfindungen und Handlungsweisen, als Abfälle zwischen einer Habichts- und Stumpfnase.

Du wirst mir also nicht übel nehmen, wenn ich dir dein ganzes Argument einräume, und mich doch zwischen dem Entweder Oder durchzustehlen suche.

Entweder sagst du, hast du Hofnung auf Lotten, oder du hast keine. Gut! Im ersten Falle such sie durchzutreiben, suche die Erfüllung deiner Wünsche zu umfassen, im andern Falle ermanne dich und suche einer elenden Empfindung los zu werden, die all deine Kräfte verzehren muß. Bester, das ist wohl gesagt, und—bald gesagt.

Und kannst du von dem Unglüklichen, dessen Leben unter einer schleichenden Krankheit unaufhaltsam allmählich abstirbt, kannst du von ihm verlangen, er solle durch einen Dolchstos der Quaal auf einmal ein Ende machen? Und raubt das Uebel, das ihm die Kräfte wegzehrt, ihm nicht auch zugleich den Muth, sich davon zu befreyen?

Zwar könntest du mir mit einem verwandten Gleichnisse antworten: Wer liesse sich nicht lieber den Arm abnehmen, als daß er durch Zaudern und Zagen sein Leben auf's Spiel sezte — Ich weis nicht — und wir wollen uns nicht in Gleichnissen herumbeissen. Genug — Ja, Wilhelm ich habe manchmal so einen Augenblick aufspringenden, abschüttelnden Muths, und da, wenn ich nur wüste wohin, ich gienge wohl.

am 10. Aug.*

Ich könnte das beste glüklichste Leben führen, wenn ich nicht ein Thor wäre. So schöne Umstände vereinigen sich nicht leicht zusammen, eines Menschen Herz zu ergözzen, als die sind, in denen ich mich jezt befinde.

Ach so gewiß ist's, daß unser Herz allein sein Glük macht! Ein Glied der liebenswürdigen Familie auszumachen, von dem Alten geliebt zu werden wie ein Sohn, von den Kleinen wie ein Vater und von Lotten — und nun der ehrliche Albert, der durch keine launische Unart mein Glük stört, der mich mit herzlicher Freundschaft umfaßt, dem ich nach Lotten das liebste auf der Welt bin — Wilhelm, es ist eine Freude uns zu hören, wenn wir spazieren gehn und uns einander von Lotten unterhalten, es ist in der Welt nichts lächerlichers erfunden worden als dieses Verhältniß, und doch kommen mir drüber die Thränen oft in die Augen. Wenn er mir so von ihrer rechtschaffenen Mutter erzählt, wie die auf ihrem Todbette Lotten ihr Hauß und ihre Kinder übergeben, und ihm Lotten anbefohlen habe, wie seit der Zeit ein ganz anderer Geist Lotten belebt, wie sie in Sorge für ihre Wirthschaft und im Ernste eine wahre Mutter geworden, wie kein Augenblik ihrer Zeit ohne thätige Liebe, ohne Arbeit verstrichen, und wie dennoch all ihre Munterkeit, all ihr Leichtsinn sie nicht verlassen habe. Ich gehe so neben ihm hin, und pflükke Blumen am Wege, füge sie sehr sorgfältig in einen Straus und — werfe sie in den vorüberfliessenden Strohm, und sehe ihnen nach wie sie leise hinunterwallen. Ich weis nicht, ob ich dir geschrieben habe, daß Albert hier bleiben, und ein Amt mit einem artigen Auskommen vom Hofe erhalten wird, wo er sehr beliebt ist. In Ordnung und Emsigkeit in Geschäften hab ich wenig seines gleichen gesehen.

am 12. Aug.

Gewiß Albert ist der beste Mensch unter dem Himmel, ich habe gestern eine wunderbare Scene mit ihm gehabt. Ich kam zu ihm, um Abschied zu nehmen, denn mich wandelte die Lust an, in's Gebürg zu reiten, von daher ich dir auch jezt schreibe, und wie ich in der Stube auf und ab gehe, fallen mir seine Pistolen* in die Augen. Borg mir die Pistolen, sagt ich, zu meiner Reise. Meintwegen, sagt er, wenn du dir die Mühe geben willst sie zu laden, bey mir hängen sie nur pro forma. Ich nahm eine herunter, und er fuhr fort: Seit mir meine Vorsicht einen so unartigen Streich gespielt hat, mag ich mit dem Zeuge nichts mehr zu thun haben. Ich war neugierig, die Geschichte zu wissen. Ich hielte mich, erzählte er, wohl ein Vierteljahr auf dem Lande bey einem Freunde auf, hatte ein paar Terzerolen* ohngeladen und schlief ruhig. Einmal an einem regnigten Nachmittage, da ich so müßig sizze, weis ich nicht wie mir einfällt: wir könnten überfallen werden, wir könnten die Terzerols nöthig haben, und könnten — du weist ja, wie das ist. Ich gab sie dem Bedienten, sie zu puzzen, und zu laden, und der dahlt*, mit den Mädgen, will sie erschrökken, und Gott weis wie, das Gewehr geht los, da der Ladstok noch drinn stekt und schießt den Ladstok einem Mädgen zur Maus* herein, an der rechten Hand, und zerschlägt ihr den Daumen. Da hatt' ich das Lamentiren, und den Barbierer zu bezahlen oben drein, und seit der Zeit laß ich all das Gewehr ungeladen. Lieber Schaz, was ist Vorsicht! die Gefahr läßt sich nicht auslernen! Zwar — Nun weißt du, daß ich den Menschen sehr lieb habe bis auf seine Zwar. Denn versteht sich's nicht von selbst, daß jeder allgemeine Satz Ausnahmen leidet. Aber so rechtfertig* ist der Mensch, wenn er glaubt, etwas übereiltes, allgemeines, halbwahres gesagt zu haben; so hört er dir nicht auf zu limitiren, modificiren, und ab und zu zu thun, bis zulezt gar nichts mehr an der Sache ist. Und bey diesem Anlasse kam er sehr tief in Text, und ich hörte endlich gar nicht weiter auf ihn, verfiel in Grillen, und mit einer auffahrenden Gebährde drukt ich mir die Mündung der Pistolen übers rechte Aug an die Stirn. Pfuy sagte Albert, indem er mir die Pistole herabzog, was soll das! — Sie ist nicht geladen, sagt ich. — Und auch so! Was soll's? versezt er ungedultig. Ich kann mir nicht vorstellen, wie ein Mensch so thörigt seyn kann, sich zu erschiessen; der blosse Gedanke erregt mir Widerwillen.

Daß ihr Menschen, rief ich aus, um von einer Sache zu reden, gleich sprechen müßt: Das ist thörig, das ist klug, das ist gut, das ist bös! Und was will das all heissen? Habt ihr deßwegen die innern Verhältnisse einer Handlung erforscht? Wißt ihr mit Bestimmtheit die Ursachen zu entwikkeln, warum sie geschah, warum sie geschehen mußte? Hättet ihr das, ihr würdet nicht so eilfertig mit euren Urtheilen seyn.

Du wirst mir zugeben, sagte Albert, daß gewisse Handlungen lasterhaft bleiben, sie mögen aus einem Beweggrunde geschehen, aus welchem sie wollen.

Ich zukte die Achseln und gabs ihm zu. Doch, mein Lieber, fuhr ich fort, finden sich auch hier einige Ausnahmen. Es ist wahr, der Diebstahl ist ein Laster, aber der Mensch, der, um sich und die Seinigen vom schmäligen Hungertode zu erretten, auf Raub ausgeht, verdient der Mitleiden oder Strafe? Wer hebt den ersten Stein auf* gegen den Ehemann, der im gerechten Zorne sein untreues Weib und ihren nichtswürdigen Verführer aufopfert? Gegen das Mädgen, das in einer wonnevollen Stunde, sich in den unaufhaltsamen Freuden der Liebe verliert? Unsere Gesetze selbst, diese kaltblütigen Pedanten, lassen sich rühren, und halten ihre Strafe zurük.

Das ist ganz was anders, versezte Albert, weil ein Mensch, den seine Leidenschaften hinreissen, alle Besinnungskraft verliert, und als ein Trunkener, als ein Wahnsinniger angesehen wird. — Ach ihr vernünftigen Leute! rief ich lächelnd aus. Leidenschaft! Trunkenheit! Wahnsinn! Ihr steht so gelassen, so ohne Theilnehmung da, ihr sittlichen Menschen, scheltet den Trinker, verabscheuet den Unsinnigen, geht vorbey wie der Priester*, und dankt Gott wie der Pharisäer*, daß er euch nicht gemacht hat, wie einen von diesen. Ich bin mehr als einmal trunken gewesen, und meine Leidenschaften waren nie weit vom Wahnsinne, und beydes reut mich nicht, denn ich habe in meinem Maasse begreifen lernen: Wie man alle ausserordentliche Menschen, die etwas grosses, etwas unmöglich scheinendes würkten, von jeher für Trunkene und Wahnsinnige ausschreien müßte.

Aber auch im gemeinen Leben ists unerträglich, einem Kerl bey halbweg einer freyen, edlen, unerwarteten That nachrufen zu hören: Der Mensch ist trunken, der ist närrisch. Schämt euch, ihr Nüchternen. Schämt euch, ihr Weisen. Das sind nun wieder von deinen Grillen, sagte Albert. Du überspannst alles, und hast wenigstens hier gewiß unrecht, daß du den Selbstmord, wovon wir jetzo reden, mit grossen Handlungen vergleichst, da man es doch für nichts anders als eine Schwäche halten kann, denn freylich ist es leichter zu sterben, als ein qualvolles Leben standhaft zu ertragen.

Ich war im Begriffe abzubrechen, denn kein Argument in der Welt bringt mich so aus der Fassung, als wenn einer mit einem unbedeutenden Gemeinspruche angezogen kommt, da ich aus ganzem Herzen rede. Doch faßt ich mich, weil ich's schon öfter gehört und mich öfter darüber geärgert hatte, und versezte ihm mit einiger Lebhaftigkeit: Du nennst das Schwäche! ich bitte dich, laß dich vom Anscheine nicht verführen. Ein Volk, das unter dem unerträglichen Joche eines Tyrannen seufzt, darfst du das schwach heissen, wenn es endlich aufgährt und seine Ketten zerreißt. Ein Mensch, der über dem Schrekken, daß Feuer sein Haus ergriffen hat, alle Kräfte zusammen gespannt fühlt, und mit Leichtigkeit Lasten wegträgt, die er bey ruhigem Sinne kaum bewegen kann; einer, der in der Wuth der Beleidigung es mit Sechsen aufnimmt, und sie überwältigt, sind die schwach zu nennen? Und mein Guter, wenn Anstrengung Stärke ist, warum soll die Ueberspannung das Gegentheil seyn? Albert sah mich an und sagte: nimm mirs nicht übel, die Beyspiele die du da giebst, scheinen hierher gar nicht zu gehören. Es mag seyn, sagt ich, man hat mir schon öfter vorgeworfen, daß meine Combinationsart manchmal an's Radotage* gränze! Laßt uns denn sehen, ob wir auf eine andere Weise uns vorstellen können, wie es dem Menschen zu Muthe seyn mag, der sich entschließt, die sonst so angenehme Bürde des Lebens abzuwerfen, denn nur in so fern wir mit empfinden, haben wir Ehre* von einer Sache zu reden.

Die menschliche Natur*, fuhr ich fort, hat ihre Gränzen, sie kann Freude, Leid, Schmerzen, bis auf einen gewissen Grad ertragen, und geht zu Grunde, sobald der überstiegen ist.

Hier ist also nicht die Frage, ob einer schwach oder stark ist, sondern ob er das Maas seines Leidens ausdauren kann; es mag nun moralisch oder physikalisch seyn, und ich finde es eben so wunderbar zu sagen, der Mensch ist feig, der sich das Leben nimmt, als es ungehörig wäre, den einen Feigen zu nennen, der an einem bösartigen Fieber stirbt.

Paradox! sehr paradox! rief Albert aus. — Nicht so sehr, als du denkst, versezt ich. Du giebst mir zu wir nennen das eine Krankheit zum Todte*, wodurch die Natur so angegriffen wird, daß theils ihre Kräfte verzehrt, theils so ausser Würkung gesezt werden, daß sie sich nicht wieder aufzuhelfen, durch keine glükliche Revolution, den gewöhnlichen Umlauf des Lebens wieder herzustellen fähig ist.

Nun mein Lieber, laß uns das auf den Geist anwenden. Sieh den Menschen an in seiner Eingeschränktheit, wie Eindrükke auf ihn würken, Ideen sich bey ihm fest sezzen, bis endlich eine wachsende Leidenschaft ihn aller ruhigen Sinneskraft beraubt, und ihn zu Grunde richtet.

Vergebens, daß der gelaßne vernünftige Mensch den Zustand des Unglüklichen übersieht, vergebens, daß er ihm zuredet, eben als wie ein Gesunder, der am Bette des Kranken steht, ihm von seinen Kräften nicht das geringste einflößen kann.

Alberten war das zu allgemein gesprochen, ich erinnerte ihn an ein Mädgen, das man vor weniger Zeit im Wasser todt gefunden, und wiederholt ihm ihre Geschichte. Ein gutes junges Geschöpf, das in dem engen Kreise häuslicher Beschäftigungen, wöchentlicher bestimmter Arbeit so herangewachsen war, das weiter keine Aussicht von Vergnügen kannte, als etwa Sonntags in einem nach und nach zusammengeschafften Puzze mit ihres gleichen um die Stadt spazieren zu gehen, vielleicht alle hohe Feste einmal zu tanzen, und übrigens mit aller Lebhaftigkeit des herzlichsten Antheils manche Stunde über den Anlas eines Gezänkes, einer übeln Nachrede, mit einer Nachbarin zu verplaudern; deren feurige Natur fühlt nun endlich innigere Bedürfnisse, die durch die Schmeicheleyen der Männer vermehrt werden, all ihre vorige Freuden werden ihr nach und nach unschmakhaft, bis sie endlich einen Menschen antrifft, zu dem ein unbekanntes Gefühl sie unwiderstehlich hinreißt, auf den sie nun all ihre Hofnungen wirft, die Welt rings um sich vergißt, nichts hört, nichts sieht, nichts fühlt als ihn, den Einzigen, sich nur sehnt nach ihm, dem Einzigen. Durch die leere Vergnügen einer unbeständigen Eitelkeit nicht verdorben, zieht ihr Verlangen grad nach dem Zwecke: Sie will die Seinige werden, sie will in ewiger Verbindung all das Glück antreffen, das ihr mangelt, die Vereinigung aller Freuden geniessen, nach denen sie sich sehnte. Wiederholtes Versprechen, das ihr die Gewißheit aller Hofnungen versiegelt, kühne Liebkosungen, die ihre Begierden vermehren, umfangen ganz ihre Seele, sie schwebt in einem dumpfen Bewußtseyn, in einem Vorgefühl aller Freuden, sie ist bis auf den höchsten Grad gespannt, wo sie endlich ihre Arme ausstrekt, all ihre Wünsche zu umfassen — und ihr Geliebter verläßt sie — Erstarrt, ohne Sinne steht sie vor einem Abgrunde, und alles ist Finsterniß um sie her, keine Aussicht, kein Trost, keine Ahndung, denn der hat sie verlassen, in dem sie allein ihr Daseyn fühlte. Sie sieht nicht die weite Welt, die vor ihr liegt, nicht die Vielen, die ihr den Verlust ersezzen könnten, sie fühlt sich allein, verlassen von aller Welt, — und blind, in die Enge gepreßt von der entsezlichen Noth ihres Herzens stürzt sie sich hinunter, um in einem rings umfangenden Tode all ihre Quaalen zu erstikken.—Sieh, Albert, das ist die Geschichte so manches Menschen, und sag, ist das nicht der Fall der Krankheit? Die Natur findet keinen Ausweg* aus dem Labyrinthe der verworrenen und widersprechenden Kräfte, und der Mensch muß sterben.

Wehe dem, der zusehen und sagen könnte: Die Thörinn! hätte sie gewartet, hätte sie die Zeit würken lassen, es würde sich die Verzweiflung schon gelegt, es würde sich ein anderer sie zu trösten schon vorgefunden haben. Das ist eben, als wenn einer sagte: der Thor! stirbt am Fieber! hätte er gewartet, bis sich seine Kräfte erhohlt, seine Säfte* verbessert, der Tumult seines Blutes gelegt hätten, alles wäre gut gegangen, und er lebte bis auf den heutigen Tag! Albert, dem die Vergleichung noch nicht anschaulich war, wandte noch einiges ein, und unter andern: ich habe nur von einem einfältigen Mädgen gesprochen, wie denn aber ein Mensch von Verstande, der nicht so eingeschränkt sey, der mehr Verhältnisse übersähe, zu entschuldigen seyn möchte, könne er nicht begreifen. Mein Freund rief ich aus, der Mensch ist Mensch, und das Bißgen Verstand das einer haben mag, kommt wenig oder nicht in Anschlag, wenn Leidenschaft wüthet, und die Gränzen der Menschheit* einen drängen. Vielmehr — ein andermal davon, sagt ich, und grif nach meinem Hute. O mir war das Herz so voll — Und wir giengen auseinander, ohne einander verstanden zu haben. Wie denn auf dieser Welt keiner leicht den andern versteht.

am 15. Aug.

Es ist doch gewiß, daß in der Welt den Menschen nichts nothwendig macht als die Liebe. Ich fühl's an Lotten, daß sie mich ungern verlöhre, und die Kinder haben keine andre Idee, als daß ich immer morgen wiederkommen würde. Heut war ich hinausgegangen, Lottens Clavier zu stimmen, ich konnte aber nicht dazu kommen, denn die Kleinen verfolgten mich um ein Mährgen, und Lotte sagte denn selbst, ich sollte ihnen den Willen thun. Ich schnitt ihnen das Abendbrod, das sie nun fast so gerne von mir als von Lotten annehmen und erzählte ihnen das Hauptstückgen von der Prinzeßinn*, die von Händen bedient wird. Ich lerne viel dabey, das versichr' ich dich, und ich bin erstaunt, was es auf sie für Eindrükke macht. Weil ich manchmal einen Inzidenzpunkt* erfinden muß, den ich bey'm zweytenmal vergesse, sagen sie gleich, das vorigemal wär's anders gewest, so daß ich mich jezt übe, sie unveränderlich in einem singenden Sylbenfall an einem Schnürgen weg zu rezitiren. Ich habe daraus gelernt wie ein

Autor, durch eine zweyte veränderte Auflage seiner
Geschichte, und wenn sie noch so poetisch besser geworden
wäre, nothwendig seinem Buche schaden muß. Der erste
Eindruk findet uns willig, und der Mensch ist so gemacht,
daß man ihm das abenteuerlichste überreden kann, das haftet
aber auch gleich so fest, und wehe dem, der es wieder aus-
krazzen und austilgen will.

am 18. Aug.

Mußte denn das so seyn? daß das, was des Menschen
Glükseligkeit macht, wieder die Quelle seines Elends würde.
Das volle warme Gefühl* meines Herzens an der
lebendigen Natur, das mich mit so viel Wonne überströmte,
das rings umher die Welt mir zu einem Paradiese schuf, wird
mir jezt zu einem unerträglichen Peiniger, zu einem
quälenden Geiste, der mich auf allen Wegen verfolgt. Wenn
ich sonst vom Fels über den Fluß bis zu jenen Hügeln das
fruchtbare Thal überschaute, und alles um mich her keimen
und quellen sah, wenn ich jene Berge, vom Fuße bis auf zum
Gipfel, mit hohen, dichten Bäumen bekleidet, all jene Thäler
in ihren mannichfaltigen Krümmungen von den lieblichsten
Wäldern beschattet sah, und der sanfte Fluß zwischen den
lispelnden Rohren dahin gleitete, und die lieben Wolken
abspiegelte, die der sanfte Abendwind am Himmel herüber
wiegte, wenn ich denn die Vögel um mich, den Wald beleben
hörte, und die Millionen Mükkenschwärme im lezten rothen
Strahle der Sonne muthig tanzten, und ihr lezter zukkender
Blik den summenden Käfer aus seinem Grase befreyte und
das Gewebere* um mich her, mich auf den Boden
aufmerksam machte und das Moos, das meinem harten
Felsen seine Nahrung abzwingt, und das Geniste*, das den
dürren Sandhügel hinunter wächst, mir alles das innere
glühende, heilige Leben der Natur eröfnete, wie umfaßt ich
das all mit warmen Herzen, verlohr mich in der unendlichen
Fülle, und die herrlichen Gestalten der unendlichen Welt
bewegten sich alllebend in meiner Seele. Ungeheure Berge
umgaben mich, Abgründe lagen vor mir, und Wetterbäche
stürzten herunter, die Flüsse strömten unter mir, und Wald
und Gebürg erklang. Und ich sah sie würken und schaffen in
einander in den Tiefen der Erde, all die Kräfte unergründlich.
Und nun über der Erde und unter dem Himmel wimmeln die

Geschlechter der Geschöpfe all, und alles, alles bevölkert mit tausendfachen Gestalten, und die Menschen dann sich in Häuslein zusammen sichern, und sich annisten, und herrschen in ihrem Sinne über die weite Welt! Armer Thor, der du alles so gering achtest, weil du so klein bist. Vom unzugänglichen Gebürge über die Einöde, die kein Fuß betrat, bis ans Ende des unbekannten Ozeans, weht der Geist des Ewigschaffenden und freut sich jedes Staubs, der ihn vernimmt und lebt. Ach damals, wie oft hab ich mich mit Fittigen eines Kranichs, der über mich hinflog, zu dem Ufer des ungemessenen Meeres gesehnt, aus dem schäumenden Becher des Unendlichen, jene schwellende Lebenswonne zu trinken, und nur einen Augenblick in der eingeschränkten Kraft meines Busens einen Tropfen der Seligkeit des Wesens zu fühlen, das alles in sich und durch sich hervorbringt.

Bruder, nur die Erinnerung jener Stunden macht mir wohl, selbst diese Anstrengung, jene unsäglichen Gefühle zurük zu rufen, wieder auszusprechen, hebt meine Seele über sich selbst, und läßt mir dann das Bange des Zustands doppelt empfinden, der mich jezt umgiebt.

Es hat sich vor meiner Seele wie ein Vorhang weggezogen, und der Schauplatz des unendlichen Lebens verwandelt sich vor mir in den Abgrund des ewig offnen Grabs. Kannst du sagen: Das ist! da alles vorübergeht, da alles mit der Wetterschnelle vorüber rollt, so selten die ganze Kraft seines Daseyns ausdauert, ach in den Strom fortgerissen, untergetaucht und an Felsen zerschmettert wird. Da ist kein Augenblik, der nicht dich verzehrte und die Deinigen um dich her, kein Augenblick, da du nicht ein Zerstöhrer bist, seyn mußt. Der harmloseste Spaziergang kostet tausend tausend armen Würmgen das Leben, es zerrüttet ein Fustritt die mühseligen Gebäude der Ameisen, und stampft eine kleine Welt in ein schmähliches Grab. Ha! nicht die große seltene Noth der Welt, diese Fluthen, die eure Dörfer wegspülen, diese Erdbeben, die eure Städte verschlingen, rühren mich. Mir untergräbt das Herz die verzehrende Kraft, die im All der Natur verborgen liegt, die nichts gebildet hat, das nicht seinen Nachbar, nicht sich selbst zerstörte. Und so taumele ich beängstet! Himmel und Erde und all die webenden Kräfte um mich her! Ich sehe nichts, als ein ewig verschlingendes, ewig wiederkäuendes Ungeheur*.

am 21. Aug.

Umsonst strekke ich* meine Arme nach ihr aus, Morgens wenn ich von schweren Träumen aufdämmere, vergebens such ich sie Nachts in meinem Bette, wenn mich ein glüklicher unschuldiger Traum getäuscht hat, als säß ich neben ihr auf der Wiese, und hielte ihre Hand und dekte sie mit tausend Küssen. Ach wenn ich denn noch halb im Taumel des Schlafs nach ihr tappe, und drüber mich ermuntere — Ein Strom von Thränen bricht aus meinem gepreßten Herzen, und ich weine trostlos einer finstern Zukunft entgegen.

am 22. Aug.

Es ist ein Unglük, Wilhelm! all meine thätigen Kräfte sind zu einer unruhigen Lässigkeit verstimmt, ich kann nicht müssig seyn und wieder kann ich nichts thun. Ich hab keine Vorstellungskraft, kein Gefühl an der Natur und die Bücher speien mich alle an. Wenn wir uns selbst fehlen, fehlt uns doch alles. Ich schwöre Dir, manchmal wünschte ich ein Taglöhner zu seyn, um nur des Morgens bey'm Erwachen eine Aussicht auf den künftigen Tag, einen Drang, eine Hofnung zu haben. Oft beneid ich Alberten, den ich über die Ohren in Akten begraben sehe, und bilde mir ein: mir wär's wohl, wenn ich an seiner Stelle wäre! Schon etlichemal ist mir's so aufgefahren, ich wollte Dir schreiben und dem Minister, und um die Stelle bey der Gesandtschaft anhalten, die, wie Du versicherst, mir nicht versagt werden würde. Ich glaube es selbst, der Minister liebt mich seit lange, hatte lange mir angelegen, ich sollte mich employiren, und eine Stunde ist mir's auch wohl drum zu thun; hernach, wenn ich so wieder dran denke, und mir die Fabel vom Pferde* einfällt, das seiner Freyheit ungeduldig, sich Sattel und Zeug auflegen läßt, und zu Schanden geritten wird. Ich weis nicht, was ich soll — Und mein Lieber! Ist nicht vielleicht das Sehnen in mir nach Veränderung des Zustands, eine innre unbehagliche Ungedult, die mich überall hin verfolgen wird?

43

am 28. Aug.

Es ist wahr, wenn meine Krankheit zu heilen wäre, so würden diese Menschen es thun. Heut ist mein Geburtstag*, und in aller Frühe empfang ich ein Päkgen von Alberten. Mir fällt bey'm Eröfnen sogleich eine der blaßrothen Schleifen in die Augen, die Lotte vorhatte*, als ich sie kennen lernte, und um die ich sie seither etlichemal gebeten hatte. Es waren zwey Büchelgen in duodez* dabey, der kleine Wetsteinische Homer*, ein Büchelgen, nach dem ich so oft verlangt, um mich auf dem Spaziergange mit dem Ernestischen* nicht zu schleppen. Sieh! so kommen sie meinen Wünschen zuvor, so suchen sie all die kleinen Gefälligkeiten der Freundschaft auf, die tausendmal werther sind als jene blendende Geschenke, wodurch uns die Eitelkeit des Gebers erniedrigt. Ich küsse diese Schleife tausendmal, und mit jedem Athemzuge schlürfe ich die Erinnerung jener Seligkeiten ein, mit denen mich jene wenige, glückliche unwiederbringliche Tage überfüllten. Wilhelm es ist so, und ich murre nicht, die Blüthen des Lebens sind nur Erscheinungen! wie viele gehn vorüber, ohne eine Spur hinter sich zu lassen, wie wenige sezzen Frucht an, und wie wenige dieser Früchte werden reif. Und doch sind deren noch genug da, und doch — O mein Bruder! können wir gereifte Früchte vernachlässigen, verachten, ungenossen verwelken und verfaulen lassen? Lebe wohl! Es ist ein herrlicher Sommer, ich sizze oft auf den Obstbäumen in Lottens Baumstük mit dem Obstbrecher der langen Stange, und hole die Birn aus dem Gipfel*. Sie steht unten und nimmt sie ab, wenn ich sie ihr hinunter lasse.

am 30. Aug.

Unglüklicher! Bist du nicht ein Thor? Betrügst du dich nicht selbst? Was soll all diese tobende endlose Leidenschaft? Ich habe kein Gebet* mehr, als an sie, meiner Einbildungskraft erscheint keine andere Gestalt als die ihrige, und alles in der Welt um mich her, sehe ich nur im Verhältnisse mit ihr. Und das macht mir denn so manche glükliche Stunde — Bis ich mich wieder von ihr losreißen muß, ach Wilhelm, wozu mich mein Herz oft drängt! —Wenn ich so bey ihr gesessen bin, zwey, drey Stunden, und mich an der Gestalt, an dem Betragen, an dem himmlischen Ausdruk ihrer Worte geweidet habe, und nun so nach und nach alle meine Sinnen aufgespannt werden, mir's düster vor den Augen wird, ich kaum was noch höre, und mich's an die Gurgel* faßt, wie ein Meuchelmörder, dann mein Herz in wilden Schlägen den bedrängten Sinnen Luft zu machen sucht und ihre Verwirrung vermehrt. Wilhelm, ich weis oft nicht, ob ich auf der Welt bin! Und wenn nicht manchmal die Wehmuth das Uebergewicht nimmt, und Lotte mir den elenden Trost erlaubt, auf ihrer Hand meine Beklemmung auszuweinen, so muß ich fort! Muß hinaus! Und schweife dann weit im Felde umher*. Einen gähen* Berg zu klettern, ist dann meine Freude, durch einen unwegsamen Wald einen Pfad durchzuarbeiten, durch die Hekken die mich verlezzen, durch die Dornen die mich zerreissen! Da wird mir's etwas besser! Etwas! Und wenn ich für Müdigkeit und Durst manchsmal unterwegs liegen bleibe, manchmal in der tiefen Nacht, wenn der hohe Vollmond über mir steht, im einsamen Walde auf einem krumgewachsnen Baum mich sezze, um meinen verwundeten Solen nur einige Linderung zu verschaffen, und dann in einer ermattenden Ruhe in dem Dämmerscheine hinschlummre! O Wilhelm! Die einsame Wohnung einer Zelle, das härne Gewand und der Stachelgürtel*, wären Labsale, nach denen meine Seele schmachtet. Adieu. Ich seh all dieses Elends kein Ende als das Grab.

am 3. Sept.

Ich muß fort! ich danke Dir, Wilhelm, daß Du meinen wankenden Entschluß bestimmt hast. Schon vierzehn Tage geh ich mit dem Gedanken um, sie zu verlassen. Ich muß. Sie ist wieder in der Stadt bey einer Freundinn. Und Albert — und — ich muß fort.

am 10. Sept.*

Das war eine Nacht!* Wilhelm, nun übersteh ich alles. Ich werde sie nicht wiedersehn. O daß ich nicht an Deinen Hals fliegen, Dir mit tausend Thränen und Entzükkungen ausdrükken kann, mein Bester, all die Empfindungen, die mein Herz bestürmen. Hier sizz ich und schnappe nach Luft, suche mich zu beruhigen, und erwarte den Morgen, und mit Sonnen Aufgang sind die Pferde bestellt.

Ach sie schläft ruhig und denkt nicht, daß sie mich nie wieder sehen wird. Ich habe mich losgerissen, bin stark genug gewesen, in einem Gespräche von zwey Stunden mein Vorhaben nicht zu verrathen. Und Gott, welch ein Gespräch! Albert hatte mir versprochen, gleich nach dem Nachtessen mit Lotten im Garten zu seyn. Ich stand auf der Terasse unter den hohen Castanienbäumen, und sah der Sonne nach, die mir nun zum letztenmal über dem lieblichen Thale, über dem sanften Flusse untergieng. So oft hatte ich hier gestanden mit ihr, und eben dem herrlichen Schauspiele zugesehen und nun — Ich gieng in der Allee auf und ab, die mir so lieb war, ein geheimer sympathetischer* Zug hatte mich hier so oft gehalten, eh ich noch Lotten kannte, und wie freuten wir uns, als im Anfange unserer Bekanntschaft wir die wechselseitige Neigung zu dem Pläzgen entdekten, das wahrhaftig eins der romantischten* ist, die ich von der Kunst habe hervorgebracht gesehen.

Erst hast du zwischen den Castanienbäumen die weite Aussicht —— Ach ich erinnere mich, ich habe dir, denk ich, schon viel geschrieben davon, wie hohe Buchenwände einen endlich einschliessen und durch ein daran stoßendes Bosquet* die Allee immer düstrer wird, bis zuletzt alles sich in ein geschlossenes Pläzgen endigt, das alle Schauer der Einsamkeit umschweben. Ich fühl es noch wie heimlich mir's ward, als ich zum erstenmal an einem hohen Mittage hinein trat, ich ahndete ganz leise, was das noch für ein Schauplaz werden sollte von Seligkeit und Schmerz.

Ich hatte mich etwa eine halbe Stunde in denen schmachtenden süssen Gedanken des Abscheidens, des Wiedersehns geweidet; als ich sie die Terasse herauf steigen hörte, ich lief ihnen entgegen, mit einem Schauer faßt ich ihre Hand und küßte sie. Wir waren eben herauf getreten, als der Mond hinter dem büschigen Hügel aufgieng, wir redeten mancherley und kamen unvermerkt dem düstern Cabinette näher. Lotte tratt hinein und sezte sich, Albert neben sie, ich auch, doch, meine Unruhe lies mich nicht lange sizzen, ich stand auf, trat vor sie, gieng auf und ab, sezte mich wieder, es war ein ängstlicher Zustand. Sie machte uns aufmerksam auf die schöne Würkung des Mondenlichts*, das am Ende der Buchenwände die ganze Terasse vor uns erleuchtete, ein herrlicher Anblik, der um so viel frappanter war, weil uns rings eine tiefe Dämmerung einschloß. Wir waren still, und sie fieng nach einer Weile an: Niemals geh ich im Mondenlichte spazieren, niemals daß mir nicht der Gedanke an meine Verstorbenen begegnete, daß nicht das Gefühl von Tod, von Zukunft über mich käme. Wir werden seyn, fuhr sie mit der Stimme des herrlichsten Gefühls fort, aber Werther, sollen wir uns wieder finden*? und wieder erkennen? Was ahnden sie, was sagen sie?

Lotte, sagt ich, indem ich ihr die Hand reichte und mir die Augen voll Thränen wurden, wir werden uns wieder sehn*! Hier und dort wieder sehn! — Ich konnte nicht weiter reden — Wilhelm, mußte sie mich das fragen? da ich diesen ängstlichen Abschied im Herzen hatte.

Und ob die lieben Abgeschiednen von uns wissen, fuhr sie fort, ob sie fühlen, wann's uns wohl geht, daß wir mit warmer Liebe uns ihrer erinnern? O die Gestalt meiner Mutter schwebt immer um mich, wenn ich so am stillen Abend, unter ihren Kindern, unter meinen Kindern sizze, und sie um mich versammlet sind, wie sie um sie versammlet waren. Wenn ich so mit einer sehnenden Thräne gen Himmel sehe, und wünsche: daß sie herein schauen könnte einen Augenblick, wie ich mein Wort halte, das ich ihr in der Stunde des Todes gab: die Mutter ihrer Kinder zu seyn. Hundertmal ruf ich aus: Verzeih mir's, Theuerste, wenn ich ihnen nicht bin, was du ihnen warst. Ach! thu ich doch alles was ich kann, sind sie doch gekleidet, genährt, ach und was mehr ist als das alles, gepflegt und geliebet. Könntest du unsere Eintracht sehn, liebe Heilige! du würdest mit dem heissesten Danke den Gott verherrlichen, den du mit den lezten bittersten Thränen um die Wohlfahrt deiner Kinder batst. Sie sagte das! O Wilhelm! wer kann wiederholen was sie sagte, wie kann der kalte todte Buchstabe diese himmlische Blüthe des Geistes darstellen. Albert fiel ihr sanft in die Rede: es greift sie zu stark an, liebe Lotte, ich weis, ihre Seele hängt sehr nach diesen Ideen, aber ich bitte sie — O Albert, sagte sie, ich weis, du vergißt nicht die Abende, da wir zusammen saßen an dem kleinen runden Tischgen, wenn der Papa verreist war, und wir die Kleinen schlafen geschikt hatten. Du hattest oft ein gutes Buch, und kamst so selten dazu etwas zu lesen. War der Umgang dieser herrlichen Seele nicht mehr als alles! die schöne, sanfte, muntere und immer thätige Frau!

Gott kennt meine Thränen, mit denen ich mich oft in meinem Bette vor ihn hinwarf: er möchte mich ihr gleich machen.

Lotte! rief ich aus, indem ich mich vor sie hinwarf, ihre Hände nahm und mit tausend Thränen nezte. Lotte, der Segen Gottes ruht über dir, und der Geist deiner Mutter! — Wenn sie sie gekannt hätten! sagte sie, indem sie mir die Hand drükte, — sie war werth, von ihnen gekannt zu seyn. —Ich glaubte zu vergehen, nie war ein grösseres, stolzeres Wort über mich ausgesprochen worden, und sie fuhr fort: und diese Frau mußte in der Blüthe ihrer Jahre dahin, da ihr jüngster Sohn nicht sechs Monathe alt war. Ihre Krankheit dauerte nicht lange, sie war ruhig, resignirt, nur ihre Kinder thaten ihr weh, besonders das kleine. Wie es gegen das Ende gieng, und sie zu mir sagte: Bring mir sie herauf, und wie ich sie herein führte, die kleinen die nicht wußten, und die ältesten die ohne Sinne waren, wie sie um's Bett standen, und wie sie die Hände aufhub und über sie betete, und sie küßte nach einander und sie wegschikte, und zu mir sagte: Sey ihre Mutter! Ich gab ihr die Hand drauf! Du versprichst viel, meine Tochter, sagte sie, das Herz einer Mutter und das Aug einer Mutter! Ich hab oft an deinen dankbaren Thränen gesehen, daß du fühlst was das sey. Hab es für deine Geschwister, und für deinen Vater, die Treue, den Gehorsam einer Frau. Du wirst ihn trösten. Sie fragte nach ihm, er war ausgegangen, um uns den unerträglichen Kummer zu verbergen, den er fühlte, der Mann war ganz zerrissen.

Albert, du warst im Zimmer! Sie hörte jemand gehn, und fragte, und forderte dich zu ihr. Und wie sie dich ansah und mich, mit dem getrösteten ruhigen Blikke, daß wir glüklich seyn, zusammen glüklich seyn würden. Albert fiel ihr um den Hals und küßte sie, und rief: wir sinds! wir werdens seyn. Der ruhige Albert war ganz aus seiner Fassung, und ich wußte nichts von mir selber.

Werther, fieng sie an, und diese Frau sollte dahin seyn! Gott, wenn ich manchmal so denke, wie man das Liebste seines Lebens so wegtragen läßt, und niemand als die Kinder das so scharf fühlt, die sich noch lange beklagten: die schwarzen Männer hätten die Mamma weggetragen.

Sie stund auf, und ich ward erwekt und erschüttert, blieb sizzen und hielt ihre Hand. Wir wollen fort, sagte sie, es wird Zeit. Sie wollte ihre Hand zurük ziehen und ich hielt sie fester! Wir werden uns wiedersehn, rief ich, wir werden uns finden, unter allen Gestalten werden wir uns erkennen. Ich gehe, fuhr ich fort, ich gehe willig, und doch, wenn ich sagen sollte auf ewig, ich würde es nicht aushalten. Leb wohl, Lotte! Leb wohl, Albert! Wir sehen uns wieder. — Morgen denk ich, versezte sie scherzend, ich fühlte das Morgen! Ach sie wußte nicht als sie ihre Hand aus der meinigen zog — sie giengen die Allee hinaus, ich stand, sah ihnen nach im Mondscheine und warf mich an die Erde und weinte mich aus, und sprang auf, lief auf die Terasse hervor und sah noch dort drunten im Schatten der hohen Lindenbäume ihr weisses Kleid nach der Gartenthüre schimmern, ich strekte meine Arme hinaus, und es verschwand.

ZWEYTER THEIL

am 20. Okt. 1771.

Gestern sind wir hier angelangt. Der Gesandte* ist unpaß*, und wird sich also einige Tage einhalten*, wenn er nur nicht so unhold wäre, wär alles gut. Ich merke, ich merke, das Schiksal hat mir harte Prüfungen zugedacht. Doch gutes Muths! ein leichter Sinn trägt alles! Ein leichter Sinn! das macht mich zu lachen, wie das Wort in meine Feder kommt. O ein Bißgen leichteres Blut* würde mich zum glüklichsten Menschen unter der Sonne machen. Was! Da wo andre, mit ihrem Bißgen Kraft und Talent, vor mir in behaglicher Selbstgefälligkeit herum schwadroniren*, verzweifl' ich an meiner Kraft, an meinen Gaben. Guter Gott! der du mir das alles schenktest, warum hieltest du nicht die Hälfte zurük und gabst mir Selbstvertrauen und Genügsamkeit!

Gedult! Gedult! Es wird besser werden. Denn ich sage dir, Lieber, du hast Recht. Seit ich unter dem Volke so alle Tage herumgetrieben werde, und sehe was sie thun und wie sie's treiben, steh ich viel besser mit mir selbst. Gewiß, weil wir doch einmal so gemacht sind, daß wir alles mit uns, und uns mit allem vergleichen; so liegt Glük oder Elend in den Gegenständen, womit wir uns zusammenhalten*, und da ist nichts gefährlicher als die Einsamkeit*. Unsere Einbildungskraft, durch ihre Natur gedrungen sich zu erheben, durch die phantastische Bilder der Dichtkunst genährt, bildet sich eine Reihe Wesen hinauf, wo wir das unterste sind, und alles ausser uns herrlicher erscheint, jeder andre vollkommner ist. Und das geht ganz natürlich zu: Wir fühlen so oft, daß uns manches mangelt, und eben was uns fehlt scheint uns oft ein anderer zu besizzen, dem wir denn auch alles dazu geben was wir haben, und noch eine gewisse idealische* Behaglichkeit dazu. Und so ist der Glükliche vollkommen fertig, das Geschöpf unserer selbst.

Dagegen wenn wir mit all unserer Schwachheit und Mühseligkeit nur gerade fortarbeiten, so finden wir gar oft, daß wir mit all unserm Schlendern und Laviren* es weiter bringen als andre mit ihren Segeln und Rudern — und — das ist doch ein wahres Gefühl seiner selbst, wenn man andern gleich oder gar vorlauft.

am 10. Nov.

Ich fange an mich in sofern ganz leidlich hier zu befinden. Das beste ist, daß es zu thun genug giebt, und dann die vielerley Menschen, die allerley neue Gestalten, machen mir ein buntes Schauspiel vor meiner Seele. Ich habe den Grafen C..* kennen lernen, einen Mann, den ich jeden Tag mehr verehren muß. Einen weiten grossen Kopf, und der deswegen nicht kalt ist, weil er viel übersieht;* aus dessen Umgange so viel Empfindung für Freundschaft und Liebe hervorleuchtet. Er nahm Theil an mir, als ich einen Geschäftsauftrag* an ihn ausrichtete, und er bey den ersten Worten merkte, daß wir uns verstunden, daß er mit mir reden konnte wie nicht mit jedem. Auch kann ich sein offnes Betragen gegen mich nicht genug rühmen. So eine wahre warme Freude ist nicht in der Welt, als eine grosse Seele zu sehen, die sich gegen einen öffnet.

am 24. Dec.

Der Gesandte macht mir viel Verdruß, ich hab es voraus gesehn. Es ist der pünktlichste* Narre, den's nur geben kann. Schritt vor Schritt und umständlich wie eine Baase. Ein Mensch, der nie selbst mit sich zufrieden ist, und dem's daher niemand zu Danke machen kann. Ich arbeite gern leicht weg, und wie's steht so steht's, da ist er im Stande, mir einen Aufsaz* zurükzugeben und zu sagen: er ist gut, aber sehen sie ihn durch, man findt immer ein besser Wort, eine reinere Partikel. Da möcht ich des Teufels werden. Kein Und, kein Bindwörtchen sonst darf aussenbleiben, und von allen Inversionen* die mir manchmal entfahren, ist er ein Todtfeind. Wenn man seinen Period* nicht nach der hergebrachten Melodie heraborgelt; so versteht er gar nichts drinne. Das ist ein Leiden, mit so einem Menschen zu thun zu haben.

Das Vertrauen des Grafen von C.. ist noch das einzige, was mich schadlos hält*. Er sagte mir lezthin ganz aufrichtig: wie unzufrieden er über die Langsamkeit und Bedenklichkeit* meines Gesandten sey. Die Leute erschweren sich's und andern. Doch, sagt er, man muß sich darein resigniren, wie ein Reisender, der über einen Berg muß. Freylich! wär der Berg nicht da, wäre der Weg viel bequemer und kürzer, er ist nun aber da! und es soll drüber!
—

Mein Alter spürt auch wohl den Vorzug, den mir der Graf vor ihm giebt, und das ärgert ihn, und er ergreift jede Gelegenheit, übels gegen mich vom Grafen zu reden, ich halte, wie natürlich, Widerpart, und dadurch wird die Sache nur schlimmer. Gestern gar bracht er mich auf, denn ich war mit gemeint. Zu so Weltgeschäften wäre der Graf ganz gut, er hätte viel Leichtigkeit zu arbeiten, und führte eine gute Feder, doch an gründlicher Gelehrsamkeit mangelt es ihm, wie all den Bellettristen. Darüber hätt ich ihn gern ausgeprügelt, denn weiter ist mit den Kerls nicht zu raisonniren, da das aber nun nicht angieng, so focht ich mit ziemlicher Heftigkeit, und sagt ihm, der Graf sey ein Mann, vor dem man Achtung haben müßte, wegen seines Charakters sowohl, als seiner Kenntnisse; ich habe, sagt ich, niemand gekannt, dem es so geglükt wäre, seinen Geist zu erweitern, ihn über unzählige Gegenstände zu verbreiten, und doch die Thätigkeit für's gemeine Leben zu behalten. Das waren dem Gehirn spanische Dörfer*, und ich empfahl mich, um nicht über ein weiteres Deraisonnement* noch mehr Galle zu schlukken.

Und daran seyd ihr all Schuld, die ihr mich in das Joch geschwazt, und mir so viel von Aktivität vorgesungen habt. Aktivität! Wenn nicht der mehr thut, der Kartoffeln stekt, und in die Stadt reitet, sein Korn zu verkaufen, als ich, so will ich zehn Jahre noch mich auf der Galeere abarbeiten, auf der ich nun angeschmiedet bin.

Und das glänzende Elend die Langeweile unter dem garstigen Volke das sich hier neben einander sieht. Die Rangsucht unter ihnen, wie sie nur wachen und aufpassen, einander ein Schrittgen abzugewinnen, die elendesten erbärmlichsten Leidenschaften, ganz ohne Rökgen*! Da ist ein Weib, zum Exempel, die jederman von ihrem Adel und ihrem Lande unterhält, daß nun jeder Fremde denken muß: das ist eine Närrin, die sich auf das Bißgen Adel und auf den Ruf ihres Landes Wunderstreiche einbildet* — Aber es ist noch viel ärger, eben das Weib ist hier aus der Nachbarschaft eine Amtschreibers Tochter. — Sieh, ich kann das Menschengeschlecht nicht begreifen, das so wenig Sinn hat, um sich so platt zu prostituiren.

Zwar ich merke täglich mehr, mein Lieber, wie thöricht man ist andre nach sich zu berechnen. Und weil ich so viel mit mir selbst zu thun habe, und dieses Herz und Sinn so stürmisch ist, ach ich lasse gern die andern ihres Pfads gehen, wenn sie mich nur auch könnten gehn lassen.

Was mich am meisten nekt, sind die fatalen* bürgerlichen* Verhältnisse. Zwar weis ich so gut als einer, wie nöthig der Unterschied der Stände ist, wie viel Vortheile er mir selbst verschafft, nur soll er mir nicht eben grad im Wege stehn, wo ich noch ein wenig Freude, einen Schimmer von Glük auf dieser Erden geniessen könnte. Ich lernte neulich auf dem Spaziergange ein Fräulein* von B.. kennen, ein liebenswürdiges Geschöpf, das sehr viele Natur mitten in dem steifen Leben erhalten hat. Wir gefielen uns in unserm Gespräche, und da wir schieden, bat ich sie um Erlaubniß, sie bey sich sehen zu dürfen. Sie gestattete mir das mit so viel Freymüthigkeit, daß ich den schiklichen Augenblik kaum erwarten konnte, zu ihr zu gehen. Sie ist nicht von hier, und wohnt bey einer Tante im Hause. Die Physiognomie der alten Schachtel gefiel mir nicht. Ich bezeigte ihr viel Aufmerksamkeit, mein Gespräch war meist an sie gewandt, und in minder als einer halben Stunde hatte ich so ziemlich weg, was mir das Fräulein nachher selbst gestund: daß die liebe Tante in ihrem Alter, und dem Mangel von allem, vom anständigen Vermögen an bis auf den Geist, keine Stüzze hat, als die Reihe ihrer Vorfahren, keinen Schirm, als den Stand, in dem sie sich verpallisadirt, und kein Ergözzen, als von ihrem Stokwerk herab über die bürgerlichen* Häupter weg zu sehen. In ihrer Jugend soll sie schön gewesen seyn, und ihr Leben so weggegaukelt, erst mit ihrem Eigensinne manchen armen Jungen gequält, und in reifern Jahren sich unter den Gerhorsam eines alten Offiziers gedukt haben, der gegen diesen Preis und einen leidlichen Unterhalt das ehrne Jahrhundert* mit ihr zubrachte, und starb, und nun sieht sie im eisernen* sich allein, und würde nicht angesehn, wäre ihre Nichte nicht so liebenswürdig.

den 8. Jan. 1772.

Was das für Menschen sind, deren ganze Seele auf dem Ceremoniel ruht, deren Dichten* und Trachten Jahre lang dahin geht, wie sie um einen Stuhl weiter hinauf bey Tische sich einschieben wollen. Und nicht, daß die Kerls sonst keine Angelegenheit hätten, nein, vielmehr häufen sich die Arbeiten, eben weil man über die kleinen Verdrüßlichkeiten, von Beförderung der wichtigen Sachen abgehalten wird. Vorige Woche gabs bey der Schlittenfahrt Händel, und der ganze Spas wurde verdorben.

Die Thoren, die nicht sehen, daß es eigentlich auf den Plaz gar nicht ankommt, und daß der, der den ersten hat, so selten die erste Rolle spielt! Wie mancher König wird durch seinen Minister, wie mancher Minister durch seinen Sekretär regiert. Und wer ist dann der Erste? der, dünkt mich, der die andern übersieht, und so viel Gewalt oder List hat, ihre Kräfte und Leidenschaften zu Ausführung seiner Plane anzuspannen.

am 20. Jan.

Ich muß Ihnen schreiben,* liebe Lotte, hier in der Stube einer geringen Bauernherberge, in die ich mich vor einem schweren Wetter geflüchtet habe. So lange ich in dem traurigen Neste D.. unter dem fremden, meinem Herzen ganz fremden Volke, herumziehe, hab' ich keinen Augenblik gehabt, keinen, an dem mein Herz mich geheissen hätte Ihnen zu schreiben. Und jezt in dieser Hütte, in dieser Einsamkeit, in dieser Einschränkung, da Schnee und Schlossen wider mein Fenstergen wüthen, hier waren Sie mein erster Gedanke. Wie ich herein trat, überfiel mich Ihre

Gestalt, Ihr Andenken. O Lotte! so heilig, so warm! Guter
Gott! der erste glükliche Augenblik wieder.

Wenn Sie mich sähen meine Beste, in dem Schwall von
Zerstreuung! Wie ausgetroknet meine Sinnen werden, nicht
Einen Augenblik der Fülle des Herzens*, nicht Eine selige
thränenreiche Stunde. Nichts! Nichts! Ich stehe wie vor
einem Raritätenkasten, und sehe die Männgen und Gäulgen
vor mir herumrükken, und frage mich oft, ob's nicht
optischer Betrug ist. Ich spiele mit, vielmehr, ich werde
gespielt wie eine Marionette*, und fasse manchmal meinen
Nachbar an der hölzernen Hand und schaudere zurük.

Ein einzig weiblich Geschöpf hab ich hier gefunden. Eine
Fräulein von B.. Sie gleicht Ihnen liebe Lotte, wenn man
Ihnen gleichen kann. Ey! werden Sie sagen: der Mensch legt
sich auf niedliche Komplimente! Ganz unwahr ist's nicht.
Seit einiger Zeit bin ich sehr artig, weil ich doch nicht anders
seyn kann, habe viel Wiz, und die Frauenzimmer sagen: es
wüste niemand so fein zu loben als ich (und zu lügen, sezzen
Sie hinzu, denn ohne das geht's nicht ab, verstehen Sie:) Ich
wollte von Fräulein B.. reden! Sie hat viel Seele, die voll aus
ihren blauen Augen hervorblikt, ihr Stand ist ihr zur Last, der
keinen der Wünsche ihres Herzens befriedigt. Sie sehnt sich
aus dem Getümmel, und wir verphantasiren manche Stunde
in ländlichen Scenen von ungemischter Glükseligkeit, ach!
und von Ihnen! Wie oft muß sie Ihnen huldigen. Muß nicht,
thut's freywillig, hört so gern von Ihnen, liebt Sie —

O säs ich zu Ihren Füssen in dem lieben vertraulichen
Zimmergen, und unsere kleinen Lieben wälzten sich
miteinander um mich herum, und wenn sie Ihnen zu laut
würden, wollt ich sie mit einem schauerlichen Mährgen um
mich zur Ruhe versammlen. Die Sonne geht herrlich unter
über der schneeglänzenden Gegend, der Sturm ist hinüber
gezogen. Und ich — muß mich wieder in meinen Käfig
sperren. Adieu! Ist Albert bey Ihnen ? Und wie —? Gott
verzeihe mir diese Frage!

am 17. Febr.

Ich fürchte, mein Gesandter und ich, haltens nicht lange
mehr zusammen aus. Der Mensch ist ganz und gar
unerträglich. Seine Art zu arbeiten und Geschäfte zu treiben
ist so lächerlich, daß ich mich nicht enthalten kann ihm zu

widersprechen, und oft eine Sache nach meinem Kopfe und
Art zu machen, das ihm denn, wie natürlich, niemals recht
ist. Darüber hat er mich neulich bey Hofe verklagt*, und der
Minister gab mir einen zwar sanften Verweis, aber es war
doch ein Verweis, und ich stand im Begriffe, meinen
Abschied zu begehren, als ich einen Privatbrief[1] von ihm
erhielt, einen Brief, vor dem ich mich niedergekniet, und den
hohen, edlen, weisen Sinn angebetet habe, wie er meine
allzugrosse Empfindlichkeit zurechte weißt, wie er meine
überspannte Ideen von Würksamkeit, von Einfluß auf andre,
von Durchdringen in Geschäften als jugendlichen guten Muth
zwar ehrt, sie nicht auszurotten, nur zu mildern und dahin zu
leiten sucht, wo sie ihr wahres Spiel haben, ihre kräftige
Würkung thun können. Auch bin ich auf acht Tage gestärkt,
und in mir selbst einig geworden. Die Ruhe der Seele ist ein
herrlich Ding, und die Freude an sich selbst, lieber Freund,
wenn nur das Ding nicht eben so zerbrechlich wäre, als es
schön und kostbar ist.

am 20. Febr.

Gott segne euch*, meine Lieben, geb euch all die guten
Tage, die er mir abzieht.

Ich danke dir Albert, daß du mich betrogen hast, ich
wartete auf Nachricht, wann euer Hochzeittag seyn würde,
und hatte mir vorgenommen, feyerlichst an demselben
Lottens Schattenriß von der Wand zu nehmen, und sie unter
andere Papiere zu begraben. Nun seyd ihr ein Paar, und ihr
Bild ist noch hier! Nun so soll's bleiben! Und warum nicht?
Ich weis, ich bin ja auch bey euch, bin dir unbeschadet in
Lottens Herzen. Habe, ja ich habe den zweyten Plaz drinne,
und will und muß ihn behalten. O ich würde rasend werden,
wenn sie vergessen könnte — Albert in dem Gedanken liegt
eine Hölle. Albert! Leb wohl. Leb wohl, Engel des Himmels,
leb wohl, Lotte!

am 15. Merz.

---

[1] Man hat aus Ehrfurcht* für diesen treflichen Mann, gedachten Brief,
und einen andern, dessen weiter hinten erwehnt wird, dieser Sammlung
entzogen, weil man nicht glaubte, solche Kühnheit durch den wärmsten
Dank des Publikums entschuldigen zu können.

Ich hab einen Verdruß gehabt* der mich von hier wegtreiben wird, ich knirsche mit den Zähnen! Teufel! Er ist nicht zu ersezzen*, und ihr seyd doch allein schuld daran, die ihr mich sporntet und triebt und quältet, mich in einen Posten zu begeben, der nicht nach meinem Sinne war. Nun hab ich's nun habt ihr's. Und daß du nicht wieder sagst: meine überspannten Ideen verdürben alles; so hast du hier lieber Herr, eine Erzählung, plan und nett, wie ein Chroniken-schreiber das aufzeichnen würde.

Der Graf v. C.. liebt mich, distingwirt mich, das ist bekannt, das hab ich dir schon hundertmal gesagt. Nun war ich bey ihm zu Tische gestern, eben an dem Tage, da Abends die noble Gesellschaft von Herren und Frauen bey ihm zusammenkommt, an die ich nie gedacht hab, auch mir nie aufgefallen ist, daß wir Subalternen nicht hinein gehören. Gut. Ich speise beym Grafen und nach Tische gehn wir im grossen Saale auf und ab, ich rede mit ihm, mit dem Obrist B. der dazu kommt, und so rükt die Stunde der Gesellschaft heran. Ich denke, Gott weis, an nichts. Da tritt herein die übergnädige Dame von S.. mit Dero Herrn Gemahl und wohl ausgebrüteten Gänslein Tochter mit der flachen Brust und niedlichem Schnürleib, machen en passant ihre hergebrachten hochadlichen Augen und Naslöcher, und wie mir die Nation* von Herzen zuwider ist, wollt ich eben mich empfehlen, und wartete nur, bis der Graf vom garstigen Gewäsche frey wäre, als eben meine Fräulein B.. herein trat, da mir denn das Herz immer ein bißgen aufgeht, wenn ich sie sehe, blieb ich eben, stellte mich hinter ihren Stuhl, und bemerkte erst nach einiger Zeit, daß sie mit weniger Offenheit als sonst, mit einiger Verlegenheit mit mir redte. Das fiel mir auf. Ist sie auch wie all das Volk, dacht ich, hohl sie der Teufel! und war angestochen* und wollte gehn, und doch blieb ich, weil ich intriguirt war, das Ding näher zu beleuchten. Ueber dem füllt sich die Gesellschaft. Der Baron F.. mit der ganzen Garderobe von den Krönungszeiten Franz des ersten* her, der Hofrath R. . hier aber in qualitate* Herr von R.. genannt mit seiner tauben Frau &c. den übel fournirten* J.. nicht zu vergessen, bey dessen Kleidung, Reste des altfränkischen* mit dem neu'st aufgebrachten kontrastiren &c. das kommt all und ich rede mit einigen meiner Bekanntschaft, die alle sehr lakonisch sind, ich dachte — und gab nur auf meine B.. acht.

Ich merkte nicht, daß die Weiber am Ende des Saals sich in die Ohren pisperten*, daß es auf die Männer zirkulirte*, daß Frau von S.. mit dem Grafen redte (das alles hat mir Fräulein B.. nachher erzählt) biß endlich der Graf auf mich losgieng und mich in ein Fenster nahm. Sie wissen sagt er, unsere wunderbaren Verhältnisse, die Gesellschaft ist unzufrieden, merk ich, sie hier zu sehn, ich wollte nicht um alles — Ihro Exzellenz, fiel ich ein, ich bitte tausendmal um Verzeihung, ich hätte eher dran denken sollen, und ich weis, Sie verzeihen mir diese Inkonsequenz, ich wollte schon vorhin mich empfehlen, ein böser Genius hat mich zurük gehalten, sezte ich lächelnd hinzu, indem ich mich neigte. Der Graf drükte meine Hände mit einer Empfindung, die alles sagte. Ich machte der vornehmen Gesellschaft mein Compliment, gieng und sezte mich in ein Cabriolet und fuhr nach M.. dort vom Hügel die Sonne untergehen zu sehen, und dabey in meinem Homer* den herrlichen Gesang zu lesen, wie Ulyß von dem treflichen Schweinhirten bewirthet wird. Das war all gut.

Des Abends komm ich zurük zu Tische. Es waren noch wenige in der Gaststube, die würfelten auf einer Ekke, hatten das Tischtuch zurük geschlagen. Da kommt der ehrliche A.. hinein, legt seinen Hut nieder, indem er mich ansieht, tritt zu mir und sagt leise: Du hast Verdruß gehabt? Ich? sagt ich — der Graf hat dich aus der Gesellschaft gewiesen — Hol sie der Teufel, sagt ich, mir war's lieb, daß ich in die freye Luft kam — Gut, sagt er, daß du's auf die leichte Achsel nimmst. Nur verdrießt mich's. Es ist schon überall herum. — Da fieng mir das Ding erst an zu wurmen. Alle die zu Tische kamen und mich ansahen, dacht ich die sehen dich darum an! Das fieng an mir böses Blut zu sezzen.

Und da man nun heute gar wo ich hintrete mich bedauert, da ich höre, daß meine Neider nun triumphiren und sagen: Da sähe man's, wo's mit den Uebermüthigen hinausgieng, die sich ihres bißgen Kopfs überhüben und glaubten, sich darum über alle Verhältnisse hinaussezzen zu dürfen, und was des Hundegeschwäzzes mehr ist. Da möchte man sich ein Messer in's Herz bohren. Denn man rede von Selbstständigkeit was man will, den will ich sehn der dulden kann, daß Schurken über ihn reden, wenn sie eine Prise* über ihn haben. Wenn ihr Geschwäz leer ist, ach! da kann man sie leicht lassen.

am 16. Merz.

57

Es hezt mich alles! Heut tref ich die Fräulein B.. in der Allee. Ich konnte mich nicht enthalten sie anzureden, und ihr, sobald wir etwas entfernt von der Gesellschaft waren, meine Empfindlichkeit über ihr neuliches Betragen zu zeigen. O Werther, sagte sie mit einem innigen Tone, konnten Sie meine Verwirrung so auslegen, da Sie mein Herz kennen. Was ich gelitten habe um ihrentwillen, von dem Augenblikke an, da ich in den Saal trat. Ich sah' alles voraus, hundertmal saß mir's auf der Zunge, es Ihnen zu sagen, ich wußte, daß die von S.. und T.. mit ihren Männern eher aufbrechen würden, als in Ihrer Gesellschaft zu bleiben, ich wußte, daß der Graf es nicht mit Ihnen verderben darf, und jezo der Lärm — Wie Fräulein? sagt' ich, und verbarg meinen Schrekken, denn alles, was Adelin mir ehgestern* gesagt hatte, lief mir wie siedend Wasser durch die Adern in diesem Augenblikke. — Was hat mich's schon gekostet! sagte das süsse Geschöpf, indem ihr die Thränen in den Augen stunden. Ich war nicht Herr mehr von mir selbst, war im Begriff, mich ihr zu Füssen zu werfen. Erklären sie sich, ruft ich: Die Thränen liefen ihr die Wangen herunter, ich war ausser mir. Sie troknete sie ab, ohne sie verbergen zu wollen. Meine Tante kennen sie, fieng sie an; sie war gegenwärtig, und hat, o mit was für Augen hat sie das angesehn. Werther, ich habe gestern Nacht ausgestanden*, und heute früh eine Predigt über meinen Umgang mit Ihnen, und ich habe müssen zuhören Sie herabsezzen, erniedrigen, und konnte und durfte Sie nur halb vertheidigen.

Jedes Wort, das sie sprach, gieng mir wie Schwerder durch's Herz. Sie fühlte nicht, welche Barmherzigkeit es gewesen wäre, mir das alles zu verschweigen, und nun fügte sie noch all dazu, was weiter würde geträtscht werden, was die schlechten Kerls alle darüber triumphiren würden. Wie man nunmehro meinen Uebermuth und Geringschäzzung andrer, das sie mir schon lange vorwerfen, gestraft, erniedrigt ausschreien würde. Das alles, Wilhelm, von ihr zu hören, mit der Stimme der wahrsten Theilnehmung. Ich war zerstört, und bin noch wüthend in mir. Ich wollte, daß sich einer unterstünde mir's vorzuwerfen, daß ich ihm den Degen durch den Leib stossen könnte! Wenn ich Blut sähe würde mir's besser werden. Ach ich hab hundertmal ein Messer ergriffen, um diesem gedrängten Herzen Luft zu machen.

Man erzählt von einer edlen Art Pferde, die, wenn sie schröklich erhizt und aufgejagt sind, sich selbst aus Instinkt eine Ader aufbeissen, um sich zum Athem zu helfen. So ist mir's oft, ich möchte mir eine Ader öfnen, die mir die ewige Freyheit schaffte.

am 24. Merz.

Ich habe meine Dimißion bey Hofe verlangt, und werde sie, hoff ich erhalten, und ihr werdet mir verzeihen, daß ich nicht erst Permißion dazu bey euch geholt habe. Ich mußte nun einmal fort, und was ihr zu sagen hattet, um mir das Bleiben einzureden weis ich all, und also — Bring das meiner Mutter* in einem Säftgen bey, ich kann mir selbst nicht helfen, also mag sie sich's gefallen lassen, wenn ich ihr auch nicht helfen kann. Freylich muß es ihr weh tun. Den schönen Lauf, den ihr Sohn grad zum Geheimderath und Gesandten ansezte, so auf einmal Halte* zu sehen, und rükwärts mit dem Thiergen in Stall. Macht nun draus was ihr wollt und kombinirt die mögliche Fälle, unter denen ich hätte bleiben können und sollen. Genug ich gehe. Und damit ihr wißt wo ich hinkomme, so ist hier der Fürst * der viel Geschmak an meiner Gesellschaft findet, der hat mich gebeten, da er von meiner Absicht hörte, mit ihm auf seine Güter zu gehen, und den schönen Frühling da zuzubringen. Ich soll ganz mir selbst gelassen seyn, hat er mir versprochen, und da wir uns zusammen bis auf einen gewissen Punkt verstehn, so will ich's denn auf gut Glük wagen, und mit ihm gehn.

Zur Nachricht.

den 19. April.

Danke für deine beyden Briefe. Ich antwortete nicht, weil ich diesen Brief liegen ließ, bis mein Abschied von Hofe da wäre, weil ich fürchtete, meine Mutter möchte sich an den Minister wenden und mir mein Vorhaben erschweren. Nun aber ist's geschehen, mein Abschied ist da. Ich mag euch nicht sagen, wie ungern man mir ihn gegeben hat, und was mir der Minister schreibt, ihr würdet in neue Lamentationen ausbrechen. Der Erbprinz* hat mir zum Abschiede fünf und zwanzig Dukaten geschikt, mit einem Wort, das mich bis zu Thränen gerührt hat. Also braucht die Mutter mir das Geld nicht zu schikken, um das ich neulich schrieb.

am 5. May.

Morgen geh ich von hier ab, und weil mein Geburtsort nur sechs Meilen vom Wege liegt, so will ich den auch wieder sehen, will mich der alten glüklich verträumten Tage erinnern. Zu eben dem Thore will ich hineingehn, aus dem meine Mutter mit mir herausfuhr, als sie nach dem Tode meines Vaters* den lieben vertraulichen Ort verließ, um sich in ihre unerträgliche Stadt einzusperren. Adieu, Wilhelm, du sollst von meinem Zuge hören.

am 9.May.

Ich habe die Wallfahrt nach meiner Heimath mit aller Andacht eines Pilgrims vollendet, und manche unerwartete Gefühle haben mich ergriffen. An der grossen Linde, die eine Viertelstunde vor der Stadt nach S.. zu steht, ließ ich halten, stieg aus und hieß den Postillion fortfahren, um zu Fusse jede Erinnerung ganz neu, lebhaft nach meinem Herzen zu kosten. Da stand ich nun unter der Linde, die ehedessen als Knabe das Ziel und die Gränze meiner Spaziergänge gewesen. Wie anders! Damals sehnt ich mich in glüklicher Unwissenheit hinaus in die unbekannte Welt, wo ich für mein Herz alle die Nahrung, alle den Genuß hoffte, dessen Ermangeln ich so oft in meinem Busen fühlte. Jezt kam ich zurük aus der weiten Welt — O mein Freund, mit wie viel fehlgeschlagenen Hofnungen, mit wie viel zerstörten Planen! —Ich sah das Gebürge vor mir liegen, das so tausendmal der Gegenstand meiner Wünsche gewesen. Stundenlang konnte ich hier sizzen, und mich hinüber sehnen, mit inniger Seele mich in denen Wäldern, denen Thälern verliehren, die sich meinen Augen so freundlich dämmernd darstellten — und wenn ich denn nun die bestimmte Zeit wieder zurük mußte, mit welchem Widerwillen verließ ich nicht den lieben Plaz! Ich kam der Stadt näher, alle alte bekannte Gartenhäusgen wurden von mir gegrüßt, die neuen waren mir zuwider, so auch alle Veränderungen, die man sonst vorgenommen hatte. Ich trat zum Thore hinein, und fand mich doch gleich und ganz wieder. Lieber, ich mag nicht in's Detail gehn, so reizend als es mir war, so einförmig würde es in der Erzählung werden. Ich hatte beschlossen auf dem Markte zu wohnen, gleich neben unserm alten Hause. Im Hingehen bemerkte ich daß die Schulstube, wo ein ehrlich altes Weib unsere Kindheit zusammengepfercht hatte, in einen Kram* verwandelt war. Ich erinnerte mich der Unruhe, der Thränen, der Dumpfheit des Sinnes, der Herzensangst, die ich in dem Loche ausgestanden hatte — Ich that keinen Schritt, der nicht merkwürdig war. Ein Pilger im heiligen Lande trifft nicht so viel Stäten religioser Erinnerung, und seine Seele ist schwerlich so voll heiliger Bewegung. —Noch eins für tausend. Ich gieng den Fluß hinab, bis an einen gewissen Hof, das war sonst auch mein Weg, und die Pläzgen da wir Knaben uns übten, die meisten Sprünge der flachen Steine im Wasser hervorzubringen. Ich erinnere mich so lebhaft, wenn ich manchmal stand, und dem Wasser nachsah, mit wie wunderbaren Ahndungen ich das verfolgte, wie abenteuerlich ich mir die Gegenden vorstellte, wo es nun hinflösse, und wie ich da so bald Grenzen meiner Vorstellungskraft fand, und doch mußte das weiter gehn, immer weiter, bis ich mich ganz in dem Anschauen einer unsichtbaren Ferne verlohr. Siehe mein Lieber, das ist doch eben das Gefühl der herrlichen Altväter! Wenn Ulyß* von dem ungemessenen Meere, und von der unendlichen Erde spricht, ist das nicht wahrer, menschlicher, inniger, als wenn jezo jeder Schulknabe sich wunder weise dünkt, wenn er nachsagen kann, daß sie rund sey.

Nun bin ich hier auf dem fürstlichen Jagdschlosse. Es läßt sich noch ganz wohl mit dem Herrn leben, er ist ganz wahr, und einfach. Was mir noch manchmal leid thut, ist, daß er oft über Sachen redt, die er nur gehört und gelesen hat, und zwar aus eben dem Gesichtspunkte, wie sie ihm der andere darstellen mochte.

Auch schäzt er meinen Verstand und Talente mehr als dies Herz, das doch mein einziger Stolz ist, das ganz allein die Quelle von allem ist, aller Kraft, aller Seligkeit und alles Elends. Ach was ich weis, kann jeder wissen. — Mein Herz hab ich allein.

am 25. May.

Ich hatte etwas im Kopfe, davon ich euch nichts sagen wollte, bis es ausgeführt wäre, jezt da nichts draus wird, ist's eben so gut. Ich wollte in Krieg*! Das hat mir lang am Herzen gelegen. Vornehmlich darum bin ich dem Fürsten hieher gefolgt, der General in *** schen Diensten ist. Auf einem Spaziergange entdekte ich ihm mein Vorhaben, er widerrieth mir's, und es müßte bey mir mehr Leidenschaft als Grille gewesen seyn, wenn ich seinen Gründen nicht hätte Gehör geben wollen.

am 11. Juni.

Sag was Du willst, ich kann nicht länger bleiben. Was soll ich hier? Die Zeit wird mir lang. Der Fürst hält mich wie seines Gleichen gut, und doch bin ich nicht in meiner Lage*. Und dann, wir haben im Grunde nichts gemeines mit einander. Er ist ein Mann von Verstande, aber von ganz gemeinem Verstande, sein Umgang unterhält mich nicht mehr, als wenn ich ein wohlgeschrieben Buch lese. Noch acht Tage bleib ich, und dann zieh ich wieder in der Irre herum. Das beste, was ich hier gethan habe, ist mein Zeichnen. Und der Fürst fühlt in der Kunst, und würde noch stärker fühlen, wenn er nicht durch das garstige, wissenschaftliche Wesen, und durch die gewöhnliche Terminologie eingeschränkt wäre. Manchmal knirsch ich mit den Zähnen, wenn ich ihn mit warmer Imagination so an Natur und Kunst herum führe und er's auf einmal recht gut zu machen denkt, wenn er mit einem gestempelten Kunstworte drein tölpelt.

am 18. Juni.

Wo ich hin will? Das laß Dir im Vertrauen eröfnen. Vierzehn Tage muß ich doch noch hier bleiben, und dann hab ich mir weis gemacht, daß ich die Bergwerke in **schen besuchen wollte, ist aber im Grunde nichts dran, ich will nur Lotten wieder näher, das ist alles. Und ich lache über mein eigen Herz — und thu ihm seinen Willen.

am 29. Juli.

Nein es ist gut! Es ist alles gut! Ich ihr Mann*! O Gott, der du mich machtest, wenn du mir diese Seligkeit bereitet hättest, mein ganzes Leben sollte ein anhaltendes Gebet seyn. Ich will nicht rechten*, und verzeih mir diese Thränen, verzeih mir meine vergebliche Wünsche. — Sie meine Frau! Wenn ich das liebste Geschöpf unter der Sonne in meine Arme geschlossen hätte — Es geht mir ein Schauder durch den ganzen Körper, Wilhelm, wenn Albert sie um den schlanken Leib faßt.

Und, darf ich's sagen? Warum nicht, Wilhelm, sie wäre mit mir glüklicher geworden als mit ihm! O er ist nicht der Mensch, die Wünsche dieses Herzens alle zu füllen. Ein gewisser Mangel an Fühlbarkeit, ein Mangel — nimm's wie du willst, daß sein Herz nicht sympathetisch schlägt bey — Oh! — bey der Stelle eines lieben Buchs, wo mein Herz und Lottens in einem zusammen treffen. In hundert andern Vorfällen, wenn's kommt, daß unsere Empfindungen über eine Handlung eines dritten laut werden. Lieber Wilhelm! — Zwar er liebt sie von ganzer Seele, und so eine Liebe was verdient die nicht —

Ein unerträglicher Mensch hat mich unterbrochen. Meine Thränen sind getroknet. Ich bin zerstreut. Adieu Lieber.

am 4. August.

Es geht mir nicht allein so. Alle Menschen werden in ihren Hofnungen getäuscht*, in ihren Erwartungen betrogen. Ich besuchte mein gutes Weib unter der Linde. Der ältste Bub lief mir entgegen, sein Freudengeschrey führte die Mutter herbey, die sehr niedergeschlagen aussah. Ihr erstes Wort war: Guter Herr! ach mein Hanns ist mir gestorben, es war der jüngste ihrer Knaben, ich war stille, und mein Mann sagte sie, ist aus der Schweiz zurük, und hat nichts mit gebracht, und ohne gute Leute hätte er sich heraus betteln müssen. Er hatte das Fieber kriegt unterwegs. Ich konnte ihr

63

nichts sagen, und schenkte dem kleinen was, sie bat mich einige Aepfel anzunehmen, das ich that und den Ort des traurigen Andenkens verließ.

am 21. Aug.

Wie man eine Hand umwendet, ist's anders mit mir. Manchmal will so ein freudiger Blik des Lebens wieder aufdämmern, ach nur für einen Augenblik! Wenn ich mich so in Träumen verliehre, kann ich mich des Gedankens nicht erwehren: Wie, wenn Albert stürbe! Du würdest! ja sie würde — und dann lauf ich dem Hirngespinste nach, bis es mich an Abgründe führt, vor denen ich zurükbebe.

Wenn ich so dem Thore hinaus gehe, den Weg den ich zum erstenmal fuhr, Lotten zum Tanze zu holen, wie war das all so anders! Alles, alles ist vorüber gegangen! Kein Wink der vorigen Welt, kein Pulsschlag meines damaligen Gefühls. Mir ist's, wie's einem Geiste seyn müßte, der in das versengte verstörte Schloß zurükkehrte, das er als blühender Fürst einst gebaut und mit allen Gaben der Herrlichkeit ausgestattet, sterbend seinem geliebten Sohne hoffnungsvoll hinterlassen.

am 3. September.

Ich begreife manchmal nicht, wie sie ein anderer lieb haben kann, lieb haben darf, da ich sie so ganz allein, so innig, so voll liebe, nichts anders kenne, noch weis, noch habe als sie.

am 6. Sept.*

Es hat schwer gehalten, bis ich mich entschloß, meinen blauen einfachen Frak*, in dem ich mit Lotten zum erstenmal tanzte, abzulegen, er ward aber zulezt gar unscheinbar. Auch hab ich mir einen machen lassen, ganz wie den vorigen, Kragen und Aufschlag und auch wieder so gelbe West und Hosen dazu.

Ganz will's es doch nicht thun. Ich weis nicht — Ich denke mit der Zeit soll mir der auch lieber werden.

am 15. Sept.

Man möchte sich dem Teufel ergeben, Wilhelm, über all die Hunde, die Gott auf Erden duldet, ohne Sinn und Gefühl an dem wenigen, was drauf noch was werth ist. Du kennst die Nußbäume, unter denen ich bey dem ehrlichen Pfarrer zu St.., mit Lotten gesessen, die herrlichen Nußbäume, die mich, Gott weis, immer mit dem grösten Seelenvergnügen füllten. Wie vertraulich sie den Pfarrhof machten, wie kühl, und wie herrlich die Aeste waren. Und die Erinnerung bis zu den guten Kerls von Pfarrers, die sie vor so viel Jahren pflanzten. Der Schulmeister hat uns den einen Namen oft genannt, den er von seinem Grosvater gehört hatte, und so ein braver Mann soll er gewesen seyn, und sein Andenken war mir immer heilig, unter den Bäumen. Ich sage Dir, dem Schulmeister standen die Thränen in den Augen, da wir gestern davon redeten, daß sie abgehauen worden — Abgehauen! Ich möchte rasend werden, ich könnte den Hund ermorden, der den ersten Hieb dran that. Ich, der ich könnte mich vertrauren*, wenn so ein paar Bäume in meinem Hofe stünden, und einer davon stürbe vor Alter ab, ich muß so zusehn. Lieber S c h a z, eins ist doch dabey! Was Menschengefühl ist! Das ganze Dorf murrt, und ich hoffe, die Frau Pfarrern soll's an Butter und Eyern und übrigem Zutragen spüren, was für eine Wunde sie ihrem Orte gegeben hat. Denn sie ist's, die Frau des neuen Pfarrers, unser Alter ist auch gestorben, ein hageres, kränkliches Thier, das sehr Ursache hat an der Welt keinen Antheil zu nehmen, denn niemand nimmt Antheil an ihr. Eine Frazze, die sich abgiebt gelehrt zu seyn, sich in die Untersuchung des Canons* melirt, gar viel an der neumodischen* moralisch kritischen Reformation des Christenthums arbeitet, und über Lavaters Schwärmereyen* die Achseln zukt, eine ganz zerrüttete Gesundheit hat, und auf Gottes Erdboden deswegen keine Freude. So ein Ding war's auch allein, um meine Nußbäume abzuhauen. Siehst du, ich komme nicht zu mir*! Stelle dir vor, die abfallenden Blätter machen ihr den Hof unrein und dumpfig, die Bäume nehmen ihr das Tageslicht, und wenn die Nüsse reif sind, so werfen die Knaben mit Steinen darnach, und das fällt ihr auf die Nerven, und das stört sie in ihren tiefen Ueberlegungen, wenn sie Kennikot*, Semler* und Michaelis*, gegen einander abwiegt. Da ich die Leute im Dorfe, besonders die Alten, so unzufrieden sah, sagt' ich: warum habt ihr's gelitten ? — Wenn der Schulz* will, hier zu

Lande, sagten sie, was kann man machen. Aber eins ist recht
geschehn, der Schulz und der Pfarrer, der doch auch von
seiner Frauen Grillen, die ihm so die Suppen nicht fett
machen, etwas haben wollte, dachtens mit einander zu
theilen, da erfuhr's die Kammer* und sagte: hier herein! und
verkaufte die Bäume an den Meistbietenden. Sie liegen! O
wenn ich Fürst wäre! Ich wollt die Pfarrern, den Schulzen
und die Kammer — Fürst! — Ja wenn ich Fürst wäre, was
kümmerten mich die Bäume in meinem Lande.

am 10. Oktober.

Wenn ich nur ihre schwarzen Augen sehe, ist mirs schon
wohl! Sieh, und was mich verdrüst, ist, daß Albert nicht so
beglükt zu seyn scheinet, als er — hoffte —als ich — zu
seyn glaubte — wenn — Ich mache nicht gern
Gedankenstriche, aber hier kann ich mich nicht anders
ausdrukken — und mich dünkt deutlich genug.

am 12. Oktober.

Ossian* hat in meinem Herzen den Homer* verdrängt.
Welch eine Welt, in die der Herrliche mich führt. Zu wandern
über die Haide, umsaußt vom Sturmwinde, der in dam-
pfenden Nebeln, die Geister der Väter im dämmernden Lichte
des Mondes hinführt. Zu hören vom Gebürge her, im
Gebrülle des Waldstroms, halb verwehtes Aechzen der
Geister aus ihren Hölen, und die Wehklagen des zu Tode
gejammerten Mädgens, um die vier moosbedekten,gras-
bewachsnen Steine des edelgefallnen ihres Geliebten. Wenn
ich ihn denn finde, den wandelnden grauen Barden, der auf
der weiten Haide die Fustapfen seiner Väter sucht und ach!
ihre Grabsteine findet. Und dann jammernd nach dem lieben
Sterne des Abends hinblikt, der sich in's rollende Meer
verbirgt, und die Zeiten der Vergangenheit in des Helden
Seele lebendig werden, da noch der freundliche Stral den
Gefahren der Tapfern leuchtete, und der Mond ihr
bekränztes, siegrükkehrendes Schiff beschien. Wenn ich so
den tiefen Kummer auf seiner Stirne lese, so den lezten
verlaßnen Herrlichen in aller Ermattung dem Grabe zu
wanken sehe, wie er immer neue schmerzlich glühende

Freuden in der kraftlosen Gegenwart der Schatten seiner abgeschiedenen einsaugt, und nach der kalten Erde dem hohen wehenden Grase niedersieht, und ausruft: Der Wanderer wird kommen*, kommen, der mich kannte in meiner Schönheit und fragen, wo ist der Sänger, Fingals treflicher Sohn*? Sein Fustritt geht über mein Grab hin, und er fragt vergebens nach mir auf der Erde. O Freund! ich möchte gleich einem edlen Waffenträger* das Schwerd ziehen und meinen Fürsten von der zükkenden Quaal des langsam absterbenden Lebens auf einmal befreyen, und dem befreyten Halbgott meine Seele nachsenden.

am 19. Oktober.

Ach diese Lükke! Diese entsezliche Lükke, die ich hier in meinem Busen fühle! ich denke oft! — Wenn du sie nur einmal, nur einmal an dieses Herz drükken könntest. All diese Lükke würde ausgefüllt seyn.

am 26. Oktober.

Ja es wird mir gewiß, Lieber! gewiß und immer gewisser, daß an dem Daseyn eines Geschöpfs so wenig gelegen ist, ganz wenig. Es kam eine Freundinn zu Lotten, und ich gieng herein in's Nebenzimmer, ein Buch zu nehmen, und konnte nicht lesen, und dann nahm ich eine Feder zu schreiben. Ich hörte sie leise reden, sie erzählten einander insofern unbedeutende Sachen, Stadtneuigkeiten: wie diese heyrathet, wie jene krank, sehr krank ist. Sie hat einen troknen Husten, die Knochen stehn ihr zum Gesichte heraus, und kriegt Ohnmachten, ich gebe keinen Kreuzer für ihr Leben, sagte die eine. Der N.N. ist auch so übel dran, sagte Lotte. Er ist schon geschwollen, sagte die andre. Und meine lebhafte Einbildungskraft versezte mich an's Bette dieser Armen, ich sah sie, mit welchem Widerwillen sie dem Leben den Rükken wandten, wie sie — Wilhelm, und meine Weibgens redeten davon, wie man eben davon redt: daß ein Fremder stirbt. — Und wenn ich mich umsehe, und seh das Zimmer an, und rings um mich Lottens Kleider, hier ihre Ohrringe auf dem Tischgen, und Alberts Scripturen* und diese Meubels, denen ich nun so befreundet bin, so gar diesem Dintenfaß; und denke: Sieh, was du nun diesem Hause bist! Alles in allem*.

Deine Freunde ehren dich! Du machst oft ihre Freude, und deinem Herzen scheint's, als wenn es ohne sie nicht seyn könnte, und doch — wenn du nun giengst? wenn du aus diesem Kreise schiedest, würden sie? wie lange würden sie die Lükke fühlen, die dein Verlust in ihr Schiksal reißt? wie lang? —O so vergänglich ist der Mensch, daß er auch da, wo er seines Daseyns eigentliche Gewißheit hat, da, wo er den einzigen wahren Eindruk seiner Gegenwart macht; in dem Andenken in der Seele seiner Lieben, daß er auch da verlöschen, verschwinden muß, und das — so bald!

am 27. Oktober.

Ich möchte mir oft die Brust zerreissen und das Gehirn einstoßen, daß man einander so wenig seyn kann. Ach die Liebe und Freude und Wärme und Wonne, die ich nicht hinzu bringe, wird mir der andre nicht geben, und mit einem ganzen Herzen voll Seligkeit, werd ich den andern nicht beglükken der kalt und kraftlos vor mir steht.

am 30. Oktober.

Wenn ich nicht schon hundertmal auf dem Punkte gestanden bin ihr um den Hals zu fallen. Weis der große Gott, wie einem das thut, so viel Liebenswürdigkeit vor sich herumkreuzen zu sehn und nicht zugreifen zu dürfen. Und das zugreifen ist doch der natürlichste Trieb der Menschheit. Greifen die Kinder nicht nach allem was ihnen in Sinn fällt? Und ich?

am 3. November.

Weis Gott, ich lege mich so oft zu Bette mit dem Wunsche, ja manchmal mit der Hofnung, nicht wieder zu erwachen, und Morgens schlag ich die Augen auf, sehe die Sonne wieder, und bin elend. O daß ich launisch seyn könnte, könnte die Schuld auf's Wetter, auf einen dritten, auf eine fehlgeschlagene Unternehmung schieben; so würde die unerträgliche Last des Unwillens* doch nur halb auf mir ruhen. Weh mir, ich fühle zu wahr, daß an mir allein alle Schuld liegt, — nicht Schuld! Genug daß in mir die Quelle alles Elendes verborgen ist, wie es ehemals die Quelle aller

Seligkeiten war. Bin ich nicht noch eben derselbe, der ehemals in aller Fülle der Empfindung* herumschwebte, dem auf jedem Tritte ein Paradies folgte, der ein Herz hatte, eine ganze Welt liebevoll zu umfassen. Und das Herz ist jezo todt, aus ihm fließen keine Entzükkungen mehr, meine Augen sind trokken, und meine Sinnen, die nicht mehr von erquikkenden Thränen gelabt werden, ziehen ängstlich meine Stirne zusammen. Ich leide viel, denn ich habe verlohren was meines Lebens einzige Wonne war, die heilige belebende Kraft, mit der ich Welten um mich schuf. Sie ist dahin! — Wenn ich zu meinem Fenster hinaus an den fernen Hügel sehe, wie die Morgensonne über ihn her den Nebel durchbricht und den stillen Wiesengrund bescheint, und der sanfte Fluß zwischen seinen entblätterten Weiden zu mir herschlängelt, o wenn da diese herrliche Natur so starr vor mir steht wie ein lakirt Bildgen, und all die Wonne keinen Tropfen Seligkeit aus meinem Herzen herauf in das Gehirn pumpen kann, und der ganze Kerl* vor Gottes Angesicht steht wie ein versiegter Brunn, wie ein verlechter Eymer*! Ich habe mich so oft auf den Boden geworfen und Gott um Thränen gebeten, wie ein Akkersmann um Regen, wenn der Himmel ehern über ihm* ist, und um ihn die Erde verdürstet.

Aber, ach ich fühls! Gott giebt Regen und Sonnenschein nicht unserm ungestümen Bitten, und jene Zeiten, deren Andenken mich quält, warum waren sie so selig? als weil* ich mit Geduld seinen Geist erwartete, und die Wonne, die er über mich ausgoß mit ganzem, innig dankbarem Herzen aufnahm.

am 8. Nov.

Sie hat mir meine Exzesse vorgeworfen! Ach mit so viel Liebenswürdigkeit! Meine Exzesse, daß ich mich manchmal von einem Glas Wein verleiten lasse, eine Bouteille zu trinken. Thun Sie's nicht! sagte sie, denken Sie an Lotten! — Denken! sagt' ich, brauchen Sie mir das zu heissen? Ich denke! — Ich denke nicht! Sie sind immer vor meiner Seelen. Heut saß ich an dem Flekke, wo Sie neulich aus der Kutsche stiegen — Sie redte was anders, um mich nicht tiefer in den Text kommen zu lassen. Bester, ich bin dahin! Sie kann mit mir machen was sie will.

am 15. Nov.

Ich danke Dir, Wilhelm, für Deinen herzlichen Antheil, für Deinen wohlmeynenden Rath, und bitte Dich, ruhig zu seyn. Laß mich ausdulden, ich habe bey all meiner Müdseligkeit* noch Kraft genug durchzusezzen. Ich ehre die Religion*, das weist Du, ich fühle, daß sie manchem Ermatteten Stab, manchem Verschmachtenden Erquikkung ist. Nur — kann sie denn, muß sie denn das einem jeden seyn? Wenn Du die große Welt ansiehst; so siehst du Tausende, denen sie's nicht war, Tausende denen sie's nicht seyn wird, gepredigt oder ungepredigt, und muß sie mir's denn seyn? Sagt nicht selbst der Sohn Gottes: daß die um ihn seyn würden*, die ihm der Vater gegeben hat. Wenn ich ihm nun nicht gegeben bin! Wenn mich nun der Vater für sich behalten will, wie mir mein Herz sagt! Ich bitte Dich, lege das nicht falsch aus, sieh nicht etwa Spott in diesen unschuldigen Worten, es ist meine ganze Seele, die ich dir vorlege. Sonst wollt ich lieber, ich hätte geschwiegen, wie ich denn über all das, wovon jedermann so wenig weis als ich, nicht gern ein Wort verliehre. Was ist's anders als Menschenschiksal, sein Maas auszuleiden, seinen Becher auszutrinken. — Und ward der Kelch* dem Gott vom Himmel auf seiner Menschenlippe zu bitter, warum soll ich gros thun und mich stellen, als schmekte er mir süsse. Und warum sollte ich mich schämen, in dem schröklichen Augenblikke, da mein ganzes Wesen zwischen Seyn und Nichtseyn* zittert, da die Vergangenheit wie ein Bliz über dem finstern Abgrunde der Zukunft leuchtet, und alles um mich her versinkt, und mit mir die Welt untergeht. — Ist es da nicht die Stimme der ganz in sich gedrängten, sich selbst ermangelnden, und unaufhaltsam hinabstürzenden Creatur, in den innern Tiefen ihrer vergebens aufarbeitenden Kräfte zu knirschen: Mein Gott*! Mein Gott! warum hast du mich verlassen? Und sollt ich mich des Ausdruks schämen, sollte mir's vor dem Augenblikke bange seyn, da ihm der nicht entgieng, der die Himmel* zusammenrollt wie ein Tuch.

am 21. Nov.

Sie sieht nicht, sie fühlt nicht, daß sie einen Gift bereitet, der mich und sie zu Grunde richten wird. Und ich mit voller

Wollust schlurfe den Becher aus, den sie mir zu meinem Verderben reicht. Was soll der gütige Blik, mit dem sie mich oft —oft? — nein nicht oft, aber doch manchmal ansieht, die Gefälligkeit, womit sie einen unwillkührlichen Ausdruk meines Gefühls aufnimmt, das Mitleiden mit meiner Duldung, das sich auf ihrer Stirne zeichnet.

Gestern als ich weggieng, reichte sie mir die Hand und sagte: Adieu, lieber Werther! Lieber Werther! Es war das erstemal, daß sie mich Lieber hies, und mir giengs durch Mark und Bein. Ich hab mir's hundertmal wiederholt und gestern Nacht da ich in's Bette gehen wollte, und mit mir selbst allerley schwazte, sag ich so auf einmal: gute Nacht, lieber Werther! Und mußte hernach selbst über mich lachen.

am 24. Nov.

Sie fühlt, was ich dulde. Heut ist mir ihr Blik tief durch's Herz gedrungen. Ich fand sie allein. Ich sagte nichts und sie sah mich an. Und ich sah nicht mehr in ihr die liebliche Schönheit, nicht mehr das Leuchten des treflichen Geistes; das war all vor meinen Augen verschwunden. Ein weit herrlicherer Blik würkte auf mich, voll Ausdruk des innigsten Antheils des süßten Mitleidens. Warum durft' ich mich nicht ihr zu Füssen werfen! warum durft ich nicht an ihrem Halse mit tausend Küssen antworten — Sie nahm ihre Zuflucht zum Claviere* und hauchte mit süsser leiser Stimme harmonische Laute zu ihrem Spiele. Nie hab ich ihre Lippen so reizend gesehn, es war, als wenn sie sich lechzend öffneten, jene süsse Töne in sich zu schlürfen, die aus dem Instrumente hervorquollen, und nur der heimliche Wiederschall aus dem süssen Munde zurükklänge — Ja wenn ich dir das so sagen könnte! Ich widerstund nicht länger, neigte mich und schwur: Nie will ich's wagen, einen Kuß euch einzudrücken, Lippen, auf denen die Geister des Himmels schweben — Und doch — ich will — Ha siehst du, das steht wie eine Scheidewand vor meiner Seelen — diese Seligkeit — und da untergegangen, die Sünde abzubüssen —Sünde?

am 30. Nov.

Ich soll, ich soll nicht zu mir selbst kommen, wo ich hintrete, begegnet mir eine Erscheinung, die mich aus aller Fassung bringt. Heut! O Schiksal! O Menschheit! Ich gehe an dem Wasser hin in der Mittagsstunde, ich hatte keine Lust zu essen. Alles war so öde, ein naßkalter Abendwind blies vom Berge, und die grauen Regenwolken zogen das Thal hinein. Von ferne seh ich einen Menschen in einem grünen schlechten* Rokke, der zwischen den Felsen herumkrabelte und Kräuter zu suchen schien. Als ich näher zu ihm kam und er sich auf das Geräusch, das ich machte, herumdrehte, sah ich eine gar interessante Physiognomie, darinn eine stille Trauer den Hauptzug machte, die aber sonst nichts als einen graden guten Sinn ausdrükte, seine schwarzen Haare waren mit Nadeln in zwey Rollen gestekt, und die übrigen in einen starken Zopf geflochten, der ihm den Rükken herunter hieng. Da mir seine Kleidung einen Menschen von geringem Stande zu bezeichnen schien, glaubt' ich, er würde es nicht übel nehmen, wenn ich auf seine Beschäftigung aufmerksam wäre, und daher fragte ich ihn, was er suchte? Ich suche, antwortete er mit einem tiefen Seufzer, Blumen — und finde keine — Das ist auch die Jahrszeit nicht, sagt' ich lächelnd. —Es giebt so viel Blumen, sagt er, indem er zu mir herunter kam. In meinem Garten sind Rosen und Je länger je lieber zweyerley Sorten, eine hat mir mein Vater gegeben, sie wachsen wie's Unkraut, ich suche schon zwey Tage darnach, und kann sie nicht finden. Da haußen sind auch immer Blumen, gelbe und blaue und rothe, und das Tausend Güldenkraut* hat ein schön Blümgen. Keines kann ich finden. Ich merkte was unheimliches, und drum fragte ich durch einen Umweg: Was will er denn mit den Blumen? Ein wunderbares zukkendes Lächlen verzog sein Gesicht. Wenn er mich nicht verrathen will, sagt er, indem er den Finger auf den Mund drükte, ich habe meinem Schazze einen Straus versprochen. Das ist brav, sagt ich. O sagt' er, sie hat viel andre Sachen, sie ist reich. Und doch hat sie seinen Straus* lieb, versezt ich. O! fuhr er fort, sie hat Juwelen und eine Krone. Wie heißt sie denn? — Wenn mich die Generalstaaten* bezahlen wollten! versezte er, ich wär ein anderer Mensch! Ja es war einmal eine Zeit, da mir's so wohl war. Jezt ist's aus mit mir, ich bin nun — Ein nasser Blik zum Himmel drükte alles aus. Er war also glüklich? fragt ich. Ach ich wollt ich wäre wieder so!

sagt' er, da war mir's so wohl, so lustig, so leicht wie ein
Fisch im Wasser! Heinrich! rufte eine alte Frau, die den Weg
herkam. Heinrich, wo stikst* du. Wir haben dich überall
gesucht. Komm zum Essen. Ist das euer Sohn? fragt' ich zu
ihr tretend. Wohl mein armer Sohn, versezte sie. Gott hat mir
ein schweres Kreuz aufgelegt. Wie lang ist er so? fragt ich.
So stille, sagte sie, ist er nun ein halb Jahr. Gott sey Dank,
daß es nur so weit ist. Vorher war er ein ganz Jahr rasend, da
hat er an Ketten im Tollhause gelegen. Jezt thut er niemand
nichts, nur hat er immer mit Königen und Kaysern zu thun.
Es war ein so guter stiller Mensch, der mich ernähren half,
seine schöne Hand schrieb*, und auf einmal wird er
tiefsinnig, fällt in ein hitzig Fieber, daraus in Raserey, und
nun ist er, wie sie ihn sehen. Wenn ich ihm erzählen sollt,
Herr —Ich unterbrach ihren Strom von Erzählungen mit der
Frage: was denn das für eine Zeit wäre von der er so rühmte,
daß er so glüklich, so wohl darinn gewesen wäre. Der
thörige Mensch, rief sie mit mitleidigem Lächlen, da meint er
die Zeit, da er von sich war, das rühmt er immer! Das ist die
Zeit,* da er im Tollhause war, wo er nichts von sich wußte
— Das fiel mir auf wie ein Donnerschlag, ich drükte ihr ein
Stük Geld in die Hand und verließ sie eilend.

Da du glüklich warst! rief ich aus, schnell vor mich hin
nach der Stadt zu gehend. Da dir's wohl war wie einem Fisch
im Wasser! — Gott im Himmel! Hast du das zum Schiksaal
der Menschen gemacht, daß sie nicht glüklich sind, als eh sie
zu ihrem Verstande kommen, und wenn sie ihn wieder
verliehren! Elender und auch wie beneid ich deinen Trübsinn,
die Verwirrung deiner Sinne, in der du verschmachtest! Du
gehst hoffnungsvoll aus, deiner Königin Blumen zu pflükken
— im Winter — und traurest, da du keine findest, und
begreifst nicht, warum du keine finden kannst. Und ich —
und ich gehe ohne Hoffnung ohne Zwek heraus, und kehr
wieder heim wie ich gekommen bin. — Du wähnst, welcher
Mensch du seyn würdest wenn die Generalstaaten dich
bezahlten. Seliges Geschöpf, das den Mangel seiner
Glükseligkeit einer irdischen Hinderniß zuschreiben kann. —
Du fühlst nicht! Du fühlst nicht! daß in deinem zerstörten
Herzen, in deinem zerrütteten Gehirne dein Elend liegt,
wovon alle Könige der Erde dir nicht helfen können.

Müsse* der trostlos umkommen, der eines Kranken
spottet, der nach der entferntesten Quelle reist die seine

Krankheit vermehren, sein Ausleben schmerzhafter machen
wird, der sich über das bedrängte Herz erhebt, das, um seine
Gewissensbisse los zu werden und die Leiden seiner Seele
abzuthun, seine Pilgrimschaft nach dem heiligen Grabe thut!
Jeder Fußtritt der seine Solen auf ungebahntem Wege
durchschneidet, ist ein Lindrungstropfen der geängsteten
Seele, und mit jeder ausgedauerten Tagreise legt sich das
Herz um viel Bedrängniß leichter nieder. — Und dürft ihr
das Wahn nennen — Ihr Wortkrämer auf euren Polstern —
Wahn! — O Gott! du siehst meine Thränen—Mußtest du, der
du den Menschen arm genug erschufst, ihm auch Brüder
zugeben, die ihm das bisgen Armuth, das bisgen Vertrauen
noch raubten, das er auf dich hat, auf dich, du Allliebender,
denn das Vertrauen zu einer heilenden Wurzel, zu den
Thränen des Weinstoks*, was ist's, als Vertrauen zu dir, daß
du in alles, was uns umgiebt, Heil und Lindrungskraft gelegt
hast, der wir so stündlich bedürfen. — Vater, den ich nicht
kenne! Vater, der sonst meine ganze Seele füllte, und nun
sein Angesicht von mir gewendet* hat! Rufe mich zu dir!
Schweige nicht länger! Dein Schweigen wird diese durstende
Seele nicht aufhalten — Und würde ein Mensch, ein Vater
zürnen können, dem sein unvermuthet rükkehrender Sohn*
um den Hals fiele und rief: Ich bin wieder da mein Vater.
Zürne nicht, daß ich die Wanderschaft abbreche, die ich nach
deinem Willen länger aushalten sollte. Die Welt ist überall
einerley, auf Müh und Arbeit, Lohn und Freude; aber was
soll mir das? mir ist nur wohl wo du bist, und vor deinem
Angesichte will ich leiden und geniessen — Und du, lieber
himmlischer Vater, solltest ihn von dir weisen?

am 1. Dez.

Wilhelm! der Mensch, von dem ich dir schrieb, der
glükliche Unglükliche, war Schreiber bey Lottens Vater, und
eine unglükliche Leidenschaft zu ihr, die er nährte, verbarg,
entdekte, und aus dem Dienst geschikt wurde, hat ihn rasend
gemacht. Fühle Kerl, bey diesen troknen Worten, mit
welchem Unsinne mich die Geschichte ergriffen hat, da mir
sie Albert eben so gelassen erzählte, als dus' vielleicht liesest.

am 4. Dez.

Ich bitte dich —siehst du, mit mir ist's aus — Ich trag das all nicht länger. Heut sas ich bey ihr — sas, sie spielte auf ihrem Clavier, manchfaltige Melodien und all den Ausdruk! all! all! — was willst du? — Ihr Schwestergen puzte ihre Puppe auf meinem Knie. Mir kamen die Thränen in die Augen. Ich neigte mich und ihr Trauring fiel mir in's Gesicht — Meine Thränen flossen —Und auf einmal fiel sie in die alte himmelsüsse Melodie* ein, so auf einmal, und mir durch die Seele gehn ein Trostgefühl und eine Erinnerung all des Vergangenen, all der Zeiten, da ich das Lied gehört, all der düstern Zwischenräume des Verdrusses, der fehlgeschlagenen Hoffnungen, und dann — Ich gieng in der Stube auf und nieder, mein Herz erstikte unter all dem. Um Gottes Willen, sagt ich mit einem heftigen Ausbruch hin gegen sie fahrend, um Gottes Willen hören sie auf. Sie hielt, und sah mich starr an. Werther, sagte sie, mit einem Lächlen, das mir durch die Seele gieng, Werther, sie sind sehr krank, ihre Lieblingsgerichte widerstehen ihnen. Gehen sie! Ich bitte sie, beruhigen sie sich. Ich riß mich von ihr weg, und — Gott! du siehst mein Elend, und wirst es enden.

am 6. Dez.

Wie mich die Gestalt verfolgt. Wachend und träumend füllt sie meine ganze Seele. Hier, wenn ich die Augen schliesse, hier in meiner Stirne, wo die innere Sehkraft sich vereinigt, stehen ihre schwarzen Augen. Hier! Ich kann dir's nicht ausdrükken. Mach ich meine Augen zu, so sind sie da, wie ein Meer, wie ein Abgrund ruhen sie vor mir, in mir, füllen die Sinnen meiner Stirne.

Was ist der Mensch? der gepriesene Halbgott! Ermangeln ihm nicht da eben die Kräfte, wo er sie am nöthigsten braucht? Und wenn er in Freude sich aufschwingt, oder im Leiden versinkt, wird er nicht in beyden eben da aufgehalten, eben da wieder zu dem stumpfen kalten Bewustseyn zurük gebracht, da er sich in der Fülle des Unendlichen zu verliehren sehnte.

am 8. Dez.

Lieber Wilhelm, ich bin in einem Zustande, in dem jene Unglüklichen müssen gewesen seyn, von denen man

glaubte, sie würden von einem bösen Geiste umher
getrieben. Manchmal ergreift mich's, es ist nicht Angst, nicht
Begier! es ist ein inneres unbekanntes Toben, das meine
Brust zu zerreissen droht, das mir die Gurgel zupreßt! Wehe!
Wehe! Und dann schweif ich umher in den furchtbaren
nächtlichen Scenen dieser menschenfeindlichen Jahrszeit.
Gestern Nacht mußt ich hinaus. Ich hatte noch Abends
gehört, der Fluß sey übergetreten und die Bäche all, und von
Wahlheim herunter all mein liebes Thal überschwemmt.
Nachts nach eilf rannt ich hinaus. Ein fürchterliches
Schauspiel. Vom Fels herunter die wühlenden Fluthen in
dem Mondlichte wirbeln zu sehn, über Aekker und Wiesen
und Hekken und alles, und das weite Thal hinauf und hinab
eine stürmende See im Sausen des Windes. Und wenn denn
der Mond wieder hervortrat und über der schwarzen Wolke
ruhte, und vor mir hinaus die Fluth in fürchterlich herrlichen
Wiederschein rollte und klang, da überfiel mich ein Schauer,
und wieder ein Sehnen! Ach! Mit offenen Armen stand ich
gegen den Abgrund, und athmete hinab! hinab, und verlohr
mich in der Wonne, all meine Quaalen all mein Leiden da
hinab zu stürmen, dahin zu brausen wie die Wellen. Oh! Und
den Fuß vom Boden zu heben, vermochtest du nicht und alle
Qualen zu enden!—Meine Uhr ist noch nicht ausgelaufen —
ich fühl's! O Wilhelm, wie gern hätt ich all mein Menschseyn
drum gegeben, mit jenem Sturmwinde die Wolken zu
zerreissen, die Fluthen zu fassen. Ha! Und wird nicht
vielleicht dem Eingekerkerten* einmal diese Wonne zu
Theil!—

Und wie ich wehmüthig hinab sah auf ein Pläzgen, wo ich
mit Lotten unter einer Weide geruht, auf einem heissen
Spaziergange, das war auch überschwemmt, und kaum daß
ich die Weide erkannte! Wilhelm. Und ihre Wiesen, dacht
ich, und all die Gegend um ihr Jagdhaus, wie jezt vom
reissenden Strome verstört unsere Lauben, dacht ich. Und
der Vergangenheit Sonnenstrahl blikte herein — Wie einem
Gefangenen ein Traum von Heerden, Wiesen und
Ährenfeldern*. Ich stand! — Ich schelte mich nicht, denn ich
habe Muth zu sterben — Ich hätte — Nun siz ich hier wie ein
altes Weib, das ihr Holz an Zäunen stoppelt, und ihr Brod an
den Thüren, um ihr hinsterbendes freudloses Daseyn noch
einen Augenblick zu verlängern und zu erleichtern.

am 17. Dez.

Was ist das, mein Lieber? Ich erschrekke vor mir selbst! Ist nicht meine Liebe zu ihr die heiligste, reinste, brüderlichste Liebe? Hab ich jemals einen strafbaren Wunsch in meiner Seele gefühlt — ich will nicht betheuren — und nun — Träume! O wie wahr fühlten die Menschen, die so widersprechende Würkungen fremden Mächten zuschrieben. Diese Nacht! Ich zittere es zu sagen, hielt ich sie in meinen Armen, fest an meinen Busen gedrükt und dekte ihren lieben lispelnden Mund mit unendlichen Küssen. Mein Auge schwamm in der Trunkenheit des ihrigen. Gott! bin ich strafbar, daß ich auch jezt noch eine Seligkeit fühle, mir diese glühende Freuden mit voller Innigkeit zurük zu rufen, Lotte! Lotte! — Und mit mir ist's aus! Meine Sinnen verwirren sich. Schon acht Tage hab ich keine Besinnungskraft, meine Augen sind voll Thränen. Ich bin nirgends wohl, und überall wohl. Ich wünsche nichts, verlange nichts. Mir wärs besser ich gienge.

Der Herausgeber an den Leser.*

Die ausführliche Geschichte der lezten merkwürdigen Tage unsers Freundes zu liefern, seh ich mich genöthiget seine Briefe durch Erzählung zu unterbrechen, wozu ich den Stof aus dem Munde Lottens*, Albertens, seines Bedienten, und anderer Zeugen gesammlet habe.

Werthers Leidenschaft hatte den Frieden zwischen Alberten und seiner Frau allmählig untergraben, dieser liebte sie mit der ruhigen Treue eines rechtschafnen Manns, und der freundliche Umgang mit ihr subordinirte sich nach und nach seinen Geschäften. Zwar wollte er sich nicht den Unterschied gestehen, der die gegenwärtige Zeit den Bräutigams-Tagen so ungleich machte: doch fühlte er innerlich einen gewissen Widerwillen gegen Werthers Aufmerksamkeiten für Lotten, die ihm zugleich ein Eingriff in seine Rechte und ein stiller Vorwurf zu seyn scheinen mußten. Dadurch ward der üble Humor vermehrt, den ihm seine überhäuften, gehinderten, schlecht belohnten Geschäfte manchmal gaben, und da denn Werthers Lage auch ihn zum traurigen Gesellschafter machte, indem die Beängstigung seines Herzens, die übrige Kräfte seines Geistes, seine Lebhaftigkeit, seinen Scharfsinn aufgezehrt hatte; so konnte es nicht fehlen daß Lotte zulezt selbst mit angestekt wurde, und in eine Art von Schwermuth verfiel, in der Albert eine wachsende Leidenschaft für ihren Liebhaber, und Werther einen tiefen Verdruß über das veränderte Betragen ihres Mannes zu entdekken glaubte. Das Mistrauen, womit die beyden Freunde einander ansahen, machte ihnen ihre wechselseitige Gegenwart höchst beschwerlich. Albert mied das Zimmer seiner Frau, wenn Werther bey ihr war, und dieser, der es merkte, ergriff nach einigen fruchtlosen Versuchen ganz von ihr zu lassen, die Gelegenheit, sie in solchen Stunden zu sehen, da ihr Mann von seinen Geschäften gehalten wurde. Daraus entstund neue Unzufriedenheit, die Gemüther verhezten sich immer mehr gegen einander, bis zulezt Albert seiner Frau mit ziemlich troknen Worten sagte: sie möchte, wenigstens um der Leute willen, dem Umgange mit Werthern eine andere Wendung geben, und seine allzuöfteren Besuche abschneiden.

Ohngefähr um diese Zeit hatte sich der Entschluß, diese Welt zu verlassen, in der Seele des armen Jungen näher bestimmt. Es war von jeher seine Lieblingsidee gewesen, mit der er sich, besonders seit der Rükkehr zu Lotten, immer getragen.

Doch sollte es keine übereilte, keine rasche That* seyn, er wollte mit der besten Ueberzeugung, mit der möglichsten ruhigen Entschlossenheit diesen Schritt thun.

Seine Zweifel, sein Streit mit sich selbst, blikken aus einem Zettelgen hervor, das wahrscheinlich ein angefangener Brief an Wilhelmen ist, und ohne Datum, unter seinen Papieren gefunden worden.

Ihre Gegenwart, ihr Schiksal, ihr Theilnehmen an dem meinigen, preßt noch die lezten Thränen aus meinem versengten Gehirn.

Den Vorhang aufzuheben und dahinter zu treten, das ist's all! Und warum das Zaudern und Zagen? — weil man nicht weis, wie's dahinten aussieht? — und man nicht zurükkehrt? — Und daß das nun die Eigenschaft unseres Geistes ist, da Verwirrung und Finsterniß zu ahnden, wovon wir nichts Bestimmtes wissen.

Den Verdruß, den er bey der Gesandtschaft gehabt, konnte er nicht vergessen. Er erwähnte dessen selten, doch wenn es auch auf die entfernteste Weise geschah, so konnte man fühlen, daß er seine Ehre dadurch unwiederbringlich gekränkt hielte, und daß ihm dieser Vorfall eine Abneigung gegen alle Geschäfte und politische* Wirksamkeit gegeben hatte. Daher überließ er sich ganz der wunderbaren Empfind- und Denkensart, die wir aus seinen Briefen kennen, und einer endlosen Leidenschaft, worüber noch endlich alles, was thätige Kraft an ihm war, verlöschen mußte. Das ewige einerley eines traurigen Umgangs mit dem liebenswürdigen und geliebten Geschöpfe, dessen Ruhe er störte, das stürmende Abarbeiten seiner Kräfte, ohne Zwek und Aussicht, drängten ihn endlich zu der schröklichen That.

am 20. Dec.

Ich danke Deiner Liebe, Wilhelm, daß Du das Wort so aufgefangen hast. Ja Du hast recht: Mir wäre besser, ich gienge. Der Vorschlag, den Du zu einer Rükkehr zu euch thust, gefällt mir nicht ganz, wenigstens möcht ich noch gern einen Umweg machen, besonders da wir anhaltenden Frost und gute Wege zu hoffen haben. Auch ist mir's sehr lieb, daß Du kommen willst, mich abzuholen, verzieh* nur noch vierzehn Tage, und erwarte noch einen Brief von mir mit dem weitern. Es ist nöthig, daß nichts gepflükt werde, eh es reif ist. Und vierzehn Tage auf oder ab thun viel. Meiner Mutter sollst Du sagen: daß sie für ihren Sohn beten soll und daß ich sie um Vergebung bitte, wegen all des Verdrusses, den ich ihr gemacht habe. Das war nun mein Schiksal, die zu betrüben, denen ich Freude schuldig war. Leb wohl, mein Theuerster. Allen Segen des Himmels über Dich! Leb wohl!

An eben dem Tage, es war der Sonntag vor Weihnachten*, kam er Abends zu Lotten, und fand sie allein. Sie beschäftigte sich, einige Spielwerke in Ordnung zu bringen, die sie ihren kleinen Geschwistern zum Christgeschenke zurecht gemacht hatte. Er redete von dem Vergnügen, das die Kleinen haben würden, und von den Zeiten, da einen die unerwartete Oeffnung der Thüre, und die Erscheinung eines aufgepuzten Baums mit Wachslichtern, Zukkerwerk und

79

Aepfeln, in paradisische Entzükkung sezte. Sie sollen, sagte
Lotte, indem sie ihre Verlegenheit unter ein liebes Lächeln
verbarg: Sie sollen auch bescheert kriegen, wenn Sie recht
geschikt* sind, ein Wachsstökgen und noch was. Und was
heißen Sie geschikt seyn? rief er aus, wie soll ich seyn, wie
kann ich seyn, beste Lotte? Donnerstag Abend, sagte sie, ist
Weyhnachtsabend, da kommen die Kinder, mein Vater auch,
da kriegt jedes das seinige, da kommen Sie auch — aber
nicht eher. — Werther stuzte! — Ich bitte Sie, fuhr sie fort,
es ist nun einmal so, ich bitte Sie um meiner Ruhe willen, es
kann nicht, es kann nicht so bleiben! — Er wendete seine
Augen von ihr, gieng in der Stube auf und ab, und murmelte
das: es kann nicht so bleiben! zwischen den Zähnen. Lotte,
die den schröklichen Zustand fühlte, worinn ihn diese Worte
versezt hatten, suchte durch allerley Fragen seine Gedanken
abzulenken, aber vergebens: Nein, Lotte, rief er aus, ich
werde Sie nicht wieder sehn*! — Warum das? versezte sie,
Werther, Sie können, Sie müssen uns wieder sehen, nur
mässigen Sie sich. O! warum mußten Sie mit dieser
Heftigkeit, dieser unbezwinglich haftenden Leidenschaft für
alles, das Sie einmal anfassen, gebohren werden. Ich bitte
Sie, fuhr sie fort, indem sie ihn bey der Hand nahm,
mässigen Sie sich, Ihr Geist, Ihre Wissenschaft, Ihre
Talente, was bieten die Ihnen für mannigfaltige Ergözzungen
dar! seyn Sie ein Mann, wenden Sie diese traurige
Anhänglichkeit von einem Geschöpfe, das nichts thun kann
als Sie bedauern. — Er knirrte* mit den Zähnen, und sah sie
düster an. Sie hielt seine Hand: Nur einen Augenblick ruhigen
Sinn, Werther, sagte sie. Fühlen Sie nicht, daß Sie sich
betrügen, sich mit Willen zu Grunde richten? Warum denn
mich! Werther! Just mich! das Eigenthum eines andern. Just
das! Ich fürchte, ich fürchte, es ist nur die Unmöglichkeit
mich zu besizzen, die Ihnen diesen Wunsch so reizend
macht. Er zog seine Hand aus der ihrigen, indem er sie mit
einem starren unwilligen Blikke ansah. Weise! rief er, sehr
weise! hat vielleicht Albert diese Anmerkung gemacht ?
Politisch*! sehr politisch! — Es kann sie jeder machen,
versezte sie drauf. Und sollte denn in der weiten Welt kein
Mädgen seyn, das die Wünsche Ihres Herzens erfüllte.
Gewinnen Sie's über sich, suchen Sie darnach, und ich
schwöre Ihnen, Sie werden sie finden. Denn schon lange
ängstet mich für Sie und uns die Einschränkung, in die Sie

sich diese Zeit her selbst gebannt haben. Gewinnen Sie's über sich! Eine Reise wird Sie, muß Sie zerstreuen! Suchen Sie, finden Sie einen werthen Gegenstand all Ihrer Liebe, und kehren Sie zurük, und lassen Sie uns zusammen die Seligkeit einer wahren Freundschaft genießen.

Das könnte man, sagte er mit einem kalten Lachen, drukken lassen, und allen Hofmeistern empfehlen. Liebe Lotte, lassen Sie mir noch ein klein wenig Ruh, es wird alles werden. — Nur das Werther! daß Sie nicht eher kommen als Weyhnachtsabend! — Er wollte antworten, und Albert trat in die Stube. Man bot sich einen frostigen guten Abend, und gieng verlegen im Zimmer neben einander auf und nieder. Werther fieng einen unbedeutenden* Diskurs an, der bald aus war, Albert desgleichen, der sodann seine Frau nach einigen Aufträgen fragte, und als er hörte, sie seyen noch nicht ausgerichtet, ihr spizze Reden gab, die Werthern durch's Herz giengen. Er wollte gehn, er konnte nicht und zauderte bis Acht, da sich denn der Unmuth und Unwillen an einander immer vermehrte, bis der Tisch gedekt wurde und er Huth und Stok nahm, da ihm denn Albert ein unbedeutend Kompliment, ob er nicht mit ihnen vorlieb nehmen* wollte? mit auf den Weg gab.

Er kam nach Hause, nahm seinem Burschen, der ihm leuchten wollte, das Licht aus der Hand, und gieng allein in sein Zimmer, weinte laut, redete aufgebracht mit sich selbst, gieng heftig die Stube auf und ab, und warf sich endlich in seinen Kleidern auf's Bette, wo ihn der Bediente fand, der es gegen Eilf wagte hinein zu gehn, um zu fragen, ob er dem Herrn die Stiefel ausziehen sollte, das er denn zuließ und dem Diener verbot, des andern Morgens nicht in's Zimmer zu kommen, bis er ihm rufte.

Montags früh, den ein und zwanzigsten December, schrieb er folgenden Brief an Lotten, den man nach seinem Tode versiegelt auf seinem Schreibtische gefunden und ihr überbracht hat, und den ich Absazweise hier einrükken will, so wie aus den Umständen erhellet, daß er ihn geschrieben habe.

Es ist beschlossen*, Lotte, ich will sterben, und das schreib ich Dir ohne romantische* Ueberspannung gelassen, an dem Morgen des Tags, an dem ich Dich zum lezten mal sehn werde. Wenn Du dieses liesest, meine Beste, dekt schon das kühle Grab die erstarrten Reste des Unruhigen, Unglüklichen, der für die lezten Augenblikke seines Lebens keine grössere Süssigkeit weis, als sich mit Dir zu unterhalten. Ich habe eine schrökliche Nacht gehabt, und ach eine wohlthätige Nacht, sie ist's, die meinen wankenden Entschluß befestiget, bestimmt hat: ich will sterben. Wie ich mich gestern von Dir riß, in der fürchterlichen Empörung meiner Sinnen, wie sich all all das nach meinem Herzen drängte, und mein hoffnungloses, freudloses Daseyn neben Dir, in gräßlicher Kälte mich anpakte; ich erreichte kaum mein Zimmer, ich warf mich ausser mir auf meine Knie, und o Gott! du gewährtest mir das lezte Labsal der bittersten Thränen, und tausend Anschläge*, tausend Aussichten wütheten durch meine Seele, und zuletzt stand er da, fest ganz der lezte einzige Gedanke: Ich will sterben! — Ich legte mich nieder, und Morgens, in all der Ruh des Erwachens, steht er noch fest, noch ganz stark in meinem Herzen: Ich will sterben! — Es ist nicht Verzweiflung, es ist Gewißheit, daß ich ausgetragen habe, und daß ich mich opfere für Dich, ja Lotte, warum sollt ich's verschweigen: eins von uns dreyen muß hinweg, und das will ich seyn. O meine Beste, in diesem zerrissenen Herzen ist es wüthend herum geschlichen, oft — Deinen Mann zu ermorden*! — Dich! — mich! — So sey's denn! — Wenn du hinauf steigst auf den Berg, an einem schönen Sommerabende, dann erinnere Dich meiner, wie ich so oft das Thal herauf kam, und dann blikke nach dem Kirchhofe hinüber nach meinem Grabe, wie der Wind das hohe Gras im Schein der sinkenden Sonne, hin und her wiegt. — Ich war ruhig da ich anfieng, und nun wein ich wie ein Kind, da mir all das so lebhaft um mich wird. —

Gegen zehn Uhr rufte Werther seinem Bedienten, und unter dem Anziehen sagte er ihm: wie er in einigen Tagen verreisen würde, er solle daher die Kleider auskehren, und alles zum Einpakken zurechte machen, auch gab er ihm Befehl, überall Contis* zu fordern, einige ausgeliehene Bücher abzuholen, und einigen Armen, denen er wöchentlich etwas zu geben gewohnt war, ihr Zugetheiltes auf zwey Monathe voraus zu bezahlen.

Er ließ sich das Essen auf die Stube bringen, und nach Tische ritt er hinaus zum Amtmanne, den er nicht zu Hause antraf. Er gieng tiefsinnig im Garten auf und ab, und schien noch zulezt alle Schwermuth der Erinnerung auf sich häufen zu wollen.

Die Kleinen ließen ihn nicht lange in Ruhe, sie verfolgten ihn, sprangen an ihn hinauf, erzählten ihm: daß, wenn Morgen und wieder Morgen, und noch ein Tag wäre, daß sie die Christgeschenke bey Lotten holten, und erzählten ihm Wunder, die sich ihre kleine Einbildungskraft versprach. Morgen! rief er aus, und wieder Morgen, und noch ein Tag! Und küßte sie alle herzlich, und wollte sie verlassen, als ihm der kleine noch was in's Ohr sagen wollte. Der verrieth ihm, daß die großen Brüder hätten schöne Neujahrswünsche geschrieben, so gros, und einen für den Papa, für Albert und Lotte einen, und auch einen für Herrn Werther. Die wollten sie des Neujahrstags früh überreichen.

Das übermannte ihn, er schenkte jedem was, sezte sich zu Pferde, ließ den Alten grüßen, und ritt mit Thränen in den Augen davon.

Gegen fünfe kam er nach Hause, befahl der Magd nach dem Feuer zu sehen, und es bis in die Nacht zu unterhalten*. Dem Bedienten hieß er Bücher und Wäsche unten in den Coffer pakken, und die Kleider einnähen*. Darauf schrieb er wahrscheinlich folgenden Absaz seines lezten Briefes an Lotten.

Du erwartest mich nicht. Du glaubst, ich würde gehorchen, und erst Weyhnachtsabend Dich wieder sehn. O Lotte! Heut, oder nie mehr. Weyhnachtsabend hältst Du dieses Papier in Deiner Hand, zitterst und benezt es mit Deinen lieben Thränen. Ich will, ich muß! O wie wohl ist mir's, daß ich entschlossen bin.

Um halb sieben gieng er nach Albertens Hause, und fand Lotten allein, die über seinen Besuch sehr erschrokken war. Sie hatte ihrem Manne im Diskurs* gesagt, daß Werther vor Weyhnachtsabend nicht wiederkommen würde. Er ließ bald darauf sein Pferd satteln, nahm von ihr Abschied und sagte, er wolle zu einem Beamten in der Nachbarschaft reiten, mit dem er Geschäfte abzuthun habe, und so machte er sich truz der übeln Witterung fort. Lotte, die wohl wußte, daß er dieses Geschäft schon lange verschoben hatte, daß es ihn eine Nacht von Hause halten würde, verstund die Pantomime nur allzu wohl und ward herzlich betrübt darüber. Sie saß in ihrer Einsamkeit, ihr Herz ward weich, sie sah das Vergangene, fühlte all ihren Werth, und ihre Liebe zu ihrem Manne, der nun statt des versprochenen Glüks anfieng das Elend ihres Lebens zu machen. Ihre Gedanken fielen auf Werthern. Sie schalt ihn, und konnte ihn nicht hassen. Ein geheimer Zug hatte ihr ihn vom Anfange ihrer Bekanntschaft theuer gemacht, und nun, nach so viel Zeit, nach so manchen durchlebten Situationen, mußte sein Eindruk unauslöschlich in ihrem Herzen seyn. Ihr gepreßtes Herz machte sich endlich in Thränen Luft und gieng in eine stille Melancholie über, in der sie sich je länger je tiefer verlohr.

Aber wie schlug ihr Herz, als sie Werthern die Treppe herauf kommen und außen nach ihr fragen hörte. Es war zu spät, sich verläugnen zu lassen, und sie konnte sich nur halb von ihrer Verwirrung ermannen, als er ins Zimmer trat. Sie haben nicht Wort gehalten! rief sie ihm entgegen. Ich habe nichts versprochen, war seine Antwort. So hätten Sie mir wenigstens meine Bitte gewähren sollen, sagte sie, es war Bitte um unserer beyder Ruhe willen. Indem sie das sprach, hatte sie bey sich überlegt, einige ihrer Freundinnen zu sich rufen zu lassen. Sie sollten Zeugen ihrer Unterredung mit Werthern seyn, und Abends, weil er sie nach Hause führen mußte, ward sie ihn zur rechten Zeit los. Er hatte ihr einige Bücher zurük gebracht, sie fragte nach einigen andern, und suchte das Gespräch in Erwartung ihrer Freundinnen, allgemein zu erhalten, als das Mädgen zurük kam und ihr hinterbrachte, wie sie sich beyde entschuldigen ließen, die eine habe unangenehmen Verwandtenbesuch, und die andere möchte sich nicht anziehen, und in dem schmuzigen Wetter nicht gerne ausgehen.

Darüber ward sie einige Minuten nachdenkend, bis das Gefühl ihrer Unschuld sich mit einigem Stolze empörte. Sie bot Albertens Grillen Truz, und die Reinheit ihres Herzens gab ihr eine Festigkeit, daß sie nicht, wie sie anfangs vorhatte, ihr Mädgen in die Stube rief, sondern, nachdem sie einige Menuets auf dem Clavier gespielt hatte, um sich zu erholen, und die Verwirrung ihres Herzens zu stillen, sich gelassen zu Werthern auf's Canapee sezte. Haben Sie nichts zu lesen, sagte sie. Er hatte nichts. Da drinne in meiner

Schublade, fieng sie an, liegt ihre Uebersezung einiger Gesänge Ossians*, ich habe sie noch nicht gelesen, denn ich hoffte immer, sie von Ihnen zu hören, aber zeither sind Sie zu nichts mehr tauglich. Er lächelte, holte die Lieder, ein Schauer überfiel ihn, als er sie in die Hand nahm, und die Augen stunden ihm voll Thränen, als er hinein sah, er sezte sich nieder und las:

Stern der dämmernden Nacht, schön funkelst du in Westen. Hebst dein strahlend Haupt aus deiner Wolke. Wandelst stattlich deinen Hügel hin. Wornach blikst du auf die Haide? Die stürmende Winde haben sich gelegt. Von ferne kommt des Giesbachs Murmeln. Rauschende Wellen spielen am Felsen ferne. Das Gesumme der Abendfliegen schwärmet über's Feld. Wornach siehst du, schönes Licht? Aber du lächelst und gehst, freudig umgeben dich die Wellen und baden dein liebliches Haar. Lebe wohl ruhiger Strahl. Erscheine, du herrliches Licht von Ossians Seele.

Und es erscheint in seiner Kraft. Ich sehe meine geschiedene Freunde, sie sammeln sich auf Lora, wie in den Tagen, die vorüber sind. — Fingal kommt wie eine feuchte Nebelsäule; um ihn sind seine Helden. Und sieh die Barden des Gesangs! grauer Ullin! statlicher Ryno! Alpin lieblicher Sänger! Und du sanft klagende Minona! — Wie verändert seyd ihr meine Freunde seit den festlichen Tagen auf Selma! da wir buhlten um die Ehre des Gesangs, wie Frühlingslüfte den Hügel hin wechselnd beugen das schwach lispelnde Gras.

Da trat Minona hervor in ihrer Schönheit, mit niedergeschlagenem Blik und thränenvollem Auge. Ihr Haar floß schwer im unsteten Winde der von dem Hügel hersties. — Düster wards in der Seele der Helden als sie die liebliche Stimme erhub; denn oft hatten sie das Grab Salgars gesehen, oft die finstere Wohnung der weissen Colma. Colma verlassen auf dem Hügel, mit all der harmonischen Stimme. Salgar versprach zu kommen; aber rings um zog sich die Nacht. Höret Colmas Stimme, da sie auf dem Hügel allein saß.

Colma.

Es ist Nacht; — ich bin allein, verlohren auf dem stürmischen Hügel. Der Wind saust im Gebürg, der Strohm

heult den Felsen hinab. Keine Hütte schüzt mich vor dem
Regen, verlassen auf dem stürmischen Hügel.

Tritt, o Mond, aus deinen Wolken; erscheinet Sterne der
Nacht! Leite mich irgend ein Strahl zu dem Orte wo meine
Liebe ruht von den Beschwerden der Jagd, sein Bogen neben
ihm abgespannt, seine Hunde schnobend* um ihn ! Aber hier
muß ich sizzen allein auf dem Felsen des verwachsenen*
Strohms. Der Strohm und der Sturm saust, ich höre nicht die
Stimme meines Geliebten.

Warum zaudert mein Salgar? Hat er sein Wort vergessen?
—Da ist der Fels und der Baum und hier der rauschende
Strohm. Mit der Nacht versprachst du hier zu seyn. Ach!
wohin hat sich mein Salgar verirrt? Mit dir wollt ich fliehen,
verlassen Vater und Bruder! die Stolzen! Lange sind unsere
Geschlechter Feinde, aber wir sind keine Feinde, o Salgar.

Schweig eine Weile o Wind, still eine kleine Weile o
Strohm, daß meine Stimme klinge durch's Thal, daß mein
Wandrer mich höre. Salgar! Ich bin's die ruft. Hier ist der
Baum und der Fels. Salgar, mein Lieber, hier bin ich.
Warum zauderst du zu kommen?

Sieh, der Mond erscheint. Die Fluth glänzt im Thale. Die
Felsen stehn grau den Hügel hinauf. Aber ich seh ihn nicht
auf der Höhe. Seine Hunde vor ihm her verkündigen nicht
seine Ankunft. Hier muß ich sizzen allein.

Aber wer sind die dort unten liegen auf der Haide — Mein
Geliebter? Mein Bruder?— Redet o meine Freunde! Sie
antworten nicht. Wie geängstet ist meine Seele — Ach sie
sind todt! —Ihre Schwerdte roth vom Gefecht. O mein
Bruder, mein Bruder, warum hast du meinen Salgar
erschlagen? O mein Salgar, warum hast du meinen Bruder
erschlagen? — Ihr wart mir beyde so lieb! O du warst schön
an dem Hügel unter Tausenden; er war schröklich in der
Schlacht. Antwortet mir! Hört meine Stimme, meine
Geliebten. Aber ach sie sind stumm. Stumm vor ewig. Kalt
wie die Erde ist ihr Busen.

O von dem Felsen des Hügels, von dem Gipfel des
stürmenden Berges, redet Geister der Todten! Redet! mir soll
es nicht grausen! — Wohin seyd ihr zur Ruhe gegangen? In
welcher Gruft des Gebürges soll ich euch finden! — Keine
schwache Stimme vernehm ich im Wind, keine wehende
Antwort im Sturme des Hügels.

Ich sizze in meinem Jammer, ich harre auf den Morgen in meinen Thränen. Wühlet das Grab, ihr Freunde der Todten, aber schließt es nicht, bis ich komme. Mein Leben schwindet wie ein Traum, wie sollt ich zurük bleiben. Hier will ich wohnen mit meinen Freunden an dem Strohme des klingenden Felsen — Wenns Nacht wird auf dem Hügel, und der Wind kommt über die Haide, soll mein Geist im Winde stehn und trauren den Tod meiner Freunde. Der Jäger hört mich aus seiner Laube, fürchtet meine Stimme und liebt sie, denn süß soll meine Stimme seyn um meine Freunde, sie waren mir beyde so lieb.

Das war dein Gesang, o Minona, Tormans sanfte erröthende Tochter. Unsere Thränen flossen um Colma, und unsere Seele ward düster — Ullin trat auf mit der Harfe und gab uns Alpins Gesang —Alpins Stimme war freundlich, Rynos Seele ein Feuerstrahl. Aber schon ruhten sie im engen Hause, und ihre Stimme war verhallet in Selma — Einst kehrt Ullin von der Jagd zurük, eh noch die Helden fielen, er hörte ihren Wettegesang auf dem Hügel, ihr Lied war sanft, aber traurig. Sie klagten Morars Fall, des ersten der Helden. Seine Seele war wie Fingals Seele; sein Schwerdt wie das Schwerdt Oskars — Aber er fiel und sein Vater jammerte und seiner Schwester Augen waren voll Thränen — Minonas Augen waren voll Thränen, der Schwester des herrlichen Morars. Sie trat zurük vor Ullins Gesang, wie der Mond in Westen, der den Sturmregen voraussieht und sein schönes Haupt in eine Wolke verbirgt. — Ich schlug die Harfe mit Ullin zum Gesange des Jammers.

Ryno.

Vorbey sind Wind und Regen, der Mittag ist so heiter, die Wolken theilen sich. Fliehend bescheint den Hügel die unbeständge Sonne. So röthlich fließt der Strohm des Bergs im Thale hin. Süß ist dein Murmeln Strohm, doch süsser die Stimme, die ich höre. Es ist Alpin's Stimme, er bejammert den Todten. Sein Haupt ist vor Alter gebeugt, und roth sein thränendes Auge. Alpin treflicher Sänger, warum allein auf dem schweigenden Hügel, warum jammerst du wie ein Windstos im Wald, wie eine Welle am fernen Gestade.

Alpin.

Meine Thränen Ryno, sind für den Todten, meine Stimme für die Bewohner des Grabs. Schlank bist du auf dem Hügel, schön unter den Söhnen der Haide. Aber du wirst fallen wie Morar, und wird der traurende sizzen auf deinem Grabe. Die Hügel werden dich vergessen, dein Bogen in der Halle liegen ungespannt.

Du warst schnell o Morar, wie ein Reh auf dem Hügel, schreklich wie die Nachtfeuer am Himmel, dein Grimm war ein Sturm. Dein Schwerdt in der Schlacht wie Wetterleuchten über der Haide. Deine Stimme glich dem Waldstrohme nach dem Regen, dem Donner auf fernen Hügeln. Manche fielen von deinem Arm, die Flamme deines Grimms verzehrte sie. Aber wenn du kehrtest vom Kriege, wie friedlich war deine Stirne! Dein Angesicht war gleich der Sonne nach dem Gewitter, gleich dem Monde in der schweigenden Nacht. Ruhig deine Brust wie der See, wenn sich das Brausen des Windes gelegt hat.

Eng ist nun deine Wohnung, finster deine Stäte. Mit drey Schritten meß ich dein Grab, o du, der du ehe so gros warst! Vier Steine mit mosigen Häuptern sind dein einzig Gedächtniß. Ein entblätterter Baum, lang Gras, das wispelt im Winde, deutet dem Auge des Jägers das Grab des mächtigen Morars. Keine Mutter hast du, dich zu beweinen, kein Mädgen mit Thränen der Liebe. Todt ist, die dich gebahr. Gefallen die Tochter von Morglan.

Wer auf seinem Stabe ist das? Wer ist's, dessen Haupt weis ist vor Alter, dessen Augen roth sind von Thränen? — Er ist dein Vater, o Morar! Der Vater keines Sohns ausser dir! Er hörte von deinem Rufe in der Schlacht; er hörte von zerstobenen Feinden. Er hörte Morars Ruhm! Ach nichts von seiner Wunde? Weine, Vater Morars! Weine! aber dein Sohn hört dich nicht. Tief ist der Schlaf der Todten, niedrig ihr Küssen von Staub. Nimmer achtet er auf die Stimme, nie erwacht er auf deinen Ruf. O wann wird es Morgen im Grabe? zu bieten dem Schlummerer: Erwache!

Lebe wohl, edelster der Menschen, du Eroberer im Felde! Aber nimmer wird dich das Feld sehn, nimmer der düstere Wald leuchten vom Glanze seines Stahls. Du hinterliesest keinen Sohn, aber der Gesang soll deinen Nahmen erhalten. Künftige Zeiten sollen von dir hören, hören sollen sie von dem gefallenen Morar.

Laut ward die Trauer der Helden, am lautesten Armins berstender Seufzer. Ihn erinnert's an den Todt seines Sohns, der fiel in den Tagen seiner Jugend. Carmor sas nah bey dem Helden, der Fürst des hallenden Galmal. Warum schluchset der Seufzer Armins? sprach er, was ist hier zu weinen? Klingt nicht Lied und Gesang, die Seele zu schmelzen und zu ergözzen. Sind wie sanfter Nebel der steigend vom See auf's Thal sprüht, und die blühenden Blumen füllet das Naß, aber die Sonne kommt wieder in ihrer Kraft und der Nebel ist gangen. Warum bist du so jammervoll, Armin, Herr der seeumflossenen Gorma?

Jammervoll! Wohl das bin ich, und nicht gering die Ursach meines Wehs. — Carmor, du verlohrst keinen Sohn; vorlohrst keine blühende Tochter! Colgar der Tapfere lebt; und Amira, das schönste der Mädgen. Die Zweige deines Hauses blühen, o Carmor, aber Armin ist der lezte seines Stamms. Finster ist dein Bett, o Daura! Dumpf ist dein Schlaf in dem Grabe — Wann erwachst du mit deinen Gesängen, mit deiner melodischen Stimme? Auf! ihr Winde des Herbst, auf! Stürmt über die finstre Haide! Waldströhme braust! Heult Stürme in dem Gipfel der Eichen! Wandle durch gebrochne Wolken o Mond, zeige wechselnd dein bleiches Gesicht! Erinnere mich der schröklichen Nacht, da meine Kinder umkamen, Arindal der mächtige fiel, Daura, die liebe, vergieng.

Daura, meine Tochter, du warst schön! schön wie der Mond auf den Hügeln von Fura, weiß wie der gefallene Schnee, süß wie die athmende Luft. Arindal, dein Bogen war stark, dein Speer schnell auf dem Felde, dein Blik wie Nebel auf der Welle, dein Schild eine Feuerwolke im Sturme. Armar berühmt im Krieg, kam und warb um Dauras Liebe, sie widerstund nicht lange, schön waren die Hoffnungen ihrer Freunde.

Erath, der Sohn Odgals, grollte, denn sein Bruder lag erschlagen von Armar. Er kam in einen Schiffer verkleidet, schön war sein Nachen auf der Welle, weiß seine Lokken vor Alter, ruhig sein ernstes Gesicht. Schönste der Mädgen, sagt er, liebliche Tochter von Armin. Dort am Fels nicht fern in der See, wo die rothe Frucht vom Baume herblinkt, dort wartet Armar auf Daura. Ich komme, seine Liebe zu führen über die rollende See.

Sie folgt ihm, und rief nach Armar. Nichts antwortete als
die Stimme des Felsens. Armar mein Lieber, mein Lieber,
warum ängstest du mich so? Höre, Sohn Arnats, höre. Daura
ist's, die dich ruft!
Erath, der Verräther, floh lachend zum Lande. Sie erhub
ihre Stimme, rief nach ihrem Vater und Bruder. Arindal!
Armin! Ist keiner, seine Daura zu retten?
Ihre Stimme kam über die See. Arindal mein Sohn, stieg
vom Hügel herab rauh in der Beute der Jagd. Seine Pfeile
rasselten an seiner Seite. Seinen Bogen trug er in der Hand.
Fünf schwarzgraue Dokken waren um ihn. Er sah den
kühnen Erath am Ufer, faßt und band ihn an die Eiche. Fest
umflocht er seine Hüften, er füllt mit Aechzen die Winde.
Arindal betritt die Welle in seinem Boote, Daura herüber zu
bringen. Armar kam in seinem Grimm, drükt ab den grau
befiederten Pfeil, er klang, er sank in dein Herz, o Arindal,
mein Sohn! Statt Erath des Verräthers kamst du um, das Boot
erreicht den Felsen, er sank dran nieder und starb. Welch war
dein Jammer, o Daura, da zu deinen Füssen floß deines
Bruders Blut.
Die Wellen zerschmettern das Boot. Armar stürzt sich in die
See, seine Daura zu retten oder zu sterben. Schnell stürmt ein
Stos vom Hügel in die Wellen, er sank und hub sich nicht
wieder.
Allein auf dem seebespülten Felsen hört ich die Klage
meiner Tochter. Viel und laut war ihr Schreyen; doch konnt
sie ihr Vater nicht retten. Die ganze Nacht stund ich am Ufer,
ich sah sie im schwachen Strahle des Monds, die ganze
Nacht hört ich ihr Schreyn. Laut war der Wind, und der
Regen schlug scharf nach der Seite des Bergs. Ihre Stimme
ward schwach, eh der Morgen erschien, sie starb weg wie
die Abendluft zwischen dem Grase der Felsen. Beladen mit
Jammer starb sie und ließ Armin allein! dahin ist meine
Stärke im Krieg, gefallen mein Stolz unter den Mädgen.
Wenn die Stürme des Berges kommen, wenn der Nord die
Wellen hoch hebt, siz ich am schallenden Ufer, schaue nach
dem schröklichen Felsen. Oft im sinkenden Mond seh ich die
Geister meiner Kinder, halb dämmernd, wandeln sie
zusammen in trauriger Eintracht.

Ein Strohm von Thränen, der aus Lottens Augen brach und
ihrem gepreßten Herzen Luft machte, hemmte Werthers

Gesang, er warf das Papier hin, und faßte ihre Hand und weinte die bittersten Thränen. Lotte ruhte auf der andern und verbarg ihre Augen in's Schnupftuch, die Bewegung beyder war fürchterlich. Sie fühlten ihr eigenes Elend in dem Schiksal der Edlen, fühlten es zusammen, und ihre Thränen vereinigten sie. Die Lippen und Augen Werthers glühten an Lottens Arme, ein Schauer überfiel sie, sie wollte sich entfernen und es lag all der Schmerz, der Antheil betäubend wie Bley auf ihr. Sie athmete sich zu erholen, und bat ihn schluchsend, fortzufahren, bat mit der ganzen Stimme des Himmels, Werther zitterte, sein Herz wollte bersten, er hub das Blatt auf und las halb gebrochen*:

Warum wekst du mich Frühlingsluft, du buhlst und sprichst: ich bethaue mit Tropfen des Himmels. Aber die Zeit meines Welkens ist nah, nah der Sturm, der meine Blätter herabstört! Morgen wird der Wandrer kommen, kommen der mich sah in meiner Schönheit, rings wird sein Aug im Felde mich suchen, und wird mich nicht finden.—

Die ganze Gewalt dieser Worte fiel über den Unglüklichen, er warf sich vor Lotten nieder in der vollen Verzweiflung, faßte ihre Hände, drukte sie in seine Augen, wider seine Stirn, und ihr schien eine Ahndung seines schröklichen Vorhabens durch die Seele zu fliegen. Ihre Sinnen verwirrten sich, sie drukte seine Hände, drukte sie wider ihre Brust, neigte sich mit einer wehmüthigen Bewegung zu ihm, und ihre glühenden Wangen berührten sich. Die Welt vergieng ihnen, er schlang seine Arme um sie her, preßte sie an seine Brust, und dekte ihre zitternde stammelnde Lippen mit wüthenden Küssen. Werther! rief sie mit erstikter Stimme sich abwendend, Werther! und drükte mit schwacher Hand seine Brust von der ihrigen! Werther! rief sie mit dem gefaßten Tone des edelsten Gefühls; er widerstund nicht, lies sie aus seinen Armen, und warf sich unsinnig vor sie hin. Sie riß sich auf, und in ängstlicher Verwirrung, bebend zwischen Liebe und Zorn sagte sie: Das ist das leztemal! Werther! Sie sehn mich nicht wieder. Und mit dem vollsten Blik der Liebe auf den Elenden eilte sie in's Nebenzimmer, und schloß hinter sich zu. Werther strekte ihr die Arme nach*, getraute sich nicht sie zu halten. Er lag an der Erde, den Kopf auf dem Canapee, und in dieser Stellung blieb er über eine halbe

Stunde, biß ihn ein Geräusch zu sich selbst rief. Es war das Mädgen, das den Tisch dekken wollte. Er gieng im Zimmer auf und ab, und da er sich wieder allein sah, gieng er zur Thüre des Cabinets, und rief mit leiser Stimme, Lotte! Lotte! nur noch ein Wort, ein Lebe wohl! — Sie schwieg, er harrte — und bat — und harrte, dann riß er sich weg und rief, Leb wohl, Lotte! auf ewig leb wohl!

Er kam an's Stadtthor. Die Wächter die ihn schon gewohnt waren, ließen ihn stillschweigend hinaus, es stübte* zwischen Regen und Schnee, und erst gegen eilfe klopfte er wieder. Sein Diener bemerkte, als Werther nach Hause kam, daß seinem Herrn der Huth fehlte. Er getraute sich nichts zu sagen, entkleidete ihn, alles war naß. Man hat nachher den Huth auf einem Felsen*, der an dem Abhange des Hügels in's Thal sieht gefunden, und es ist unbegreiflich, wie er ihn in einer finstern feuchten Nacht ohne zu stürzen erstiegen hat.
Er legte sich zu Bette und schlief lange. Der Bediente fand ihn schreiben, als er ihm den andern Morgen auf sein Rufen den Caffee brachte. Er schrieb folgendes am Briefe an Lotten:

Zum leztenmale* denn, zum leztenmale schlag ich diese Augen auf, sie sollen ach die Sonne nicht mehr sehen, ein trüber neblichter Tag hält sie bedeckt. So traure denn, Natur, dein Sohn, dein Freund, dein Geliebter naht sich seinem Ende. Lotte, das ist ein Gefühl ohne gleichen, und doch kommt's dem dämmernden Traume am nächsten, zu sich zu sagen: das ist der lezte Morgen. Der lezte! Lotte, ich habe keinen Sinn vor das Wort, der lezte! Steh ich nicht da in meiner ganzen Kraft, und Morgen lieg ich ausgestreckt und schlaff am Boden. Sterben! Was heist das ? Sieh wir träumen, wenn wir vom Tode reden. Ich hab manchen sterben sehen, aber so eingeschränkt ist die Menschheit, daß sie für ihres Daseyns Anfang und Ende keinen Sinn hat. Jezt noch mein, dein! dein! o Geliebte, und einen Augenblick — getrennt, geschieden — vielleicht auf ewig. — Nein, Lotte, nein — Wie kann ich vergehen, wie kannst du vergehen, wir sind ja! — Vergehen! — Was heißt das? das ist wieder ein Wort! ein leerer Schall ohne Gefühl für mein Herz — — Todt, Lotte! Eingescharrt der kalten Erde, so eng, so finster! — Ich hatte eine Freundin, die mein Alles war meiner hülflosen Jugend, sie starb und ich folgte ihrer Leiche, und

stand an dem Grabe. Wie sie den Sarg hinunter ließen und
die Seile schnurrend unter ihm weg und wieder herauf
schnellten, dann die erste Schaufel hinunter schollerte und die
ängstliche Lade* einen dumpfen Ton wiedergab, und
dumpfer und immer dumpfer und endlich bedeckt war! —
Ich stürzte neben das Grab hin — Ergriffen erschüttert
geängstet zerrissen mein innerstes, aber ich wuste nicht wie
mir geschah, — wie mir geschehen wird — Sterben! —
Grab! Ich verstehe die Worte nicht!

O vergieb mir! vergieb mir! Gestern! Es hätte der lezte
Augenblik meines Lebens seyn sollen. O du Engel! zum
erstenmale, zum erstenmale ganz ohne Zweifel durch mein
innig innerstes durchglühte mich das Wonnegefühl: Sie liebt
mich! Sie liebt mich. Es brennt noch auf meinen Lippen das
heilige Feuer das von den deinigen ströhmte, neue warme
Wonne ist in meinem Herzen. Vergieb mir, vergieb mir.

Ach ich wuste, daß du mich liebtest, wuste es an den ersten
seelenvollen Blikken, an dem ersten Händedruk, und doch
wenn ich wieder weg war, wenn ich Alberten an deiner Seite
sah, verzagt' ich wieder in fieberhaften Zweifeln.

Erinnerst du dich der Blumen die du mir schiktest, als du in
jener fatalen Gesellschaft mir kein Wort sagen, keine Hand
reichen konntest, o ich habe die halbe Nacht davor gekniet,
und sie versiegelten mir deine Liebe. Aber ach! diese Eindrükke gingen vorüber, wie das Gefühl der Gnade seines
Gottes allmählig wieder aus der Seele des Gläubigen weicht,
die ihm mit ganzer Himmelsfülle im heiligen sichtbaren
Zeichen* gereicht ward.

Alles das ist vergänglich, keine Ewigkeit soll das glühende
Leben auslöschen, das ich gestern auf deinen Lippen genoß,
das ich in mir fühle. Sie liebt mich! Dieser Arm hat sie
umfast, diese Lippen auf ihren Lippen gezittert, dieser Mund
am ihrigen gestammelt. Sie ist mein! du bist mein! ja Lotte
auf ewig!

Und was ist das? daß Albert dein Mann ist! Mann? — das
wäre denn für diese Welt — und für diese Welt Sünde, daß
ich dich liebe, daß ich dich aus seinen Armen in die meinigen
reissen möchte? Sünde? Gut! und ich strafe mich davor: Ich
hab sie in ihrer ganzen Himmelswonne geschmekt diese
Sünde, habe Lebensbalsam und Kraft in mein Herz gesaugt,
du bist von dem Augenblikke mein! Mein, o Lotte. Ich gehe
voran*! Geh zu meinem Vater, zu deinem Vater, dem will

ich's klagen und er wird mich trösten biß du kommst, und ich fliege dir entgegen und fasse dich und bleibe bey dir vor dem Angesichte des Unendlichen in ewigen Umarmungen*. Ich träume nicht, ich wähne* nicht! nah am Grabe ward mir's heller. Wir werden seyn, wir werden uns wieder sehn! Deine Mutter sehn! ich werde sie sehen, werde sie finden, ach und vor ihr all mein Herz ausschütten. Deine Mutter. Dein Ebenbild.

Gegen eilfe fragte Werther seinen Bedienten, ob wohl Albert zurük gekommen sey. Der Bediente sagte: ja er habe dessen Pferd dahin führen sehn. Drauf giebt ihm der Herr ein offenes Zettelgen des Inhalts:
Wollten Sie* mir wohl zu einer vorhabenden Reise ihre Pistolen leihen? Leben Sie recht wohl.

Die liebe Frau* hatte die lezte Nacht wenig geschlafen, ihr Blut war in einer fieberhaften Empörung, und tausenderley Empfindungen zerrütteten ihr Herz. Wider ihren Willen fühlte sie tief in ihrer Brust das Feuer von Werthers Umarmungen, und zugleich stellten sich ihr die Tage ihrer unbefangenen Unschuld, des sorglosen Zutrauens auf sich selbst in doppelter Schöne dar, es ängstigten sie schon zum voraus die Blikke ihres Manns, und seine halb verdrüßlich halb spöttische Fragen, wenn er Werthers Besuch erfahren würde; sie hatte sich nie verstellt, sie hatte nie gelogen, und nun sah sie sich zum erstenmal* in der unvermeidlichen Nothwendigkeit; der Widerwillen, die Verlegenheit die sie dabey empfand, machte die Schuld in ihren Augen grösser, und doch konnte sie den Urheber davon weder hassen, noch sich versprechen, ihn nie wieder zu sehn*. Sie weinte bis gegen Morgen, da sie in einen matten Schlaf versank, aus dem sie sich kaum aufgeraft und angekleidet hatte, als ihr Mann zurükkam, dessen Gegenwart ihr zum erstenmal ganz unerträglich war; denn indem sie zitterte, er würde das verweinte überwachte ihrer Augen und ihrer Gestalt entdekken, ward sie noch verwirrter, bewillkommte ihn mit einer heftigen Umarmung, die mehr Bestürzung und Reue, als eine auffahrende Freude ausdrükte, und eben dadurch machte sie die Aufmerksamkeit Albertens rege, der, nachdem er einige Briefe und Pakets erbrochen*, sie ganz trokken fragte, ob sonst nichts vorgefallen, ob niemand da gewesen wäre? Sie antwortete ihm stokkend, Werther seye gestern eine Stunde gekommen. — Er nimmt* seine Zeit gut, versezt er, und ging nach seinem Zimmer. Lotte war ein Viertelstunde allein geblieben. Die Gegenwart des Mannes, den sie liebte und ehrte, hatte einen neuen Eindruk in ihr Herz gemacht. Sie erinnerte sich all seiner Güte, seines Edelmuths, seiner Liebe, und schalt sich, daß sie es ihm übel gelohnt habe. Ein unbekannter Zug reizte sie ihm zu folgen, sie nahm ihre Arbeit, wie sie mehr gethan hatte*, ging nach seinem Zimmer und fragte, ob er was bedürfte? er antwortete: nein! stellte sich an Pult zu schreiben, und sie sezte sich nieder zu strikken. Eine Stunde waren sie auf diese Weise neben einander, und als Albert etlichemal in der Stube auf und ab ging, und Lotte ihn anredete, er aber wenig oder nichts drauf gab und sich wieder an Pult stellte, so verfiel sie in eine Wehmuth, die ihr um desto ängstlicher ward, als sie solche zu verbergen und ihre Thränen zu verschlukken suchte.

Die Erscheinung von Werthers Knaben versezte sie in die gröste Verlegenheit, er überreichte Alberten das Zettelgen, der sich ganz kalt nach seiner Frau wendete, und sagte: gieb ihm die Pistolen. — Ich laß ihm glükliche Reise wünschen, sagt er zum Jungen. Das fiel auf sie wie ein Donnerschlag. Sie schwankte aufzustehn. Sie wußte nicht wie ihr geschah. Langsam ging sie nach der Wand, zitternd nahm sie sie herunter, puzte den Staub ab und zauderte, und hätte noch lang gezögert, wenn nicht Albert durch einen fragenden Blik: was denn das geben sollte? sie gedrängt hätte. Sie gab das unglükliche Gewehr dem Knaben, ohne ein Wort vorbringen zu können, und als der zum Hause draus war, machte sie ihre Arbeit zusammen, ging in ihr Zimmer in dem Zustand des unaussprechlichsten Leidens. Ihr Herz weissagte ihr alle Schröknisse. Bald war sie im Begriff sich zu den Füssen ihres Mannes zu werfen, ihm alles zu entdekken, die Geschichte des gestrigen Abends, ihre Schuld und ihre Ahndungen. Dann sah sie wieder keinen Ausgang des Unternehmens, am wenigsten konnte sie hoffen ihren Mann zu einem Gange nach Werthern zu bereden. Der Tisch ward gedekt, und eine gute Freundinn, die nur etwas zu fragen kam und die Lotte nicht wegließ, machte die Unterhaltung bey Tische erträglich, man zwang sich, man redete, man erzählte, man vergaß sich. Der Knabe kam mit den Pistolen zu Werthern, der sie ihm mit Entzükken abnahm, als er hörte, Lotte habe sie ihm gegeben. Er ließ sich ein Brod und Wein bringen, hies den Knaben zu Tisch gehn, und sezte sich nieder zu schreiben.

Sie sind durch deine Hände gegangen, du hast den Staub davon gepuzt, ich küsse sie tausendmal, du hast sie berührt. Und du Geist des Himmels begünstigst meinen Entschluß! Und du Lotte reichst mir das Werkzeug, du, von deren Händen ich den Tod zu empfangen wünschte, und ach nun empfange. O ich habe meinen Jungen ausgefragt, du zittertest, als du sie ihm reichtest, du sagtest kein Lebe wohl; — Weh! Weh! — kein Lebe wohl! — Solltest du dein Herz für mich verschlossen haben, um des Augenbliks willen der mich auf ewig an dich befestigte. Lotte, kein Jahrtausend vermag den Eindruk auszulöschen! Und ich fühl's, du kannst den nicht hassen, der so für dich glüht.

———————

Nach Tische hieß er den Knaben alles vollends einpakken, zerriß viele Papiere, ging aus, und brachte noch kleine Schulden in Ordnung. Er kam wieder nach Hause, ging wieder aus, vor's Thor ohngeachtet des Regens, in den gräflichen Garten, schweifte weiter in der Gegend umher, und kam mit einbrechender Nacht zurük und schrieb.

———————

Wilhelm, ich habe zum leztenmale Feld und Wald und den Himmel gesehn. Leb wohl auch du! Liebe Mutter, verzeiht mir! Tröste sie, Wilhelm. Gott segne euch! Meine Sachen sind all in Ordnung. Lebt wohl! Wir sehen uns wieder* und freudiger.

Ich habe dir übel gelohnt*, Albert, und du vergiebst mir. Ich habe den Frieden deines Hauses gestört, ich habe Mißtrauen zwischen euch gebracht. Leb wohl, ich will's

enden. O daß ihr glüklich wäret durch meinen Tod! Albert!
Albert! mache den Engel glüklich. Und so wohne Gottes
Seegen über dir!

Er kramte den Abend noch viel in seinen Papieren, zerriß
vieles und warf's in Ofen, versiegelte einige Päkke* mit den
Addressen an Wilhelmen. Sie enthielten kleine Aufsäzze*,
abgerissene Gedanken, deren ich verschiedene gesehen habe;
und nachdem er um zehn Uhr im Ofen nachlegen*, und sich
einen Schoppen Wein geben lassen, schikte er den
Bedienten, dessen Kammer wie auch die Schlafzimmer der
Hausleute weit hinten hinaus waren, zu Bette, der sich denn
in seinen Kleidern niederlegte um früh bey der Hand zu seyn,
denn sein Herr hatte gesagt, die Postpferde würden vor
sechse vor's Haus kommen.

nach eilfe.

Alles ist so still um mich her, und so ruhig meine Seele, ich
danke dir Gott, der du diesen lezten Augenblikken diese
Wärme, diese Kraft schenkest.

Ich trete an's Fenster, meine Beste, und seh und sehe noch
durch die stürmenden vorüberfliehenden Wolken einzelne
Sterne des ewigen Himmels! Nein, ihr werdet nicht fallen!
Der Ewige trägt euch an seinem Herzen, und mich. Ich sah
die Deichselsterne des Wagens*, des liebsten unter allen
Gestirnen. Wenn ich Nachts von dir ging, wie ich aus
deinem Thore trat, stand er gegen über! Mit welcher
Trunkenheit hab ich ihn oft angesehen! Oft mit
aufgehabenen* Händen ihn zum Zeichen, zum heiligen
Merksteine meiner gegenwärtigen Seligkeit gemacht, und
noch — O Lotte, was erinnert mich nicht an dich! Umgiebst
du mich nicht, und hab ich nicht gleich einem Kinde,
ungenügsam allerley Kleinigkeiten zu mir gerissen, die du
Heilige berührt hattest!

Liebes Schattenbild! Ich vermache dir's zurük, Lotte, und
bitte dich es zu ehren. Tausend, tausend Küsse hab ich drauf
gedrükt, tausend Grüße ihm zugewinkt, wenn ich ausgieng,
oder nach Hause kam.

Ich habe deinen Vater in einem Zettelgen gebeten, meine
Leiche zu schüzzen*. Auf dem Kirchhofe sind zwey

Lindenbäume, hinten im Ekke nach dem Felde zu, dort wünsch ich zu ruhen. Er kann, er wird das für seinen Freund thun. Bitt ihn auch. Ich will frommen Christen nicht zumuthen, ihren Körper neben einem armen Unglüklichen niederzulegen. Ach ich wollte, ihr begrübt mich am Wege, oder im einsamen Thale, daß Priester und Levite* vor dem bezeichnenden Steine sich segnend vorüberging, und der Samariter eine Thräne weinte.

Hier Lotte! Ich schaudere nicht den kalten schröklichen Kelch zu fassen, aus dem ich den Taumel des Todes trinken soll! Du reichtest mir ihn, und ich zage nicht. All! All! so sind all die Wünsche und Hoffnungen meines Lebens erfüllt! So kalt, so starr an der ehernen Pforte des Todes anzuklopfen.

Daß ich des Glüks hätte theilhaftig werden können! Für dich zu sterben, Lotte, für dich mich hinzugeben*. Ich wollte muthig, ich wollte freudig sterben, wenn ich dir die Ruhe, die Wonne deines Lebens wieder schaffen könnte; aber ach das ward nur wenig Edlen gegeben, ihr Blut für die Ihrigen zu vergiessen, und durch ihren Tod ein neues hundertfältiges Leben ihren Freunden anzufachen.

In diesen Kleidern, Lotte, will ich begraben seyn. Du hast sie berührt, geheiligt. Ich habe auch darum deinen Vater gebeten. Meine Seele schwebt über dem Sarge. Man soll meine Taschen nicht aussuchen. Diese blaßrothe Schleife*, die du am Busen hattest, als ich dich zum erstenmale unter deinen Kindern fand. O küsse sie tausendmal und erzähl ihnen das Schiksal ihres unglüklichen Freunds! Die Lieben, sie wimmeln um mich. Ach wie ich mich an dich schloß! Seit dem ersten Augenblikke dich nicht lassen konnte! Diese Schleife soll mit mir begraben werden. An meinem Geburtstage schenktest du mir sie! Wie ich das all verschlang — Ach ich dachte nicht, daß mich der Weg hierher führen sollte! —— Sey ruhig! ich bitte dich, sey ruhig! —

Sie sind geladen — es schlägt zwölfe! — So sey's denn — Lotte! Lotte leb wohl! Leb wohl!

*

Ein Nachbar sah den Blik* vom Pulver und hörte den Schuß fallen, da aber alles still blieb achtete er nicht weiter darauf.

Morgens um sechse tritt der Bediente herein mit dem Lichte, er findet seinen Herrn auf der Erde, die Pistole und Blut. Er ruft, er faßt ihn an, keine Antwort, er röchelt nur noch. Er lauft nach den Aerzten, nach Alberten. Lotte hörte die Schelle ziehen, ein Zittern ergreift alle ihre Glieder, sie wekt ihren Mann, sie stehen auf, der Bediente bringt heulend und stotternd die Nachricht, Lotte sinkt ohnmächtig vor Alberten nieder.

Als der Medikus zu dem Unglücklichen kam, fand er ihn an der Erde ohne Rettung, der Puls schlug, die Glieder waren alle gelähmt, über dem rechten Auge hatte er sich durch den Kopf geschossen, das Gehirn war herausgetrieben. Man ließ ihm zum Ueberflusse eine Ader* am Arme, das Blut lief, er holte noch immer Athem.

Aus dem Blut auf der Lehne des Sessels konnte man schliessen, er habe sizzend vor dem Schreibtische die That vollbracht. Dann ist er herunter gesunken, hat sich konvulsivisch um den Stuhl herum gewälzt, er lag gegen das Fenster entkräftet auf dem Rükken, war in völliger Kleidung gestiefelt, im blauen Frak mit gelber Weste.

Das Haus, die Nachbarschaft, die Stadt kam in Aufruhr. Albert trat herein. Werthern hatte man auf's Bett gelegt, die Stirne verbunden, sein Gesicht schon wie eines Todten, er rührte kein Glied, die Lunge röchelte noch fürchterlich bald schwach bald stärker, man erwartete sein Ende.

Von dem Weine hatte er nur ein Glas getrunken. Emilia Galotti* lag auf dem Pulte aufgeschlagen.

Von Alberts Bestürzung, von Lottens Jammer laßt mich nichts sagen.

Der alte Amtmann kam auf die Nachricht hereingesprengt, er küßte den Sterbenden unter den heissesten Thränen. Seine ältsten Söhne kamen bald nach ihm zu Fusse, sie fielen neben dem Bette nieder im Ausdruk des unbändigsten Schmerzens, küßten ihm die Hände und den Mund, und der ältste, den er immer am meisten geliebt, hing an seinen Lippen, bis er verschieden war und man den Knaben mit Gewalt wegriß. Um zwölfe Mittags starb er. Die Gegenwart des Amtmanns und seine Anstalten tischten einen Auflauf*. Nachts* gegen eilfe ließ er ihn an die Stätte begraben, die er sich erwählt hatte, der Alte folgte der Leiche und die Söhne. Albert vermochts nicht. Man fürchtete für Lottens Leben. Handwerker trugen ihn. Kein Geistlicher hat ihn begleitet.

NOTES TO THE TEXT

Lexical references in the notes are to Grimm, *Deutsches Wörterbuch* Leipzig, 1854-1960) and Adelung, *Grammatisch-kritisches Wörterbuch der Hochdeutschen Mundart*, 2. Auflage, 4 vols (Leipzig,1793-1801) . The German Bible is quoted from Luther, *Die gantze heilige Schrifft Deudsch* (Wittenberg 1545. Reprint Darmstadt 1973), the English Bible from the Authorised Version (AV). All references to Goethe's works up to and including 1775 are taken from *Der junge Goethe*. Ed. Hanna Fischer-Lamberg, 5 vols, Berlin 1963-73, Register 1974 [DjG, vol. number], otherwise from the Artemis edition, 18 vols, Zürich 1949 [Artemis, vol. number]. The *Frankfurter Gelehrte Anzeigen,* to which Goethe contributed, are referred to as FGA.

Prefatory address to reader: the fictional framework of this collection of letters links up with 'unser Freund' or 'der arme Junge' in the later section of Part Two, the sifting there of evidence from his papers, the stress on the 'Kräfte seines Geistes'. Thus, the novel at the very opening invites 'ihr' to read it sympathetically, meaning the readers who can engage both moral sense and feelings alike. But the more vulnerable reader who finds himself drawn, through fate ('Geschick') or his own shortcomings, will find a different message: do not go and do likewise.

am 4. May 1771: the dates of the first part of the novel correspond more or less to Goethe's own period in Wetzlar, May-September 1772.

Die Einsamkeit: This is the first mention of the thematic strand of solitude, linked with the rejection of urban society. It is an 'English' not a 'French' garden; both garden styles are 'artificial' ('den Plan bezeichnet'), but the English garden can be adapted to existing nature and can form vistas.

schauderndes Herz, fühlendes Herz: important categories of *Empfindsamkeit,* stressing receptivity to emotional feeling and to sensory stimuli.

am 10. May: Not as many commentators suggest, an admission of Werther's lack of creativity; but here, as so often, feeling obtrudes over technique and order. Has Werther read Lessing's *Laokoon*? Only *words* can express the dynamism that gives this passage its extraordinary vitality, not strokes of pencil or charcoal. The unfulfilled 'wenn' clauses lead up to the rhetorical device of hyperoche ('words fail me') in the ecstatic high moment where speech can no longer express the divine. But we are only in the second letter; the unfinished period in the rest of the novel is a stylistic device that expreses non-fulfilment.

Is Werther a pantheist? Rather, he puts together elements of religious experience that suit his mood: Spinoza's microcosm/macrocosm and his 'natura naturans', the active divine force in living nature (right down to those tiny creatures that Leibniz invests with a soul, cf. Klopstock's *Die Frühlingsfeyer*, the poem Werther and Lotte know by heart); the language of German mysticism ('unergründlich','Allliebend') or the Bible ('nach seinem Bilde schuf' Gen. I,26); the Platonic image of the soul as the mirror of the divine. At this moment of exaltation, beyond rational analysis, the disparate and eclectic elements cohere; later they do not. On the language of the passage and related questions see August Langen, *Der Wortschatz des deutschen Pietismus*, second ed. (Tübingen, 1968), esp. pp. 341, 462.

Brunn': The well has associations with Homer (*Odyssey*, X,1105-10) and with the Biblical patriarchs ('Altväter') like Isaac and Jacob (cf Genesis xxiiv,13f.,xxix,10). Cf. letter of 15 May.

Melusine: the water spirit of legend, married to the count Raymond of Poitiers, returned to her own element on one night of the week. Goethe uses the motif in the story, 'Die neue Melusine', in *Wilhelm Meisters Wanderjahre.*

anzügliches: 'anziehend' (attractive, pleasant), not in modern sense of 'personal' or 'insulting'.

Homer: The first direct reference to Homer. Werther is thinking of the patriarchal simplicity and order of the *Odyssey,* not the heroic world of the *Iliad.*

Melancholie: in the eighteenth century no longer has the sole association of dark or depressive mood and can be a creative state of mind — as such in Klopstock's ode *An Ebert* (1748).

Flüchtlinge:vagabonds, not in the modern sense of 'refugees' or 'fugitives'.

ihr: Despite Werther's laudable condescension to the common people, he still uses the form of address for menials ('ihr', dative of 'sie', the third-person address), 'Jungfer', not the 'Demoiselle' of the middle classes.

Kringen: a woven ring placed on the girl's head to support her pitcher.

das engt all das Herz so ein: the first occurrence in the novel of the leitmotiv of restriction or constriction ('Einschränkung').

große Seele, eine einzige Kraft meiner Seele: categories of the man or woman of feeling that Werther knew in the past but does not find around him in the *present*. Already a marked diminuendo from the letter of 10 May.

Genies: already in the eighteenth-century sense of 'creativity' or 'originality', as made popular by Shaftesbury.

glücklichen Gesichtsbildung... verzerrte Originale: Werther, like his creator, uses the categories of physiognomy to characterize people. Johann Caspar Lavater (1741-1801), to whom Goethe was close at this period and whom he assisted with his *Physiognomische Fragmente,* is the obvious influence.

hüpsche Kenntnisse: Werther is not so much concerned with with the content of this young university graduate's reading as with his indiscriminate display of learning. But then again, Werther, unlike Goethe himself, lumps these works of scholarship together just as he later does with theologians. Goethe himself was certainly more discriminating. His disparaging remarks on Sulzer (and by extension Batteux) and his linking of moral improvement and good taste through the imitation of nature, may be seen in his review done for the FGA [*DjG* III, 93-97]. Winckelmann's ideal view of classical antiquity, and Wood's study of the 'historical', 'natural' Homer were for Goethe in another category. Goethe was similarly interested in Heyne's account of Greek culture and, and, like young V..., possessed two lecture transcripts.

Batteux: Charles Batteux (1713-1780): *Cours de belles lettres ou Principes de la Littérature* (1747-50). Trans. by Karl Wilhelm Ramler 1756-58. **Wood**: Robert Wood (1717-1771): *An Essay on the Original Genius and Writings of Homer* (1768) Trans. by J.P. Michaelis 1773. **de Piles**: Roger de Piles (1635-1709): *Oeuvres diverses* (Amsterdam and Leipzig 1767) includes *Abrégé de la vie des peintres* and *Le Cours de peinture par principes*. **Winkelmann**: Johann Joachim Winckelmann (1717-1768): *Gedanken über die Nachahmung der griechischen Werke* (1755); *Geschichte der Kunst des Altertums* (1764)

Sulzer: Johann Georg Sulzer (1720-1799): *Allgemeine Theorie der Schönen Künste* (1771-74). **Heynen**: Christian Gottlob Heyne (1729-1812), the great Göttingen classical scholar.

fürstlichen Amtmann: a thinly-veiled reference to Heinrich Adam Buff (1711-1795), the 'Amtmann' (administrator,factor) of the *Deutschordenhof* in Wetzlar (the 'Amtshaus' in which Lotte's father cannot bring himself to live). His wife died in 1771.

neune: The Buff family in fact consisted of eight sons and four daughters. Another example of Goethe's selective paralleling of reality and fiction.

verzerrte Originale: see above.

historisch: straight narrative, without digressions.

Ich kehre in mich zurük, und finde eine Welt!: Werther's solution to the 'Einschränkung' in the earlier part of the letter.

Ahndung: unclear notion or feeling.

fortkeicht: 'keucht' (gasps).

daß er diesen Kerker verlassen kann, wann er will: Werther is quoting Socrates' prison image (in Plato's *Phaedo,* vi) or one of the numerous thinkers who adopted his principles (such as Moses Mendelssohn in *Phaedon,* 1767), except that he is making Socrates' prohibition of suicide into a permission. We thus have, very early on in the book, the ominous note that self-inflicted death is an alternative to 'Einschränkung'.

Wahlheim: as the footnote acknowledges, thinly disguised for Garbenheim, near Wetzlar. The letter is filled with the commonplaces of the idyllic mode: 'away from it all', living in one's 'Hüttchen' or, as in the latter of 21 June, with one's family in rustic seclusion, with simple, wholesome fare, the opposite of the 'Geschäft' of the real world. The letter of 1 July contains a further variant: the country vicarage.

heimlich: homely, cf. modern 'anheimelnd', reminding of home.

Regeln: Werther is expressing one side only of Goethe's own belief in inspirational genius as the basis of artistic creation. Significantly, he lacks his creator's insistence on rules as a necessary accompaniment.

Wohlstand: 'Anstand'.

geilen: rank, luxuriant.

Wek: bread roll.

Scharre: scrapings.

am 16. Juny: In the second version, a letter of 30 May is inserted here, containing the first mention of the Bauerbursch.

verziehen: to wait.

Taille: figure.

rufte: this form current, especially in South German dialects, well into the nineteenth century.

herein bemühe: ask you in.

leichtfertigen: carefree.

Leichtsinn: exuberance.

Miß Jenny: sentimental novel in debased mode of Richardson. May be referring to Marie-Jeanne Riccoboni: *Histoire de Miss Jenny* (Paris 1764, trans. Leipzig 1770), a first-person narrative with interspersed letters.

Landpriester von Wakefield: Oliver Goldsmith: *The Vicar of Wakefield* (1766). An autobiographical reference, as *Dichtung und Wahrheit* II, (Artemis x, 1767 ff.) testifies. Goethe's coyness in not naming German representatives of this humorous and idyllic mode makes it clear that the fashion is of English provenance.

ich weis nichts über's Tanzen: I know of nothing better than dancing.

Contretanz: Fr. 'contredanse', from Engl. 'country dance'. Figured dance in which dancers are constantly changing partners, leading one another in various formations and back again.

englischen: the 'contredanse', coming after the slower and more formal minuet.

Deutschen: the Allemande, a triple-time dance resembling the waltz (also danced at this ball).

Chapeau: gentleman partner.

Schanden halber: for politeness' sake.

grosse Achte: dance figure involving eight dancers.

Wetterkühlen: wildfire.

Fühlbarkeit: ability to feel, responding to feeling.
Schlukkers: bravoes.
Vortrag: explanation.
saftiges Pfand: 'juicy forfeit' (i.e. a kiss)
Wir traten an's Fenster: the window motif, well known from painting, moves out of the limitation of the room into limitless space; at the same time, the window motif frames what is out there and holds it in place for aesthetic or religious purposes, as a symbolic landscape.
Klopstock!: after 10 May, the second climax of the novel. The readers of the 1774 version, like Werther and Lotte themselves, need no help with this seemingly encoded passage; the 1787 version adds 'Ich erinnerte mich sogleich der herrlichen Ode, die ihr in Gedanken lag', itself a commentary on changing taste. Goethe's 'empfindsam' readers will spot the reference to Klopstock's free-rhythmic hymn, *Das Landleben* (the version of 1759) or *Die Frühlingsfeyer* (the later, and better-known version of 1771), down to the textual reminiscences 'der herrliche Regen'/'vom gnädigen Regen', 'der erquikkenste Wohlgeruch'/'die Erd' erquickt','säuselte auf das Land'/'Im stillen sanften Säuseln'. The slightly mixed metaphor 'in dem Strome von Empfindungen, den sie [...] über mich ausgoß', as well as referring to the 'Ergeuß' of *Die Frühlingsfeyer*, may also be alluding to 'Göttin Freude/[..] Die sich über uns ganz ergoß!' of Klopstock's great ode *Der Zürchersee* (1750). Klopstock's 'Ergeuß' refers to tears, and it is characteristic of the novel that this is both Lotte's and Werther's reaction. For this passage expresses a meeting of the hearts in an experience that is at once one of nature, religion, and the heart; it is by extension one of those inner and external proofs for Werther that he would be more suited to Lotte than the seemingly prosaic Albert. The unruly and disjointed *Die Frühlingsfeyer*, with its indebtedness to both the language of the Bible and of 'Empfindsamkeit',. is not necessarily typical of Klopstock, but is the poem that most appealed to Goethe in his *Sturm and Drang* phase. For Klopstock, it was a dubious compliment: both poets broke off their relationship in 1776, amid mutual recriminations. *Die Frühlingsfeyer* also contains another strand, that Werther proceeds later in the novel to invest with private meaning: the motion of a loving and providing father,

who does not let his children perish, and the speculation about eternal life and how things will be ordered there.

Loosung: Literally, 'password', and thus all that Werther and Lotte need in order to establish the common bond of feeling.

können Sonne, Mond und Sterne geruhig ihre Wirthschaft treiben: Werther's light-hearted hyperbole becomes reality later in the novel, as the course of nature is interpreted entirely through his eyes.

auszubreiten ... Einschränkung: these two polar opposites come for the first time into juxtaposition, accompanied by the motifs of thirst and wandering.

abfädme: variant form of 'abfädne', to string (pea-pods).

Freyer der Penelope: Penelope's suitors in *Odyssey* XX and elsewhere, who occupy Odysseus' palace and spend their time feasting at his expense.

Humor: mood, temperament.

wenn Ihr nicht werdet: Matt. xviii,3 ('except ye [...] become as little children').

Muster...Unterthanen: this can be taken to refer to the views expressed by Rousseau in *Emile, ou de l'Education* (1762), that children are to be seen and appreciated in their own right and in their natural innocence.

radotiren: waste my breath.

Quakelgen seines Alters: 'afterthought'.

Carlsbades: the noted Bohemian spa.

Vikar: curate.

die Kurzeit über auf dem Lande: on one's holidays in the country.

Frazzen: usually grimaces, caricatures; here probably antics, silly goings-on.

gebroktes Brod: 'brocken', to break bread into milk

Wie viel hängt vom Körper ab!: The discussion raises in simplified and accessible form the theories of the physician Georg Ernst Stahl (1659-1734) and his belief in the interdependence of mind, body, and passions.

hängt sehr dahin: inclines that way.

Resignationen: giving up all kinds of things.

Lavatern: Johann Caspar Lavater (see above) preacher and physiognomist, to whose ideas at this stage Goethe was still inclined. The reference is to Mittel gegen Unzufriedenheit und üble Laune' in Part II of *Predigten über das Buch Jonas*

(Zürich 1773). Goethe reviewed the first part very favourably in FGA.

bösen Humor, üble Laune, Misfallen an uns selbst: symptoms of the wider condition of melancholy — against which Werther here enveighs. It is precisely this and the loss of self that, as Lotte here identifies, will lead to his downfall.

gegenwärtige: ever-present, helpful.

Taufhandlung: the first occurrence of the sacramental image in the novel. Later, Werther associates himself with the sacrificial and atoning death of Christ who, in Luther's sense, is 'really present' in the eucharist. Hence the symbolism of the bread and wine that he takes before entering, as he believes, into the 'real presence' of the Father.

Schulden: iniquities.

geizt: strive after, desire.

lüftig: flighty.

Ossian: James Macpherson (1736-1797), *Poems of Ossian* (1761-69). Goethe's own interest in this most remarkable — and, it was soon established, fraudulent — recreation of ancient Gaelic poetry is reflected in the novel. He first encountered Ossian while a student in Leipzig, through Michael Denis's translation; Herder's influence in Strasbourg excited this interest into enthusiasm. Goethe translated part of the *Songs of Selma* for Friederike Brion (see below); he even collaborated with Johann Heinrich Merck on an English edition of the *Works of Ossian* (Frankfurt 1773-77) for which he produced the title vignette. Ossian is seen, like Homer, as the representative of an older, pristine state of humanity, closer to nature and to man's first language — poetry. The eighteenth century found him especially attractive because Macpherson had clearly introduced into his Bardic songs clichés that appealed to the sentimental culture of the day: the blind singer (like Homer) surrounded by the ghosts of the dead heroes, in a storm-tossed, misty landscape, with harp and muse (freely borrowed from the Old Testament and Homer, respectively). Werther's growing preference for Ossian over Homer (see below) is untypical and therefore symptomatic of his state of mind. See Margaret Mary Rubel: *Savage and Barbarian. Historical Attitudes in the Criticism of Homer and Ossian in Britain, 1760-1800* (Amsterdam-Oxford-New York, 1978).

rangiger: grasping.

Loosung: cash income.

des Propheten ewiges Oelkrüglein: a reference to Elijah filling the widow's cruse in I Kings xvii, 14-16. The diminutive form 'Krüglein' typical of Pietistic language.

statuirt: set up.

entsezt: stripped of.

Ach wie mir: The letter of 16 July has echoes of the language of 10 May ('geheime Kraft', 'Ich glaube zu versinken', 'heilig') but now applied to Lotte.

reichen: erreichen.

Zauberkraft der alten Musik: a reference to the Orpheus legend.

Bononischen Stein: luminous stone, 'heavy spar'. Referred to by Goethe in *Italienische Reise*, 20 Oktober 1786 (Artemis, xi, 119).

Sürtout: jacket.

Aktivität: In Part One, Werther is still capable of a more or less rational choice between 'Aktivität' and a life of leisure; in Part Two, he no longer is.

prostituirt: made a fool of himself.

Magnetenberg: the story of the magnetic mountain in the *Arabian Nights* (third dervish's tale in 'The Porter and the Three Girls of Baghdad').

gelassne Aussenseite... Unruhe meines Charakters: here Werther sums up the essential difference in character between Albert and himself.

Sinn: good sense.

Erzählt die Sache an sich!: The things speaks for itself.

der Frazze: silly person.

In der Welt ist's sehr selten....: a fine example of Werther's prevarication when confronted with an awkward truth. The example is taken from physiognomy; 'Abfälle' are gradations in profile. Note how Werther uses the suicide motif to justify non-action when it suits him.

am 10. August: A crucial letter in its mixture of frank admission, and symbolism. Werther acknowledges that his position between Albert and Lotte defies all good sense. Theirs is a relationship based on respect and duty; it is not 'empfindsam'. The reference to the nosegay thrown into the brook forms part of a cluster of stream images in the novel, flowing ultimately to oblivion and death.

Pistolen: a customary precaution when going on a journey; hence Albert is quite prepared to lend him his pistols at the end of the novel.
Terzerolen: small pistols.
dahlt: fool around.
Maus: ball of the thumb.
rechtfertig: selbstgerecht.
Wer hebt den ersten Stein auf: cf. John viii, 7, the story of the woman taken in adultery.
geht vorbey wie der Priester...: the parable of the good Samaritan, Luke x, 31
dankt Gott wie der Pharisäer: Luke xviii,11
Radotage: nonsensical talk.
haben wir Ehre: we are permitted.
Die menschliche Natur: Albert sees the passions in traditional fashion, as requiring the control and moderation of reason; Werther affirms them, as expressing man's essential creativity and greatness of soul.
Krankheit zum Todte: cf. John xi,4.
keinen Ausweg:The conversation between Albert and Werther is based loosely on the exchange of letters between Saint-Preux and milord Bomston in Rousseau's *La Nouvelle Héloïse,* part 3, letters 21 and 22. There, the traditional arguments for and against suicide are rehearsed. At this stage, suicide is for Werther a last resort from a situation that has become intolerable.
Säfte: according to Galen, the bodily fluids, determined by the particular humour that dominates the organism (i.e. choleric, phlegmatic, melancholic, sanguine).
Gränzen der Menschheit: here used in a meaning significantly different from Goethe's later philosophical poem of 1781, signifying the limits of human endurance.
Hauptstückgen von der Prinzeßinn: 'La Chatte Blanche' in Madame d'Aulnoy's *Contes de Fées.*
Inzidenzpunkt: controversial incident (in law), detail.
Das volle warme Gefühl: The parallelism of this passage and that of 10 May is reinforced by the 'wenn' clauses. Werther comes to reject the arguments that see nature as a continuous process in a state of renewal, of constant interaction between macrocosm (the divine as a universal force) and microcosm (man), thereby producing one of the most forceful images in the whole novel.

Gewebere: movement in all directions.
Geniste: brushwood, undergrowth.
Ungeheur: The extended image of the organism of nature in this passage expresses the young Goethe's views at this period. Nature is not a 'divine' force that imposes itself from above, but is in a state of constant movement, concentration and attraction, opening and closing, birth and rebirth. The individual may, as Werther does in the letter of 10 May, attempt to lay himself open to nature, to go beyond himself, and there Werther surrenders his individuality completely to these universal forces. Nature is, however, not only a beneficent agent restricted to pleasing manifestations, and thus, as traditional aesthetics believed, the model for art. In his review of Sulzer for FGA in 1772, Goethe had used a similar image to here: 'Was würde Herr Sulzer zu der liebreichen Mutter Natur sagen, wenn sie ihm eine Metropolis, die er mit allen schönen Künsten, als Handlangerinnen, erbaut und bevölkert hätte, in ihren Bauch hinunter schlänge. [...] Was wir von Natur sehn, ist Kraft, die Kraft verschlingt nichts gegenwärtig alles vorübergehend, tausend Keime zertreten jeden Augenblick tausend gebohren, groß und bedeutend, mannigfach ins Unendliche; schön und häßlich, gut und bös, alles mit gleichem Rechte neben einander existirend.' [DjG III, 94f.] Nature is thus not a *moral* force; it acts according to its own laws and may intervene as it wills in human affairs. Human life is accordingly a struggle against this superior agent, not a mere surrender to it. Goethe's poetic images at this time reflect both this polarity and the interaction of both forces: genius (Prometheus, Mahomet, Faust, or 'Wandrers Sturmlied') but also passivity and surrender (Ganymed, or the idyllic, 'die kleine Welt'). Werther's inidividualism is directed inwardly. He does not take up the challenge of this nature locked in struggle, as does Faust in summoning up the 'Erdgeist' and his 'Geburt und Grab'. He is unable to find the key to a process that is, on the one hand, 'warm', 'fruchtbar', 'lieblich', 'glühend', 'herlig', but on the other 'Abgrund', 'Grab', 'Zerstöhrer', 'verzehrende Kraft'. This, in Werther's mind, conflicting separation of the two forces of life leads him to see a process of destruction where in fact there is also interaction, rebirth and renewal.

Umsonst strekke ich: This note takes up the motifs of that of 19 July. The relative innocence of that letter has made way here for sexual phantasies, associated with the images of constriction and release.

Fabel vom Pferde: La Fontaine: *Fables,* IV, 13.

Geburtstag: Goethe's own, and Kestner's as well. A hidden autobiographical message to a close circle of intimates and a clear indication of how Goethe identified with certain situations and characteristics of his novel.

vorhatte: was wearing.

duodez: duodecimo, small format, suitable for carrying in one's waistcoat pocket.

der kleine Wetsteinische Homer: edition in parallel Greek and Latin, published by Wetstein in Amsterdam in 1707. Like Goethe, Werther may have found the Latin easier.

Ernestischen: five-volume bilingual Greek and Latin version, Leipzig 1759-1764, ed. J.A. Ernesti.

Gipfel: used in Goethe's day, like 'Wipfel', to mean 'tree-top'. See also the 'Alpin' section of Ossian (below).

Ich habe kein Gebet mehr, als an sie: Werther's religious language is from now on obsessively related to his own condition.

an die Gurgel faßt: one of several expressions in the novel of physical constriction, partly influenced by medical opinion that saw depressive states as the result of pressure on arteries or air passages.

Und schweife dann weit im Felde umher: aimless wandering ('melancholia errabunda') is a recognized symptom of melancholy or mental disorder in contemporary medical literature.

gähen: jähen

das härne Gewand und der Stachelgürtel: hair-shirt and penitent's belt, symbols of the ascetic life. Cf. John the Baptist, Matt. iii,4.

am 10. Sept.: The letter is being composed late at night; Goethe, it may be noted, was himself to leave Wetzlar on 11 September 1772.

Das war eine Nacht!: Part One of the novel ends on a note of admirable renunciation on Werther's part ("ich muß fort!") and with a scene of high sentimental awareness where, for the last time in the book, the cult of feeling is contained within decorous bounds. The nature description stands in stark contrast to the huge vistas of 18 August. Here we have the conventions of 'Empfindsamkeit': night, solitude, moonlight, fleeting half-impressions, enclosure. The letter ends symbolically with Lotte's dress disappearing behind a gate, the reverse of the open window associated with the "Klopstock!" passage.

sympathetisch: suggesting inner attraction, as the mystic is drawn to the divine.

romantischten: here in the early sense of 'picturesque'.

Bosquet: clump of trees.

Sie machte uns aufmerksam auf die schöne Würkung des Mondenlichts: the rest of the paragraph bears close parallels to Klopstock's poem *Die Sommernacht* :

> Wenn der Schimmer von dem Monde nun herab
> In die Wälder sich ergießt, und Gerüche
> Mit den Düften von der Linde
> In den Kühlungen wehn;

> So umschatten mich Gedanken an das Grab
> Der Geliebten, und ich seh in dem Walde
> Nur es dämmern, und es weht mir
> Von der Blüthe nicht her. [..}

sollen wir uns wiederfinden? wir werden uns wieder sehn!: the sentimental cult of death and reunion found in English literature, such as Elizabeth Rowe's *Friendship in Death* (1728), or Young's *Night Thoughts* (esp. third *Night,* 1742) and in Klopstock. Another proof (if any were needed) of Werther's and Lotte's meeting of souls (except that Albert joins them here). Hence that 'sie war werth, von ihnen gekannt zu seyn'''— but also a reminder that Lotte combines sentiment with a sense of duty.At the end of Part One, Werther takes comfort in the hope of meeting in the after-life. The ending of Part Two parallels this exactly — on another level. Albert's susceptibility to feeling, demonstrated here and at the very end of the novel, is not out of keeping with his otherwise sober character. He too is a man of his century. Note that Werther slips into the 'du' form in addressing Lotte.

Der Gesandte: based loosely on Karl Wilhelm Jerusalem's superior in Wetzlar, Johann Jacob von Höfler(?-1781).

unpaß: unwell.
sich einhalten: stay at home.
leichteres Blut: if he were of sanguine, not melancholic, humour.
schwadroniren: give oneself airs.
womit wir uns zusammenhalten: that we place next to each other for comparison.
da ist nichts gefährlicher als die Einsamkeit: the message of so many eighteenth-century medical or religious teachers on the effects of excessive solitude (cf. Johann Georg Zimmermann, *Von der Einsamkeit*, 1773).
idealische: idealistische.
Schlendern und Laviren: cutting and tacking.
Graf C..: a reference to Count Bassenheim (1731-1805), the 'Senatspräsident' of the *Reichskammergericht* in Wetzlar.
übersieht: overlooks.
Geschäftsauftrag: diplomatic memorandum.
pünktlichste: punctilious.
Aufsaz: piece of written work
Inversionen: a stylistic device favoured by writers of *Empfindsamkeit* and *Sturm und Drang* and of course by Werther himself. Cf. the ending of the previous letter: 'So eine wahre warme Freude ist nicht in der Welt, als eine grosse Seele zu sehen...'
Period: here 'der'; the sentence, consisting of main and subordinate clauses.
mich schadlos hält: makes up for.
Bedenklichkeit: inability to make up one's mind; doubt.
spanische Dörfer: all Greek to him.
Deraisonnement: foolish remark.
ganz ohne Rökgen: quite blantantly.
sich [....] Wunderstreiche einbildet: gives herself airs.
fatalen: unfortunate, dire.
bürgerlichen: social.
Fräulein: used at this time only for members of the nobility.
bürgerlichen: here denotes non-aristocratic.
das ehrne Jahrhundert...im eisernen: according to Hesiod the two last ages of human development, after the golden and silver.
Dichten: doings.
Ich muß Ihnen schreiben: The letter of 20 January, addressed directly to Lotte, is the first break in the continuity

113

of epistolary style and the first indication of the fragmentation that characterizes the latter part of the novel. It contains the key vocabulary of Werther's condition: 'Einsamkeit', 'Einschränkung', 'ausgetroknet', 'Fülle des Herzens'.

Fülle des Herzens: key term for Goethe's generation, borrowed from Pietism. Cf. F.L. Stolberg's enthusiastic essay, *Über die Fülle des Herzens* (1777). Cf. August Langen, *Der Wortschatz des deutschen Pietismus*, p.22f.

Marionette: the only occurrence of this image in the novel, a potent symbol of human impotence for the next two literary generations.

mich neulich bey Hofe verklagt: Höfler had lodged an offical complaint about Jerusalem with the court in Brunswick.

Man hat aus Ehrfurcht : the obvious reason for withholding the minister's letter is the narratorial wish to have Werther express himself through his own letters and not through those of others.

Gott segne euch: The letter of 20 February (we may be tempted to ask: did Werther actually send it?), with its note of sexual frustration and jealousy, its incipiently wayward religious attributions, and its strategic position immediately before the 'Verdruß', gives it a crucial axial function in the novel's overall design. Note that it again uses the 'du' form to Lotte. It is, incidentally, reminiscent of Goethe's own letters to Kestner of early (6?) and 10 April 1773.

Ich hab einen Verdruß gehabt: The letter of 15 March and Werther's 'Verdruß' have a loose biographical connection with Karl Wilhelm Jerusalem. Kestner's account, and other evidence, make it clear that a rumour was going the rounds in Wetzlar, to the effect that Jerusalem had been asked to leave a soirée held at the house of Count Bassenheim. Höfler had probably set the story in motion. Ditfurth, the envoy from the Brunswick court, charged with investigating Höfler's official complaint against Jerusalem, was able to report that the allegations were largely groundless. Furthermore, Jerusalem does not mention such an incident in his letters, whereas he complains constantly about Höfler. For Jerusalem, the matter was potentially damaging; for Werther, it is a convenient excuse to break with the real world.

Er ist nicht zu ersezzen: make good, make up for.

die Nation: the assembled company.
angestochen: piqued.
Franz des ersten: crowned Holy Roman Emperor in 1745.
in qualitate: according to his rank.
fournirten: decked out.
altfränkischen: old-fashioned.
pisperten: whispered.
zirkulirte: was extended to
Homer: *Odyssey* , XIV, where Odysseus, here given the form 'Ulyß' adapted from the French, is received by Eumaeus the swineherd.
eine Prise über ihn haben: do him down.
ehgestern: the day before yesterday.
ausgestanden: managed to get through.
Bring das meiner Mutter...: break the news gently.
Halte: stopped; short form of 'Halte machen'.
der Fürst: the Jerusalem family was closely connected with the Brunswick court, and this may be a reference to Duke Carl (1713-80), to whom Jerusalem wrote personally, rejecting Höfler's allegations. Duke Carl was also Lessing's patron.
Der Erbprinz: possibly referring to Carl's brother Duke Ferdinand (1721-92), a hero of the Seven Years' War and Prussian field marshal, known as the 'Erbprinz'. He expressed his regret at Jerusalem's death in a letter.
nach dem Tode meines Vaters: The sole mention of Werther's father. It is a measure of Werther's state of mind throughout the novel that imaginary family relationships replace real ones. As his mind wavers, he constructs a family relationship that invests Lotte with maternal (among other) qualities, elevates Lotte's mother to a special role in heaven, with God the father presiding and ordaining according to Werther's wishes. In all of these phantasies he remains the child.
Kram: shop.
Ulyß: as in *Odyssey*, X, 195 (referring to the sea) or I,98, IV,510, XVII,386,418, XIX,107 (referring to the land).
Ich wollte in Krieg!: perhaps again referring to Duke Ferdinand of Brunswick. More interestingly, Rousseau's hero Saint-Preux in *La Nouvelle Héloïse* joins Lord Anson's fleet (but returns), while Eduard in *Die Wahlverwandtschaften* becomes a soldier — and returns. Werther

rejects this option, and his later invocation of a hero's death in battle owes more to Ossian than to reality.

in meiner Lage: in the right place.

Ich ihr Mann: The first paragraph marks the beginning of the overt conflation of sexual lust, Biblical overtones, and private theology, that is typical of the mental disintegration evident in the latter stages if the novel.

rechten: cf Job ix, 3, 'contend'.

in ihren Hofnungen getäuscht: The first in the series of reversals of motifs from Part One; the walnut trees (15 September) and the flood at Wahlheim (8 December) follow this pattern.

am 6. Sept.: In the second version, the long letter of 4 September is inserted immediately before this one.

meinen blauen einfachen Frak: The so-called 'Werthertracht', as worn by Jerusalem and based on English fashion of the time.

mich vertrauren: die of grief.

Canons: the books of the Bible accepted as genuine by successive councils of the Church.

neumodischen: the new historical criticism in Enlightenment theology that sought to divorce the Christian moral code from its historical roots.

Lavaters Schwärmereyen: Goethe himself was not uncritical of Lavater's religion of feeling (cf. his review of *Aussichten in die Ewigkeit,* 1772); it is , however, close to Werther's own notions of life, death, and immortality.

ich komme nicht zu mir: 'sich erholen' (Grimm); "seiner selbst bewußt werden' (Adelung).

Kennikot, Semler und Michaelis: Benjamin Kennicot (1718-1791) important British Hebrew scholar; Johann David Michaelis (1717-1791) and Johann Salomo Semler (1725-1791) significant representatives of historical criticism in Biblical studies. Werther's account of them is somewhat one-sided. Their studies of the Hebrew text had in fact drawn attention to its poetical qualities. Cf. Goethe's own attempt in 1775 at translating the *Song of Solomon*. The Hebrew Bible joins classical antiquity (and Ossian) as a source of poetic inspiration.

Schulz: bailiff or mayor.

Kammer: the finance administration.

Ossian [..]Homer: Werther has perceptively recognized that Homer and Ossian, seen otherwise by commentators both as representatives of a middle, 'barbaric' age in the process of human development, are in fact very different in tone.

Der Wanderer wird kommen...: a free quotation from 'Berrathon: A Poem': 'The hunter shall come forth in the morning, and the voice of my harp shall not be heard. "Where is the son of car-borne Fingal?"' It is part of the passage that Werther reads to Lotte.

Fingals treflicher Sohn: Ossian

O Freund! ich möchte gleich einem edlen Waffenträger...: the first of the 'literary' deaths that Werther considers.

Scripturen: writing things.

Alles in allem: 'all in all', a Biblical quotation, 1 Cor. xv, 28, Eph. i.23.

Unwillens: unhappiness.

Fülle der Empfindung: Werther sees the inward life, the heart, as the source of creativity, religious experience, and of oneness with nature. Once these inward springs have dried up, nature becomes a mere 'lakirt Bildgen'. Note that Werther's suffering, as well as his joy, is expressed through Biblical language, a device that increases in intensity as the novel approaches its climax.

der ganze Kerl: 'der blosse mensch' (Grimm).

verlechter Eymer: cf. Eccles. xii,6: 'or the pitcher be broken at the fountain' ('der Eimer zuleche' in Luther's trans.).

der Himmel ehern über ihm: Deut. xxviii, 23: 'And thy heaven that is over thy head shall be brass'.

weil: 'während'.

Müdseligkeit: weariness of soul, a coining of Goethe's own.

Ich ehre die Religion: presumably Wilhelm, alarmed at the tone of Werther's letters, has been reminding him of the comforts of religion. Werther's theology, as typified by this letter, ranges between the paradoxical, the heterdox, and the (for orthodox Christians) plain heretical. Goethe's own views on religion at the time, as set out at the end of Book 8 of *Dichtung und Wahrheit* were similar. But we must observe the difference between Werther and his creator: the arrogation of the role of the son of God is not merely the challenge, the affront, of genius to established theological hierarchies; in Werther's case it becomes part of the insane re-ordering of heaven and earth, expressed in his second-last letter to Lotte.

daß die um ihn seyn würden: 'that they also whom thou hast given me be with me where I am', John xvii, 24.

Und ward der Kelch...: cf. Matth. xxvi, 39 : Christ's words in the garden of Gethsemane, 'let this cup pass from me'.

zwischen Seyn und Nichtseyn: cf. Hamlet's famous soliloquy III, i.

Mein Gott! Mein Gott!: Matth. xxvii, 46: Christ's words from the cross, 'My God! My God! why hast thou forsaken me?'

der die Himmel...: Psalm civ, 2 'who stretchest out the heavens like a curtain'.

Sie nahm ihre Zuflucht zum Claviere: the pianoforte, with what Goethe's contemporary Johann Heinrich Voss calls its 'sympathetischer Seufzer', is the instrument par excellence of Empfindsamkeit.

schlecht: plain.

Tausend Güldenkraut: centaury (Erythraea centaurea), a pink-flowering plant related to the gentian.

seinen Straus: 'sein' here the form of address for menials, corresponding to 'er'.

Generalstaaten: the Estates General of Holland.

stickst: steckst.

seine schöne Hand schrieb: possibly a reference to Dr Johann David Balthasar Clauer (1732-1796), a ward of Goethe's father, who was mentally disturbed and did copying work in return for living in the Goethe house. Referred to variously in *Dichtung und Wahrheit*, although never by name, (cf. 'der gewandte Schreiber', IV, xix: Artemis X, 833).

Das ist die Zeit...: one of the reasons for Werther's not staying alive is the realisation that he may face a similar radical loss of awareness and dignity. The letter of 1 December focuses this acutely.

Müsse: möge

Thränen des Weinstoks: moisture exuded by grapevines after cutting, 'rebenthräne' (Grimm), 'Rebthräne' (Adelung).

nun sein Angesicht von mir gewendet: cf 2 Chron. xxx, 9.

rükkehrender Sohn: cf the parable of the prodigal son, Luke xv, ll-32.

die alte himmelsüsse Melodie: a reference back to Book One, Letter of 16 July, to Lotte's 'Leiblied'.

dem Eingekerkerten: the image employed by Socrates, and by Mendelssohn in *Phaedon*, to describe the soul confined in the body — in which it must live its allotted span.

Ährenfeldern: the original has 'Ehrenämtern', a word that has baffled all commentators. The reading here follows Fischer-Lamberg.

Der Herausgeber an den Leser: The letters break off at the point where Werther confesses to the overtly sexual nature of his attraction. The narrator's style, by contrast, has something of the quality of Kestner's report to Goethe.

aus dem Munde Lottens: a clear indication that she survives the tragic events.

keine übereilte, keine rasche That: Werther's composure and deliberateness are his way of indicating that what he is doing is the only natural course of action left to him. Hence he rejects the (seemingly obvious) alternatives of simply leaving, or (20 Dec.) returning to Wilhelm.

politische: diplomatic.

verzieh: wait.

Sonntag vor Weihnachten: Werther cannot have been unaware that his action would strike at the core of this family festival.

geschikt: well-behaved.

wieder sehn: a repetition of the misunderstanding at the end of Part One.

knirrte: grind.

Politisch: clever.

unbedeutenden: about nothing.

mit ihnen vorlieb nehmen: join them for supper, literally 'make do with what they have'.

Es ist beschlossen: the letter now openly uses the 'Du' form of address to Lotte.

romantische: cheap, sensational (cf. German 'romanhaft').

Anschläge: plans, intentions.

Deinen Mann zu ermorden!: the second of Werther's fears, if he stays alive: madness (the copy-clerk), or the resort to homicide. The Bauerbursch episode in the 1787 version reinforces this theme. It is part of this tangled web of emotions that Werther actually spares Albert's life and Lotte's honour. Rather than resort to destructive and criminal aggression, he takes what in his delusion he sees as the only honourable course: suicide. Yet, in version two, it is the refusal of the Amtmann and Albert to entertain any clemency for the Bauerbursch that exacerbates Werther's anguish and despair. In the first version of the novel, Albert's irritation and displeasure are directed markedly towards Werther's unwelcome presence; in the second, the disagreement over the Bauerbursch serves this function, but moves attention away from the motif of jealousy to that of humanity and justice.

Contis: bills.

unterhalten: tend.

Kleider einnähen: sewn into protective covers.

Diskurs: conversation.

Gesänge Ossians: Goethe had in 1771 translated some of the shorter songs from Ossian for Friederike Brion (DjG II, 76-81). Werther's 'translation' is a remaking of those versions. Apart from thus being another autobiographical strand in the novel — but from Strasbourg and Sesenheim, not from Wetzlar — the Ossian motif, with its storm-tossed or mist-laden landscape, its note of lament, and its underlying doom-laden tone, is very much part of the sentimental culture in which Goethe once shared and which is all in all for his hero. Goethe's reworked translation is much more rhythmical and poetic than the version of 1771; it is also surprisingly accurate. The section from which Werther first reads is from the Songs of Selma, Minona singing of Colma's lament for her lover and brother, who have slain each other in battle, then Ullin's and Ossian's lament, singing the parts of Ryno and Alpin, then Armin's complaint at the deaths of Armar and Arindal through a fateful misunderstanding. The parallel with Lotte's situation is not exact, but in the story two men have killed each other for the sake of one woman, mistakenly but no less tragically. Hence Lotte and Werther both feel 'ihr eigenes Elend'.

schnobend: cf modern German 'schnuppern', sniff.

verwachsenen: in the original 'mossy', i.e. overgrown with moss.

las halb gebrochen: Werther does not continue his reading from Selma, but interpolates a short passage from the opening of another book of Ossian, Berrathon, that sums up the atmosphere of foreboding and death. Their last meeting, suffused with literature-inspired grief, parallels their first, where their hearts had met in 'Klopstock!'.

strekte ihr die Arme nach: cf the ending of Part One. Werther's sense of decorum rules out the physical possession of the beloved — on earth (see below).

stübte: 'stiebte' , sleet.

auf einem Felsen: Werther's impulse is Ossianic.

Zum leztenmale: This letter is to be seen as the continuation and climax of the notes already written to Lotte and discovered after his death. Nearly all the themes of the novel are rehearsed in it, beginning with 'Zum leztenmale denn' from the immediately previous section, proceeding through the pathetic fallacy of 'So traure denn, Natur', to 'eingeschränkt', 'Engel', and 'ich werde sie sehen'. Werther is here formulating a theology of his own that takes up the earlier parallels with Christ's sufferings, but now advances himself to the Son whose wishes the Father will fulfil — by granting him Lotte in the heaven that by his death he is now entering. The sentimental cult of reunion with the beloved here enters into wild regions of mental disarray. The language of mysticism and Pietism is especially prominent as Werther's phantasy warms to the subject: 'durch mein innig innerstes durchglühte mich das Wonnegefühl', 'das heilige Feuer', 'warme Wonne ist in meinem Herzen'.

ängstliche Lade: 'angsterregend', the dreadful casket.

im heiligen sichtbaren Zeichen: the sacred sign and symbol of the eucharist.

Ich gehe voran!: cf Jesus' words 'I go unto the Father', John xiv, 28.

vor dem Angesichte des Unendlichen in ewigen Umarmungen: the continuation of earthly love in heaven is a common theme of sentimental literature. Herder, for instance images Klopstock reunited with his dead wife Meta in 'Dortumarmen'*Werke*, ed. Suphan, xxix 348).

wähne: out of my mind.

Wollten Sie...: the original letter of Jerusalem to Kestner, 29 October 1772, read: 'Dürfte ich Ew. Wohlgeb: wohl zu

einer vorhabenden Reise um ihre Pistolen gehorsamst ersuchen?'
Die liebe Frau: this section undergoes a number of changes in the 1787 version (s. Appendix).
zum erstenmal, nie wieder zu sehen: these key words are now transferred from Werther to Lotte.
erbrochen: opened.
nimmt: chooses.
wie sie mehr getan hatte: as she often did.
wir sehen uns wieder....: here Goethe is following Kestner.
Ich habe dir übel gelohnt: Werther's note to Albert foresees the continuation of his earthly marriage, but nothing beyond that.
Päkke: packets.
kleine Aufsäzze: cf. Kestner, except that we never learn the nature of Werthers writings. They will certainly not be of a philosophical nature, like Jerusalem's.
nachlegen: put more wood on the fire.
Wagens: the Great Bear. In his last letter, Werther falls back on the cosmological imagery of Young and Klopstock. But note also the juxtaposition of 'Kind' and 'Heilige'.
aufgehabenen: aufgehoben.
schüzzen: Werther need not have been afraid that his body might be dishonoured. By 1774, more enlightened notions had ensured that suicides' mortal remains were no longer subjected to barbaric treatment. Werther nevertheless knows that he cannot expect a Christian burial or interment in consecrated ground. Hence his choice of the farthest corner of the graveyard, not forgetting the limetrees and their sentimental associations (Klopstock again).
Priester und Levite: cf the parable of the good Samaritan, Luke X, 31-32.
für dich mich hinzugeben: a reference back to 'daß ich mich opfere für dich'.
Schleife: the final associations of this ribbon are with Lotte and the children.
Blick: flash. The remaining details here follow Kestner closely.
eine Ader: standard medical practice, to release 'bad' blood or revive the circulation (and often, as here, to kill the patient).

Emilia Galotti: a detail from Kestner that much displeased Lessing himself, cf. his letter to Eschenburg of 26 October 1774, 'Ja, wenn unsers *Jerusalem's* Geist völlig in dieser Lage gewesen wäre, so müßte ich ihn fast — verachten'. Kestner, in the confusion, had not noted at what passage the book was opened. Whereas it might seem natural for Jerusalem to be reading the latest work of his revered friend Lessing, there is little direct connection between Werther and *Emilia Galotti*. There has nevertheless been much speculation on this subject, little of it helpful and all of it inconclusive, most of it overlooking the fact that, whatever the state of mind of Odoardo and Emilia at the end of the play, neither is plainly insane like Werther.

tischten einen Auflauf: kept people away; 'tischen', cf. 'tuschen', to command silence.

Nachts: it was not unusual at the time for funerals to take place at night, nor for journeymen to act as pallbearers.

APPENDIX I

The following passages were either considerably altered or inserted new in the second version.

Am 30. Mai.

Was ich Dir neulich von der Malerei sagte, gilt gewiß auch von der Dichtkunst; es ist nur, daß man das Vortreffliche erkenne und es auszusprechen wage, und das ist freilich mit wenigem viel gesagt. Ich habe heut eine Szene gehabt, die, rein abgeschrieben, die schönste Idylle von der Welt gäbe; doch was soll Dichtung, Szene und Idylle? muß es denn immer gebosselt sein, wenn wir teil an einer Naturerscheinung nehmen sollen?

Wenn Du auf diesen Eingang viel Hohes und Vornehmes erwartest, so bist Du wieder übel betrogen; es ist nichts als ein Bauerbursch, der mich zu dieser lebhaften Teilnehmung hingerissen hat — ich werde, wie gewöhnlich, schlecht erzählen, und Du wirst mich wie gewöhnlich, denk' ich, übertrieben finden; es ist wieder Wahlheim und immer Wahlheim, das diese Seltenheiten hervorbringt.

Es war eine Gesellschaft draußen unter den Linden, Kaffee zu trinken. Weil sie mir nicht ganz anstand, so blieb ich unter einem Vorwande zurück.

Ein Bauerbursch kam aus einem benachbarten Hause und beschäftigte sich, an dem Pfluge, den ich neulich gezeichnet hatte, etwas zurechtzumachen. Da mir sein Wesen gefiel, redete ich ihn an, fragte nach seinen Umständen; wir waren bald bekannt und, wie mir's gewöhnlich mit dieser Art Leuten geht, bald vertraut. Er erzählte mir, daß er bei einer Witwe in Diensten sei und von ihr gar wohl gehalten werde. Er sprach so vieles von ihr und lobte sie dergestalt, daß ich bald merken konnte, er sei ihr mit Leib und Seele zugetan. Sie sei nicht mehr jung, sagte er, sie sei von ihrem ersten Mann übel gehalten worden, wolle nicht mehr heiraten, und aus seiner Erzählung leuchtete so merklich hervor, wie schön, wie reizend sie für ihn sei, wie sehr er wünsche, daß sie ihn wählen möchte, um das Andenken der Fehler ihres ersten Mannes auszulöschen, daß ich Wort für Wort wiederholen müßte, um Dir die reine Neigung, die Liebe und Treue dieses Menschen anschaulich zu machen. Ja, ich müßte die Gabe des größten Dichters besitzen, um dir zugleich den Ausdruck seiner Gebärden, die Harmonie seiner Stimme, das heimliche Feuer seiner Blicke lebendig darstellen zu können. Nein, es sprechen keine Worte die Zartheit aus, die in seinem ganzen Wesen und Ausdruck war; es ist alles nur plump, was ich wieder vorbringen könnte. Besonders rührte mich, wie er fürchtete, ich möchte

124

über sein Verhältnis zu ihr ungleich denken und an ihrer guten Aufführung zweifeln. Wie reizend es war, wenn er von ihrer Gestalt, von ihrem Körper sprach, der ihn ohne jugendliche Reize gewaltsam an sich zog und fesselte, kann ich mir nur in meiner innersten Seele wiederholen. Ich hab' in meinem Leben die dringende Begierde und das heiße sehnliche Verlangen nicht in dieser Reinheit gesehen, ja wohl kann ich sagen, in dieser Reinheit nicht gedacht und geträumt. Schelte mich nicht, wenn ich Dir sage, daß bei der Erinnerung dieser Unschuld und Wahrheit mir die innerste Seele glüht, und daß mich das Bild dieser Treue und Zärtlichkeit überall verfolgt, und daß ich, wie selbst davon entzündet, lechze und schmachte.

Ich will nun suchen, auch sie eh'stens zu sehn, oder vielmehr, wenn ich's recht bedenke, ich will's vermeiden. Es ist besser, ich sehe sie durch die Augen ihres Liebhabers; vielleicht erscheint sie mir vor meinen eigenen Augen nicht so, wie sie jetzt vor mir steht, und warum soll ich mir das schöne Bild verderben?

Abends.

Mein Tagebuch, das ich seit einiger Zeit vernachlässiget, fiel mir heut' wieder in die Hände, und ich bin erstaunt, wie ich so wissentlich in das alles, Schritt vor Schritt, hineingegangen bin! Wie ich über meinen Zustand immer so klar gesehen und doch gehandelt habe wie ein Kind, jetzt noch so klar sehe und es noch keinen Anschein zur Besserung hat.

Den 8. Februar.

Wir haben seit acht Tagen das abscheulichste Wetter, und mir ist es wohltätig. Denn solang ich hier bin, ist mir noch kein schöner Tag am Himmel erschienen, den mir nicht jemand verdorben oder verleidet hätte. Wenn's nun recht regnet und stöbert und fröstelt und taut: ha! denk' ich, kann's doch zu Hause nicht schlimmer werden, als es draußen ist, oder umgekehrt, und so ist's gut. Geht die Sonne des Morgens auf und verspricht einen feinen Tag, erwehr' ich mir niemals auszurufen: Da haben sie doch wieder ein himmlisches Gut, worum sie einander bringen können. Es ist nichts, worum sie einander nicht bringen. Gesundheit, guter Name, Freudigkeit, Erholung! Und meist aus Albernheit, Unbegriff und Enge, und wenn man sie anhört, mit der besten Meinung. Manchmal möcht' ich sie auf den Knien bitten, nicht so rasend in ihre eigenen Eingeweide zu wüten.

Am 4. September.

Ja, es ist so. Wie die Natur sich zum Herbste neigt, wird es Herbst in mir und um mich her. Meine Blätter werden gelb, und schon sind die Blätter der benachbarten Bäume abgefallen. Hab' ich Dir nicht einmal von einem Bauerburschen geschrieben, gleich da ich herkam? Jetzt erkundigte ich mich wieder nach ihm in Wahlheim; es hieß, er sei aus dem Dienste gejagt worden, und niemand wollte was weiter von ihm wissen. Gestern traf ich ihn von ungefähr auf dem Wege nach einem andern Dorfe, ich redete ihn an, und er erzählte mir seine Geschichte, die mich doppelt und dreifach gerührt hat, wie Du leicht begreifen wirst, wenn ich Dir sie wieder erzähle. Doch wozu das alles? Warum behalt' ich nicht für mich, was mich ängstigt und kränkt? Warum betrüb' ich noch Dich? Warum geb' ich Dir immer Gelegenheit, mich zu bedauern und mich zu schelten? Sei's denn, auch das mag zu meinem Schicksal gehören!

Mit einer stillen Traurigkeit, in der ich ein wenig scheues Wesen zu bemerken schien, antwortete der Mensch mir erst auf meine Fragen; aber gar bald offner, als wenn er sich und mich auf einmal wieder erkennte, gestand er mir seine Fehler, klagte er mir sein Unglück. Könnt' ich Dir, mein Freund, jedes seiner Worte vor Gericht stellen! Er bekannte, ja er erzählte mit einer Art von Genuß und Glück der Wiedererinnerung, daß die Leidenschaft zu seiner Hausfrau sich in ihm tagtäglich vermehrt, daß er zuletzt nicht gewußt habe was er tue, nicht, wie er sich ausdrückte, wo er mit dem Kopfe hingesollt? Er habe weder essen noch trinken noch schlafen können, es habe ihm an der Kehle gestockt, er habe getan, was er nicht tun sollen, was ihm aufgetragen worden, hab' er vergessen; er sei als wie von einem bösen Geist verfolgt gewesen, bis er eines Tages, als er sie in einer obern Kammer gewußt, ihr nachgegangen, ja vielmehr ihr nachgezogen worden sei; da sie seinen Bitten kein Gehör gegeben, hab' er sich ihrer mit Gewalt bemächtigen wollen, er wisse nicht, wie ihm geschehen sei, und nehme Gott um Zeugen, daß seine Absichten gegen sie immer redlich gewesen, und daß er nichts sehnlicher gewünscht, als daß sie ihn heiraten, daß sie mit ihm ihr Leben zubringen möchte. Da er eine Zeitlang geredet hatte, fing er an zu stocken wie einer, der noch etwas zu sagen hat und sich es nicht herauszusagen getraut; endlich gestand er mir auch mit Schüchternheit, was sie ihm für kleine Vertraulichkeiten erlaubt, und welche Nähe sie ihm vergönnet. Er brach zwei-, dreimal ab und wiederholte die lebhaftesten Protestationen, daß er das nicht sage, um sie schlecht zu machen, wie er sich ausdrückte, daß er sie liebe und schätze wie vorher, daß so etwas nicht über seinen Mund gekommen sei, und daß er es mir nur sage, um mich zu überzeugen, daß er kein ganz verkehrter und unsinniger Mensch sei. — Und hier, mein Bester, fang' ich mein altes Lied wieder an, das ich ewig anstimmen werde: könnt' ich Dir den Menschen vorstellen, wie er vor mir stand, wie er noch vor mir steht! Könnt' ich Dir alles recht sagen, damit Du fühltest, wie ich an seinem Schicksale teilnehme, teilnehmen muß! Doch genug, da Du auch mein Schicksal kennst, so weißt Du nur zu wohl, was mich zu allen Unglücklichen, was mich besonders zu diesem Unglücklichen hinzieht.

Da ich das Blatt wieder durchlese, seh' ich, daß ich das Ende der Geschichte zu erzählen vergessen habe, das sich aber leicht hinzudenken läßt. Sie erwehrte sich sein; ihr Bruder kam dazu, der ihn schon lange gehaßt, der ihn schon lange aus dem Hause gewünscht hatte, weil er fürchtet, durch eine neue Heirat der Schwester werde seinen Kindern die Erbschaft entgehn, die ihnen jetzt, da sie kinderlos ist, schöne Hoffungen gibt; dieser habe ihn gleich zum Hause hinausgestoßen und einen solchen Lärm von der Sache gemacht, daß die Frau, auch selbst wenn sie gewollt, ihn nicht wieder hätte aufnehmen können. Jetzt habe sie wieder über den, sage man, sei sie mit dem Bruder zerfallen, und man behaupte für gewiß, sie werde ihn heiraten; aber er sei fest entschlossen, das nicht zu erleben.

Was ich Dir erzähle, ist nicht übertrieben, nichts verzärtelt, ja ich darf wohl sagen, schwach, schwach hab' ich's erzählt, und vergröbert hab' ich's, indem ich's mit unsern hergebrachten sittlichen Worten vorgetragen habe.

Diese Liebe, diese Treue, diese Leidenschaft ist also keine dichterische Erfindung. Sie lebt, sie ist in ihrer größten Reinheit unter der Klasse von Menschen, die wir ungebildet, die wir roh nennen. Wir Gebildeten—zu nichts Verbildeten! Lies die Geschichte mit Andacht, ich bitte Dich. Ich bin heute still, indem ich das hinschreibe; Du siehst an meiner Hand, daß ich nicht so strudele und sudele wie sonst. Lies, mein Geliebter, und denke dabei, daß es auch die Geschichte deines Freundes ist. Ja, so ist mir's gegangen, so wird mir's gehn, und ich bin nicht halb so brav, nicht halb so entschlossen als der arme Unglückliche, mit dem ich mich zu vergleichen mich fast nicht getraue.

Am 12. September.

Sie war einige Tage verreist, Alberten abzuholen. Heute trat ich in ihre Stube, sie kam mir entgegen, und ich küßte ihre Hand mit tausend Freuden.

Ein Kanarienvogel flog von dem Spiegel ihr auf die Schulter. — Einen neuen Freund, sagte sie und lockte ihn auf ihre Hand. Er ist meinen Kleinen zugedacht. Er tut gar zu lieb! Sehen Sie ihn! Wenn ich ihm Brot gebe, flattert er mit den Flügeln und pickt so artig. Er küßt mich auch, sehen Sie!

Als sie dem Tierchen den Mund hinhielt, drückte es sich so lieblich in die süßen Lippen, als wenn es die Seligkeit hätte fühlen können, die es genoß.

Er soll Sie auch küssen, sagte sie und reichte den Vogel herüber. Das Schnäbelchen machte den Weg von ihrem Munde zu dem meinigen, und die pickende Berührung war wie ein Hauch, eine Ahnung liebevollen Genusses.

Sein Kuß, sagte ich, ist nicht ganz ohne Begierde, er sucht Nahrung und kehrt unbefriedigt von der leeren Liebkosung zurück.

Er ißt mir auch aus dem Munde, sagte sie. — Sie reichte ihm einige Brosamen mit ihren Lippen, aus denen die Freuden unschuldig teilnehmender Liebe in aller Wonne lächelten. Ich kehrte das Gesicht weg. Sie sollte es nicht tun! Sollte nicht meine Einbildungskraft mit diesen Bildern himmlischer Unschuld und Seligkeit reizen und mein Herz aus dem Schlafe, in den es manchmal die Gleichgültigkeit des Lebens wiegt, nicht wecken! — Und warum nicht? — Sie traut mir so! Sie weiß, wie ich sie liebe!

Am 27. Oktober abends.

Ich habe so viel, und die Empfindung an ihr verschlingt alles, ich habe so viel, und ohne sie wird mir alles zu nichts.

Am 22. November.

Ich kann nicht beten: »Laß mir sie!« und doch kommt sie mir oft als die Meine vor. Ich kann nicht beten: »Gib mir sie!« Denn sie ist eines andern. Ich witzle mich mit meinen Schmerzen herum; wenn ich mir's nachließe, es gäbe eine ganze Litanei von Antithesen.

Am 26. November.

Manchmal sag' ich mir: Dein Schicksal ist einzig; preise die übrigen glücklich — so ist noch keiner gequält worden. Dann lese ich einen Dichter der Vorzeit, und es ist mir, als säh' ich in mein eignes Herz. Ich habe so viel auszustehen! Ach sind denn Menschen vor mir schon so elend gewesen?

Der Herausgeber an den Leser

Wie sehr wünsch' ich, daß uns von den letzten merkwürdigen Tagen unsers Freundes so viel eigenhändige Zeugnisse übrig geblieben wären, daß ich nicht nötig hätte, die Folge seiner hinterlassenen Briefe durch Erzählung zu unterbrechen.

Ich habe mir angelegen sein lassen, genaue Nachrichten aus dem Munde derer zu sammeln, die von seiner Geschichte wohl unterrichtet sein konnten; sie ist einfach, und es kommen alle Erzählungen davon, bis auf wenige Kleinigkeiten, miteinander überein; nur über die Sinnesarten der handelnden Personen sind die Meinungen verschieden und die Urteile geteilt.

Was bleibt uns übrig, als dasjenige, was wir mit wiederholter Mühe erfahren können, gewissenhaft zu erzählen, die von dem Abscheidenden hinterlassenen Briefe einzuschalten und das kleinste aufgefundene Blättchen nicht gering zu achten; zumal da es so schwer ist, die eigensten wahren Triebfedern auch nur einer einzelnen Handlung zu entdecken, wenn sie unter Menschen vorgeht, die nicht gemeiner Art sind.

Unmut und Unlust hatten in Werthers Seele immer tiefer Wurzel geschlagen, sich fester untereinander verschlungen und sein ganzes Wesen nach und nach eingenommen. Die Harmonie seines Geistes war völlig zerstört, eine innerliche Hitze und Heftigkeit, die alle Kräfte seiner Natur durcheinander arbeitete, brachte die widrigsten Wirkungen hervor und ließ ihm zuletzt nur eine Ermattung übrig, aus der er noch ängstlicher emporstrebte, als er mit allen Übeln bisher gekämpft hatte. Die Beängstigung seines Herzens zehrte die übrigen Kräfte seines Geistes, seine Lebhaftigkeit, seinen Scharfsinn auf, er ward ein trauriger Gesellschafter, immer unglücklicher und immer ungerechter, je unglücklicher er ward. Wenigstens sagen dies Alberts Freunde; sie behaupten, daß Werther einen reinen ruhigen Mann, der nun eines lang gewünschten Glücks teilhaftig geworden, und sein Betragen, sich dieses Glück auch auf die Zukunft zu erhalten, nicht habe beurteilen können, er, der gleichsam mit jedem Tage sein ganzes Vermögen verzehrte, um an dem Abend zu leiden und zu darben. Albert, sagen sie, hatte sich in so kurzer Zeit nicht verändert, er war noch immer derselbige, den Werther so vom Anfang her kannte, so sehr schätzte und ehrte. Er liebte Lotten über alles, er war stolz auf sie und wünschte sie auch von jedermann als das herrlichste Geschöpf anerkannt zu wissen. War es ihm daher zu verdenken, wenn er auch jeden Schein des Verdachtes abzuwenden wünschte, wenn er in dem Augenblicke mit niemand diesen köstlichen Besitz auch auf die unschuldigste Weise zu teilen Lust hatte? Sie verlassen, wenn Werther bei ihr war, aber nicht aus Haß noch Abneigung gegen seinen Freund, sondern nur weil er gefühlt habe, daß dieser von seiner Gegenwart gedrückt sei.

Lottens Vater war von einem Übel befallen worden, das ihn in der Stube hielt, er schickte ihr seinen Wagen, und sie fuhr hinaus. Es war ein schöner Wintertag, der erste Schnee war stark gefallen und deckte die ganze Gegend.

Werther ging ihr den andern Morgen nach, um, wenn Albert sie nicht abzuholen käme, sie herein zu begleiten.

Das klare Wetter konnte wenig auf sein trübes Gemüt wirken, ein dumpfer Druck lag auf seiner Seele, die traurigen Bilder hatten sich bei ihm festgesetzt, und sein Gemüt kannte keine Bewegung als von einem schmerzlichen Gedanken zum andern.

Wie er mit sich in ewigem Unfrieden lebte, schien ihm auch der Zustand andrer nur bedenklicher und verworrener, er glaubte, das schöne Verhältnis zwischen Albert und seiner Gattin gestört zu haben, er machte sich Vorwürfe darüber, in die sich ein heimlicher Unwille gegen den Gatten mischte.

Seine Gedanken fielen auch unterwegs auf diesen Gegenstand. Ja, ja, sagte er zu sich selbst, mit heimlichem Zähnknirschen: das ist der vertraute, freundliche, zärtliche, an allem teilnehmende Umgang, die ruhige dauernde Treue! Sattigkeit ist's und Gleichgültigkeit! Zieht ihn nicht jedes elende Geschäft mehr an als die teure köstliche Frau? Weiß er sein Glück zu schätzen? Weiß er sie zu achten, wie sie es verdient? Er hat sie, nun gut, er hat sie — Ich weiß das, wie ich was anders auch weiß; ich glaube an den Gedanken gewöhnt zu sein, er wird mich noch rasend machen, er wird mich noch umbringen — Und hat denn die Freundschaft zu mir Stich gehalten? Sieht er nicht in meiner Anhänglichkeit an Lotten schon einen Eingriff in seine Rechte, in meiner Aufmerksamkeit für sie einen stillen Vorwurf? Ich weiß es wohl, ich fühl' es, er sieht mich ungern, er wünscht meine Entfernung, meine Gegenwart ist ihm beschwerlich.

Oft hielt er seinen raschen Schritt an, oft stand er stille und schien umkehren zu wollen; allein er richtete seinen Gang immer wieder vorwärts und war mit diesen Gedanken und Selbstgesprächen endlich gleichsam wider Willen bei dem Jagdhause angekommen.

Er trat in die Tür, fragte nach dem Alten und nach Lotten, er fand das Haus in einiger Bewegung. Der älteste Knabe sagte ihm, es sei drüben in Wahlheim ein Unglück geschehn, es sei ein Bauer erschlagen worden ! – – Es machte das weiter keinen Eindruck auf ihn. — Er trat in die Stube und fand Lotten beschäftigt, dem Alten zuzureden, der ungeachtet seiner Krankheit hinüberwollte, um an Ort und Stelle die Tat zu untersuchen. Der Täter war noch unbekannt, man hatte den Erschlagenen des Morgens vor der Haustür gefunden, man hatte Mutmaßungen: der Entleibte war Knecht einer Witwe, die vorher einen andern im Dienste gehabt, der mit Unfrieden aus dem Hause gekommen war.

Da Werther dieses hörte, fuhr er mit Heftigkeit auf. — Ist's möglich! rief er aus, ich muß hinüber, ich kann nicht einen Augenblick ruhn. — Er eilte nach Wahlheim zu, jede Erinnerung ward ihm lebendig, und er zweifelte nicht einen Augenblick, daß jener Mensch die Tat begangen, den er so manchmal gesprochen, der ihm so wert geworden war.

Da er durch die Linden mußte, um nach der Schenke zu kommen, wo sie den Körper hingelegt hatten, entsetzt' er sich vor dem sonst so geliebten Platze. Jene Schwelle, worauf die Nachbarskinder so oft gespielt hatten, war mit Blut besudelt. Liebe und Treue, die schönsten menschlichen Empfindungen, hatten sich in Gewalt und Mord verwandelt. Die starken Bäume standen ohne Laub und bereift, die schönen Hecken, die sich über die niedrige Kirchhofmauer wölbten, waren entblättert, und die Grabsteine sahen mit Schnee bedeckt durch die Lücken hervor.

Als er sich der Schenke näherte, vor welcher das ganze Dorf versammelt war, entstand auf einmal ein Geschrei. Man erblickte von fern einen Trupp bewaffneter Männer, und ein jeder rief, daß man den Täter herbeiführe. Werther sah hin und blieb nicht lange zweifelhaft. Ja! es war der Knecht, der jene Witwe so sehr liebte, den er vor einiger Zeit mit dem stillen Grimme, mit der heimlichen Verzweiflung umhergehend, angetroffen hatte.

Was hast du begangen, Unglücklicher! rief Werther aus, indem er auf den Gefangnen losging. — Dieser sah ihn still an, schwieg und versetzte endlich ganz gelassen: Keiner wird sie haben, sie wird keinen haben. — Man brachte den Gefangenen in die Schenke, und Werther eilte fort.

Durch die entsetzliche gewaltige Berührung war alles, was in seinem Wesen lag, durcheinander geschüttelt worden. Aus seiner Trauer, seinem Mißmut, seiner gleichgültigen Hingegebenheit wurde er auf einen Augenblick herausgerissen; unüberwindlich bemächtigte sich die Teilnehmung seiner, und es ergriff ihn eine unsägliche Begierde, den Menschen zu retten. Er fühlte ihn so unglücklich, er fand ihn als Verbrecher selbst so schuldlos, er setzte sich so tief in seine Lage, daß er gewiß glaubte, auch andere davon zu überzeugen. Schon wünschte er für ihn sprechen zu können, schon drängte sich der lebhafteste Vortrag nach seinen Lippen; er eilte nach dem Jagdhause und konnte sich unterwegs nicht enthalten, alles das, was er dem Amtmann vorstellen wollte, schon halblaut auszusprechen.

Als er in die Stube trat, fand er Alberten gegenwärtig, dies verstimmte ihn einen Augenblick; doch faßte er sich bald wieder und trug dem Amtmanne feurig seine Gesinnungen vor. Dieser schüttelte einigemal den Kopf, und obgleich Werther mit der größten Lebhaftigkeit, Leidenschaft und Wahrheit alles vorbrachte, was ein Mensch zur Entschuldigung eines Menschen sagen kann, so war doch, wie sich's leicht denken läßt, der Amtmann dadurch nicht gerührt. Er ließ vielmehr unsern Freund nicht ausreden, widersprach ihm eifrig und tadelte ihn, daß er einen Meuchelmörder in Schutz nehme! Er zeigte ihm, daß auf diese Weise jedes Gesetz aufgehoben, alle Sicherheit des Staates zugrund gerichtet werde, auch, setzte er hinzu, daß er in einer solchen Sache nichts tun könne, ohne sich die größte Verantwortung aufzuladen; es müsse alles in der Ordnung, in dem vorgeschriebenen Gang gehen.

Werther ergab sich noch nicht, sondern bat nur, der Amtmann möchte durch die Finger sehn, wenn man dem Menschen zur Flucht behülflich wäre! Auch damit wies ihn der Amtmann ab. Albert, der sich endlich ins Gespräch mischte, trat auch auf des Alten Seite: Werther wurde überstimmt, und mit einem entsetzlichen Leiden machte er sich auf den Weg, nachdem ihm der Amtmann einigemal gesagt hatte: Nein, er ist nicht zu retten!

Wie sehr ihm diese Worte aufgefallen sein müssen, sehn wir aus einem Zettelchen, das sich unter seinen Papieren fand, und das gewiß an dem nämlichen Tage geschrieben worden.

»Du bist nicht zu retten, Unglücklicher! Ich sehe wohl, daß wir nicht zu retten sind.«

Was Albert zuletzt über die Sache des Gefangenen in Gegenwart des Amtmanns gesprochen, war Werthern höchst zuwider gewesen: er glaubt, einige Empfindlichkeit gegen sich darin bemerkt zu haben, und wenn gleich bei mehrerem Nachdenken seinem Scharfsinne nicht entging, daß beide Männer recht haben möchten, so war es ihm doch, als ob er seinem innersten Dasein entsagen müßte, wenn er es gestehen, wenn er es zugeben sollte.

Ein Blättchen, das sich darauf bezieht, das vielleicht sein ganzes Verhältnis zu Albert ausdrückt, finden wir unter seinen Papieren.

»Was hilft es, daß ich mir's sage und wieder sage, er ist brav und gut, aber es zerreißt mir mein inneres Eingeweide; ich kann nicht gerecht sein.«

Weil es ein gelinder Abend war und das Wetter anfing, sich zum Tauen zu neigen, ging Lotte mit Alberten zu Fuße zurück. Unterwegs sah sie sich hier und da um, eben, als wenn sie Werthers Begleitung vermißte. Albert fing von ihm an zu reden, er tadelte ihn, indem er ihm Gerechtigkeit widerfahren ließ. Er berührte seine unglückliche Leidenschaft und wünschte, daß es möglich sein möchte, ihn zu entfernen. — Ich wünsch' es auch um unsertwillen, sagt' er, und ich bitte dich, fuhr er fort, siehe zu, seinem Betragen gegen dich eine andere Richtung zu geben, seine öftern Besuche zu vermindern. Die Leute werden aufmerksam, und ich weiß, daß man hier und da drüber gesprochen hat. — Lotte, schwieg und Albert schien ihr Schweigen empfunden zu haben, wenigstens seit der Zeit erwähnte er Werthers nicht mehr gegen sie, und wenn sie seiner erwähnte, ließ er das Gespräch fallen oder lenkte es woanders hin.

Der vergebliche Versuch, den Werther zur Rettung des Unglücklichen gemacht hatte, war das letzte Auflodern der Flamme eines verlöschenden Lichtes; er versank nur desto tiefer in Schmerz und Untätigkeit; besonders kam er fast außer sich, als er hörte, daß man ihn vielleicht gar zum Zeugen gegen den Menschen, der sich nun aufs Leugnen legte, auffordern könnte.

Alles was ihm Unangenehmes jemals in seinem wirksamen Leben begegnet war, der Verdruß bei der Gesandtschaft, alles was ihm sonst mißlungen war, was ihn je gekränkt hatte, ging in seiner Seele auf und nieder. Er fand sich durch alles dieses wie zur Untätigkeit berechtigt, er fand sich abgeschnitten von aller Aussicht, unfähig, irgendeine Handhabe zu ergreifen, mit denen man die Geschäfte des gemeinen Lebens anfaßt, und so rückte er endlich, ganz seiner wunderbaren Empfindung, Denkart und einer endlosen Leidenschaft hingegeben, in dem ewigen Einerlei eines traurigen Umgangs mit dem liebenswürdigen und geliebten Geschöpfe, dessen Ruhe er störte, in seine Kräfte stürmend, sie ohne Zweck und Aussicht abarbeitend, immer einem traurigen Ende näher.

Von seiner Verworrenheit, Leidenschaft, von seinem rastlosen Treiben und Streben, von seiner Lebensmüde sind einige hinterlassene Briefe die stärksten Zeugnisse, die wir hier einrücken wollen.

Was in dieser Zeit in Lottens Seele vorging, wie ihre Gesinnungen gegen ihren Mann, gegen ihren unglücklichen Freund gewesen, getrauen wir uns kaum mit Worten ausdrücken, ob wir uns gleich davon, nach der Kenntnis ihres Charakters, wohl einen stillen Begriff machen können und eine schöne weibliche Seele sich in die ihrige denken und mit ihr empfinden kann.

So viel ist gewiß, sie war fest bei sich entschlossen, alles zu tun, um Werthern zu entfernen, und wenn sie zauderte, so war es eine herzliche, freundschaftliche Schonung, weil sie wußte, wie viel es ihm kosten, ja daß es ihm beinahe unmöglich sein würde. Doch ward sie in dieser Zeit mehr gedrängt, Ernst zu machen; es schwieg ihr Mann ganz über dies Verhältnis, wie sie auch immer darüber geschwiegen hatte, und um so mehr war ihr angelegen, ihm durch die Tat zu beweisen, wie ihre Gesinnungen der seinigen wert seien.

Lotte war indes in einen sonderbaren Zustand geraten. Nach der letzten Unterredung mit Werthern hatte sie empfunden, wie schwer es ihr fallen werde, sich von ihm zu trennen, was er leiden würde, wenn er sich von ihr entfernen sollte.

Es war wie im Vorübergehn in Alberts Gegenwart gesagt worden, daß Werther vor Weihnachtsabend nicht wieder kommen werde, und Albert war zu einem Beamten in der Nachbarschaft geritten, mit dem er Geschäfte abzutun hatte, und wo er über Nacht ausbleiben mußte.

Sie saß nun allein; keins von ihren Geschwistern war um sie, sie überließ sich ihren Gedanken, die stille über ihren Verhältnissen herumschweiften. Sie sah sich nun mit dem Mann auf ewig verbunden, dessen Liebe und Treue sie kannte, dem sie von Herzen zugetan war, dessen Ruhe, dessen Zuverlässigkeit recht vom Himmel dazu bestimmt zu sein schien, daß eine wackere Frau das Glück ihres Lebens darauf gründen sollte; sie fühlte, was er ihr und ihren Kindern auf immer sein würde. Auf der andern Seite war ihr Werther so teuer geworden; gleich von dem ersten Augenblick ihrer Bekanntschaft an hatte sich die Übereinstimmung ihrer Gemüter so schön gezeigt, der lange dauernde Umgang mit ihm, so manche durchlebten Situationen hatten einen unauslöschlichen Eindruck auf ihr Herz gemacht. Alles, was sie Interessantes fühlte und dachte, war sie gewohnt, mit ihm zu teilen, und seine Entfernung drohete, in ihr ganzes Wesen eine Lücke zu reißen, die nicht wieder ausgefüllt werden konnte. Oh, hätte sie ihn in dem Augenblick zum Bruder umwandeln können, wie glücklich wäre sie gewesen! — Hätte sie ihn einer ihrer Freundinnen verheiraten dürfen, hätte sie hoffen können, auch sein Verhältnis gegen Albert ganz wieder herzustellen!

Sie hatte ihre Freundinnen der Reihe nach durchgedacht und fand bei einer jeglichen etwas auszusetzen, fand keine, der sie ihn gegönnt hätte.

Über allen diesen Betrachtungen fühlte sie erst tief, ohne sich es deutlich zu machen, daß ihr herzliches heimliches Verlangen sei, ihn für sich zu behalten, und sagte sich daneben, daß sie ihn nicht behalten könne, behalten dürfe; ihr reines, schönes, sonst so leichtes und leicht sich helfendes Gemüt empfand den Druck einer Schwermut, dem die

Aussicht um Glück verschlossen ist. Ihr Herz war gepreßt, und eine trübe Wolke lag über ihrem Auge.

So war es halb sieben geworden, als sie Werthern die Treppe heraufkommen hörte und seinen Tritt, seine Stimme, die nach ihr fragte, bald erkannte. Wie schlug ihr Herz, und wir dürfen fast sagen zum erstenmal, bei seiner Ankunft. Sie hätte sich gern vor ihm verleugnen lassen, und als er hereintrat, rief sie ihm mit einer Art von leidenschaftlicher Verwirrung entgegen: Sie haben nicht Wort gehalten. – – Ich habe nichts versprochen, war seine Antwort. — So hätten Sie wenigstens meiner Bitte stattgeben sollen, versetzte sie, ich bat Sie um unser beider Ruhe.

Sie wußte nicht recht, was sie sagte, ebensowenig was sie tat, als sie nach einigen Freundinnen schickte, um nicht mit Werthern allein zu sein. Er legte einige Bücher hin, die er gebracht hatte, fragte nach andern, und sie wünschte, bald daß ihre Freundinnen kommen, bald daß sie wegbleiben möchten. Das Mädchen kam zurück und brachte die Nachricht, daß sich beide entschuldigen ließen.

Die liebe Frau hatte die letzte Nacht wenig geschlafen; was sie gefürchtet hatte, war entschieden, auf eine Weise entschieden, die sie weder ahnen noch fürchten konnte. Ihr sonst so rein und leicht fließendes Blut war in einer fieberhaften Empörung, tausenderlei Empfindungen zerrütteten des schöne Herz. War es das Feuer von Werthers Umarmungen, das sie in ihrem Busen fühlte? War es Unwille über seine Verwegenheit? War es eine unmutige Vergleichung ihres gegenwärtigen Zustandes mit jenen Tagen ganz unbefangener freier Unschuld und sorglosen Zutrauens an sich selbst? Wie sollte sie ihrem Manne entgegengehen? Wie ihm eine Szene bekennen, die sie so gut gestehen durfte und die sie sich doch zu gestehen nicht getraute? Sie hatten so lange gegeneinander geschwiegen, und sollte sie die erste sein, die das Stillschweigen bräche und eben zur unrechten Zeit ihrem Gatten eine so unerwartete Entdeckung machte? Schon fürchtete sie, die bloße Nachricht von Werthers Besuch werde ihm einen unangenehmen Eindruck machen, und nun gar diese unerwartete Katastrophe! Konnte sie wohl hoffen, daß ihr Mann sie ganz im rechten Lichte sehen, ganz ohne Vorurteil aufnehmen würde? Und konnte sie wünschen, daß er in ihrer Seele lesen möchte? Und doch wieder, konnte sie sich verstellen gegen den Mann, vor dem sie immer wie ein kristallhelles Glas offen und frei gestanden war, und dem sie keiner ihrer Empfindungen jemals verheimlicht noch verheimlichen können? Eins und das andre machte ihr Sorgen und setzte sie in Verlegenheit; und immer kehrten ihre Gedanken wieder zu Werthern, der für sie verloren war, den sie nicht lassen konnte, den sie leider! sich selbst überlassen mußte, und dem, wenn er sie verloren hatte, nichts mehr übrig blieb.

Wie schwer lag jetzt, was sie sich in dem Augenblick nicht deutlich machen konnte, die Stockung auf ihr, die sich unter ihnen festgesetzt hatte! So verständige, so gute Menschen fingen wegen gewisser heimlicher Verschiedenheiten untereinander zu schweigen an, jedes dachte seinem Recht und dem Unrechte des andern nach, und die Verhältnisse verwickelten und verhetzten sich dergestalt, daß es unmöglich ward, den Knoten eben in dem kritischen Momente, von dem alles abhing, zu lösen. Hätte eine glückliche Vertraulichkeit sie früher wieder einander nähergebracht, wäre Liebe und Nachsicht wechselweise unter ihnen lebendig worden und hätte ihre Herzen aufgeschlossen, vielleicht wäre unser Freund noch zu retten gewesen.

Noch ein sonderbarer Umstand kam dazu. Werther hatte, wie wir aus seinen Briefen wissen, nie ein Geheimnis daraus gemacht, daß er sich diese Welt zu verlassen sehnte. Albert hatte ihn oft bestritten, auch war zwischen Lotten und ihrem Mann manchmal die Rede davon gewesen. Dieser, wie er einen entschiedenen Widerwillen gegen die Tat empfand, hatte auch gar oft mit einer Art von Empfindlichkeit, die sonst ganz außer seinem Charakter lag, zu erkennen gegeben, daß er an dem Ernst eines solchen Vorsatzes sehr zu zweifeln Ursach finde; er hatte sich sogar darüber einigen Scherz erlaubt und seinen Unglauben Lotten mitgeteilt. Dies beruhigte sie zwar von einer Seite, wenn ihre Gedanken ihr das traurige Bild vorführten, von der andern aber fühlte sie sich auch dadurch gehindert, ihrem Manne die Besorgnisse mitzuteilen, die sie in dem Augenblicke quälten.

Albert kam zurück, und Lotte ging ihm mit einer verlegenen Hastigkeit entgegen, er war nicht heiter, sein Geschäft war nicht vollbracht, er hatte an dem benachbarten Amtmanne einen unbiegsamen kleinsinnigen Menschen gefunden. Der üble Weg auch hatte ihn verdrießlich gemacht.

Er fragte, ob nichts vorgefallen sei, und sie antwortete mit Übereilung: Werther sei gestern abends dagewesen. Er fragte, ob Briefe gekommen, und er erhielt zur Antwort, daß ein Brief und Pakete auf seiner Stube lägen. Er ging hinüber, und Lotte blieb allein. Die Gegenwart des Mannes, den sie liebte und ehrte, hatte einen neuen Eindruck in ihr Herz gemacht. Das Andenken seines Edelmuts, seiner Liebe und Güte hatte ihr Gemüt mehr beruhigt, sie fühlte einen heimlichen Zug ihm zu folgen, sie nahm ihre Arbeit und ging auf sein Zimmer, wie sie mehr zu tun pflegte. Sie fand ihn beschäftigt, die Pakete zu erbrechen und zu lesen. Einige schienen nicht das Angenehmste zu enthalten. Sie tat einige Fragen an ihn, die er kurz beantwortete, und sich an den Pult stellte zu schreiben.

Sie waren auf diese Weise eine Stunde nebeneinander gewesen, und es ward immer dunkler in Lottens Gemüt. Sie fühlte, wie schwer es ihr werden würde, ihrem Mann, auch wenn er bei dem besten Humor wäre, das zu entdecken, was ihr auf dem Herzen lag: sie verfiel in eine Wehmut, die ihr um desto ängstlicher ward, als sie solche zu verbergen und ihre Tränen zu verschlucken suchte.

APPENDIX II

Jerusalem ist die ganze Zeit seines hiesigen Aufenthalts mißvergnügt gewesen, es sey nun überhaupt wegen der Stelle, die er hier bekleidete, und daß ihm gleich Anfangs (bey Graf Bassenheim) der Zutritt in den großen Gesellschaften auf eine unangenehme Art versagt worden, oder insbesondere wegen des Braunschweigischen Gesandten, mit dem er bald nach seiner Ankunft kundbar heftige Streitigkeiten hatte, die ihm Verweise vom Hofe zuzogen und noch weitere verdrießliche Folgen für ihn gehabt haben. Er wünschte längst, und arbeitete daran, von hier wieder wegzukommen; sein hiesiger Aufenthalt war ihm verhaßt, wie er oft gegen seine Bekannte geäußert hat, und durch meinen Bedienten, dem es der seinige oft gesagt, wußte ich dies längst. Bisher hoffte er, das hiesige Geschäft sollte sich zerschlagen; da nun seit einiger Zeit mehrerer Anschein zur Wiedervereinigung war, und man im Publiko solches schon nahe und gewiß glaubte, ist er, etwa vor 8 Tagen, bey dem Gesandten Falke (dem er bekannt und von dem Vater empfohlen war) gewesen, und hat diesen darüber auszuforschen gesucht, der denn, obgleich keine doch den Anschein und Hoffnung bezeuget.

Neben dieser Unzufriedenheit war er auch in des pfältz. Sekret. H... Frau verliebt. Ich glaube nicht, diese zu dergleichen Galanterien aufgelegt ist, mithin, da der Mann noch dazu sehr eifersüchtig war, mußte diese Liebe vollends seiner Zufriedenheit und Ruhe den Stoß geben.

Er entzog sich allezeit der menschlichen Gesellschaft und den übrigen Zeitvertreiben und Zerstreuungen, liebte einsame Spaziergänge im Mondscheine, gieng oft viele Meilen weit und hieng da seinem Verdruß und seiner Liebe ohne Hoffnung nach. Jedes ist schon im Stande die erfolgte Würkung hervorzubringen. Er hatte sich einst Nachts in einem Walde verirrt, fand endlich noch Bauern, die ihn zurechtwiesen, und kam um 2 Uhr zu Haus.

Dabey behielt er seinen ganzen Kummer bey sich, und entdeckte solchen, oder vielmehr die Ursachen davon, nicht einmal seinen Freunden. Selbst dem Kielmansegge hat er nie etwas von der H... gesagt, wovon ich aber zuverläßig unterrichtet bin.

Er las viele Romane und hat selbst gesagt, daß kaum ein Roman seyn würde, den er nicht gelesen hatte. Die fürchterlichsten Trauerspiele waren ihm die liebsten. Er las ferner philosophische Schriftsteller mit großem Eyfer und grübelte darüber. Er hat auch verschiedene philosophische Aufsäze gemacht, die Kielmansegge gelesen und sehr von anderen Meinungen abweichend gefunden hat; unter andern auch einen besondern Aufsatz, worin er den Selbstmord vertheidigte. Oft beklagte er sich gegen

Verstande gesetzt wären, wenigstens dem Seinigen; er konnte äußerst betrübt werden, wenn er davon sprach, was er wißen möchte, was er nicht ergründen könne etc. (Diesen Umstand habe ich erst kürzlich erfahren und ist, deucht mir, der Schlüssel eines großen Theils seines Verdrusses und seiner Melancholie, die man beyde aus seinen Mienen lesen konnte; ein Umstand der ihm Ehre macht und seine letzte Handlung bei mir zu veredlen scheint.) Mendelsohns Phädon war seine liebste Lectüre; in der Materie vom Selbstmorde war er aber immer mit ihm unzufrieden; wobey zu bemerken ist, daß er denselben auch bey der Gewißheit von der Unsterblichkeit der Seele, die er glaubte, erlaubt hielt. Leibnitzen's Werke las er mit großem Fleiße.

Als letzthin das Gerücht vom Goué sich verbreitete, glaubte er diesen zwar nicht zum Selbstmorde fähig, stritt aber *in Thesi* eifrig für diesen, wie mir Kielmansegge, und viele, die um ihn gewesen, versichert haben. Ein paar Tage vor dem unglücklichen, da die Rede vom Selbstmorde war sagte er zu Schleunitz, es müßte aber doch eine dumme Sache seyn, wenn das Erschiessen mißriethe.

Auch einige Tage zuvor sprachen Brandten mit ihm von seinen weiten Spaziergängen, daß ihm da leicht einmal ein Unglück zustossen könnte, wie zum Ex. vor einiger Zeit, da einer beym entstandenen Gewitter sich unter ein Gemäuer retiriret, und dieses über ihm eingestürzt wäre. Er antwortete: das würde mir eben recht seyn. Dorthel verspricht ihm ein Kränzchen zu machen, wenn er hier stürbe. Er hat in Brandten Hause sehr über N... geklagt, daß dieser gar nicht schriebe, er schäme sich zu ihnen zu kommen, da er immer nichts von ihm sagen könne. Mit einiger Hitze zu Annchen: Ja, ich versichere Sie, die Sünden meiner Freunde schmerzen mich. (N... war Anbeter der Annchen.) Zu Kielmansegge hat er von N. gesagt, dieser hätte eine Dreckseele; was man noch in der Welt machen solle, wo man einen abwesenden Freund nicht einmal conserviren könne.

In diesen Tagen hat er mich, da er im Brandtischen Hause war, ins Buffische Haus gehen sehen (oder vielmehr es geglaubt, da es eigentlich ein anderer war,) und gesagt, mit einem besonderen Ton: wie glücklich ist Kestner! Wie ruhig er dahin geht!

Vergangenen Dienstag kommt er zum kranken Kielmansegge, mit einem mißvergnügten Gesichte. Dieser frägt ihn, wie er sich befände? Er: Besser als mir lieb ist. Er hat auch den Tag viel von der Liebe gesprochen, welches er sonst nie gethan; und dann von der Franckfurter Zeitung, die ihm seit einiger Zeit mehr als sonst gefalle. Nachmittags (Dienstag) ist er bei Sekr. H... gewesen. Bis Abends 8 Uhr spielen sie Tarok zusammen. Annchen Brandt war auch da; Jerusalem begleitet diese nach Haus. Im Gehen schlägt Jerusalem oft unmuthsvoll vor die Stirn und sagt wiederholt: Wer doch erst todt, — wer doch erst im Himmel wäre! — Annchen spaßt darüber: er bedingt sich bey ihr im Himmel einen Platz, und beim Abschiednehmen sagt er: Nun es bleibt dabey, ich bekomme bey Ihnen im Himmel einen Platz.

Am Mittewochen, da im Kronprinz groß Fest war und jeder jemandem
zu Gaste hatte, gieng er, ob er gleich sonst zu Haus aß, zu Tisch und
brachte den Secr. H... mit sich. Er hat sich da nicht anders als sonst,
vielmehr muntrer betragen. Nach dem Essen nimmt ihn Secret. H... mit
nach Haus zu seiner Frau. Sie trinken Kaffee. Jerusalem sagt zu der H...:
Liebe Frau Secretairin, dieß ist der letzte Kaffee, den ich mit Ihnen
trinke. — Sie hält es für Spaß und antwortet in diesem Tone. Diesen
Nachmittag (Mittwochs) ist Jerusalem allein bei H...s gewesen, was da
vorgefallen, weiß man nicht; vielleicht liegt hierin der Grund zum
folgenden. — Abends, als es eben dunkel geworden, kommt Jerusalem
nach Garbenheim, ins gewöhnliche Gasthaus, frägt ob niemand oben im
Zimmer wäre? Auf die Antwort: Nein, geht er hinauf, kommt bald
wieder herunter, geht zum Hofe hinaus, zur linken Hand hin, kehrt nach
einer kleinen Weile zurück, geht in den Garten, es wird ganz dunkel, er
bleibt da lange, die Wirthin macht ihre Anmerkungen darüber, er kommt
wieder heraus, geht bei ihr, alles ohne ein Wort zu sagen, und mit
heftigen Schritten, vorbei, zum Hofe hinaus, rechts davon springend.
   Inzwischen, oder noch später, ist unter H... und seiner Frau etwas
vorgegangen, wovon H... einer Freundin vertrauet, daß sie sich über
Jerusalem etwas entzweyet und die Frau endlich verlangt, daß er ihm das
Haus verbieten solle, worauf er es auch folgenden Tags in einem Billet
gethan.
   Nachts vom Mitterwoch auf den Donnerstag ist er um 2 Uhr
aufgestanden, hat den Bedienten geweckt, gesagt, er könne nicht schlafen,
es sey ihm nicht wohl, läßt einheitzen, Thee machen, ist aber doch
nachher ganz wohl, dem Ansehen nach.
   Donnerstags Morgens schickt Secret. H... an Jerusalem ein Billet. Die
Magd will keine Antwort abwarten und geht. Jerusalem hat sich eben
rasiren lassen. Um 11 Uhr schickt Jerusalem wiederum ein Billet an
Secret. H..., dieser nimmt es dem Bedienten nicht ab, und sagt, er
brauche keine Antwort, er könne sich in keine Correspondenz einlassen,
und sie sähen sich ja alle Tage auf der Dictatur. Als der Bediente das
Billet unerbrochen wieder zurückbringt, wirft es Jerusalem auf den Tisch
und sagt: es ist auch gut. (Vielleicht den Bedienten glauben zu machen,
daß es etwas gleichgültiges betreffe.)
   Mittags isset er zu Haus, aber wenig, etwas Suppe. Schickt um 1 Uhr
ein Billet an mich und zugleich an seinen Gesandten, worin er diesen
ersucht, ihm auf diesen (oder künftigen) Monat sein Geld zu schicken.
Der Bediente kommt zu mir. Ich bin nicht zu Hause, mein Bedienter
auch nicht. Jerusalem ist inzwischen ausgegangen, kommt um 1/44 zu
Haus, der Bediente gibt ihm das Billet wieder. Dieser sagt: Warum er es
nicht in meinem Hause, etwa an eine Magd, abgegeben? Jener: Weil es
offen und unversiegelt gewesen, hätte er es nicht thun mögen. —
Jerusalem: Das hätte nichts gemacht, jeder könne es lesen, er sollte es
wieder hinbringen. — Der Bediente hielt sich hierdurch berechtigt, es
auch zu lesen, ließt es und schickt es mir darauf durch einen Buben, der

im Hause aufwartet. Ich war inzwischen zu Haus gekommen, es mogte 1/24 Uhr seyn, als ich das Billet bekam:
»Dürfte ich Ew. Wohlgeb. wohl zu einer vorhabenden Reise um ihre Pistolen gehorsamst ersuchen?«   J.
Da ich nun von alle dem vorher erzählten und seinen Grundsätzen nichts wußte, indem ich nie besondern Umgang mit ihm gehabt — so hatte ich nicht den mindesten Anstand ihm die Pistolen sogleich zu schicken.

Nun hatte der Bediente in dem Billet gelesen, daß sein Herr verreisen wollte, und dieser ihm solches selbst gesagt, auch alles auf den anderen Morgen um 6 Uhr zur Reise bestellt, sogar den Friseur, ohne daß der Bediente wußte wohin, noch mit wem, noch auf was Art? Weil Jerusalem aber allezeit seine Unternehmungen vor ihm geheim tractiret, so schöpfte dieser keinen Argwohn. Er dachte jedoch bei sich:»Sollte mein Herr etwa heimlich nach Braunschweig reisen wollen, und dich hier sitzen lassen? etc.« Er mußte die Pistolen zum Büchsenschäfter tragen und sie mit Kugeln laden lassen.

Den ganzen Nachmittag war Jerusalem für sich allein beschäftiget, kramte in seinen Papieren, schrieb, ging, wie die Leute unten im Hause gehört, oft im Zimmer heftig auf und nieder. Er ist auch verschiedene Male ausgegangen, hat seine kleinen Schulden, und wo er nicht auf Rechnung ausgenommen, bezahlt; er hatte ein Paar Manschetten ausgenommen, er sagt zum Bedienter, sie gefielen ihm nicht, er sollte sie wieder zum Kaufmann bringen; wenn dieser sie aber nicht gern nehmen wollte, so wäre da das Geld dafür, welches der Kaufmann auch lieber genommen.

Etwa um 7 Uhr kam der Italiänische Sprachmeister zu ihm. Dieser fand ihn unruhig und verdrießlich. Er klagte, daß er seine Hypochondrie wieder stark habe, und über mancherley; erwähnt auch, daß das Beste sey, sich aus der Welt zu schicken. Der Italiäner redet ihm sehr zu, man müsse dergleichen Passionen durch die Philosophie zu unterdrücken suchen etc. Jerusalem: das ließe sich nicht so thun; er wäre heute lieber allein, er möchte ihn verlassen. Der Italiäner: er gienge auch noch aus. – – Der Italiäner, der auch die Pistolen auf dem Tische liegen gesehen, besorgt den Erfolg, geht um halb acht Uhr weg, und zu Kielmansegge, da er denn von nichts als von Jerusalem, dessen Unruhe und Unmuth spricht, ohne jedoch von seiner Besorgniß zu erwähnen, indem er glaubt, man möchte ihn deswegen auslachen.

Der Bediente ist zu Jerusalem gekommen, um ihm die Stiefel auszuziehen. Dieser hat aber gesagt, er gienge noch aus; wie er auch wirklich gethan hat, vor das Silberthor auf die Starke Weide, und sonst auf die Gasse, wo er bey Verschiedenen, den Hut tief in die Augen gedrückt, vorbey gerauscht ist, mit schnellen Schritten, ohne jemand anzusehen. Man hat ihn auch um diese Zeit eine ganze Weile an dem Fluß stehen sehen, in einer Stellung, als wenn er sich hineinstürzen wolle (so sagt man).

Vor 9 Uhr kommt er zu Haus, sagt dem Bedienten, es müsse im Ofen noch etwas nachgelegt werden, weil er sobald nicht zu Bette ginge, auch solle er auf Morgen früh 6 Uhr alles zurecht machen, läßt sich auch noch einen Schoppen Wein geben. Der Bediente, um recht früh bey der Hand zu seyn, da sein Herr immer sehr accurat gewesen, legt sich mit den Kleidern ins Bette.

Da nun Jerusalem allein war, scheint er alles zu der schrecklichen Handlung vorbereitet zu haben. Er hat seine Briefschaften alle zerrissen und unter den Schreibtisch geworfen, wie ich selbst gesehen. Er hat zwey Briefe, einen an seine Verwandte, den Andern an H... geschrieben; man meint auch einen an den Gesandten Höffler, den dieser vielleicht unterdrückt. Sie haben auf dem Schreibtisch gelegen. Erster, den der Medicus andern Morgens gesehen, hat überhaupt nur folgendes enthalten, wie Dr. Held, der ihn gelesen, mir erzählt:

Lieber Vater, liebe Mutter, liebe Schwestern und Schwager, verzeihen Sie Ihrem unglücklichen Sohn und Bruder; Gott, Gott, segne euch!

In dem zweyten hat er H... um Verzeihung gebeten, daß er die Ruhe und das Glück seiner Ehe gestört, und unter diesem theuren Paar Uneinigkeit gestiftet etc. Anfangs sey seine Neigung gegen seine Frau nur Tugend gewesen etc. In der Ewigkeit aber hoffe er ihr einen Kuß geben zu dürfen etc. Er soll drey Blätter groß gewesen seyn, und sich damit geschlossen haben: »Um 1 Uhr. In jenem Leben sehen wir uns wieder.« (Vermuthlich hat er sich sogleich erschossen, da er diesen Brief geendiget.)

Diesen ungefähren Inhalt habe ich von jemand, dem der Gesandte Höffler ihn im Vertrauen gesagt, welcher daraus auf einen würklich strafbaren Umgang mit der Frau schliessen will. Allein bey H... war nicht viel erforderlich um seine Ruhe zu stören und eine Uneinigkeit zu bewürken. Der Gesandte, deucht mich, sucht auch die Aufmerksamkeit ganz von sich, auf diese Liebesbegebenheit zu lenken, da der Verdruß von ihm wohl zugleich Jerusalem determinirt hat; zumal da der Gesandte verschiedentlich auf die Abberufung des Jerusalem angetragen, und ihm noch kürzlich starke reprochen vom Hofe verursacht haben soll. Hingegen hat der Erbprinz von Braunschweig, der ihm gewogen gewesen, vor Kurzem geschrieben, daß er sich hier noch ein wenig gedulden mögte, und wenn er Geld bedürfe, es ihm nur schreiben sollte, ohne sich an seinen Vater, den Herzog, zu wenden.

Nach diesen Vorbereitungen, etwa gegen 1 Uhr, hat er sich denn über das rechte Auge hinein durch den Kopf geschossen. Man findet die Kugel nirgends. Niemand im Hause hat den Schuß gehört; sondern der Franciskaner Pater Guardian der auch den Blick vom Pulver gesehen, weil es aber stille geworden, nicht darauf geachtet hat. Der Bediente hatte die vorige Nacht wenig geschlafen und hat sein Zimmer weite hinten hinaus, wie auch die Leute im Haus, welche unten hinaus schlafen.

Es scheint sitzend im Lehnstuhl vor seinem Schreibtisch geschehen zu seyn. Der Stuhl hinten im Sitz war blutig, auch die Armlehnen. Darauf ist er vom Stuhle heruntergesunken, auf der Erde war noch viel Blut. Er muß sich auf der Erde in seinem Blute gewälzt haben; erst beym Stuhle war eine große Stelle von Blut; die Weste vorn ist auch blutig; er scheint auf dem Gesichte gelegen zu haben; dann ist er weiter, um den Stuhl herum nach dem Fenster hin gekommen, wo wieder viel Blut gestanden, und er auf dem Rücken entkräftet gelegen hat. (Er war in völliger Kleidung, gestiefelt, im blauen Rock mit gelber Weste.)

Morgens vor 6 Uhr geht der Bediente zu seinem Herrn ins Zimmer, ihn zu wecken; das Licht war ausgebrannt, es war dunkel, er sieht Jerusalem auf der Erde liegen, bemerkt etwas Nasses, und meynt er möge sich übergeben haben; wird aber der Pistole auf der Erde, und darauf Blut gewahr, ruft: Mein Gott, Herr Assessor, was haben Sie angefangen; schüttelt ihn, er giebt keine Antwort, und röchelt nur noch. Er läuft zu Medicus und Wundärzten. Sie kommen, es war aber keine Rettung. Dr. Held erzählt mir, als er zu ihm gekommen, habe er auf der Erde gelegen, der Puls noch geschlagen; doch ohne Hülfe. Die Glieder alle wie gelähmt, weil das Gehirn lädirt, auch herausgetreten gewesen; Zum Überflusse habe er ihm eine Ader am Arm geöffnet, wobey er ihm den schlaffen Arm halten müssen, das Blut wäre doch noch gelaufen. Er habe nichts als Athem geholt, weil das Blut in der Lunge noch circulirt, und diese daher noch in Bewegung gewesen.

Das Gerücht von dieser Begebenheit verbreitete sich schnell; die ganze Stadt war in Schrecken und Aufruhr. Ich hörte es erst um 9 Uhr, meine Pistolen fielen mir ein, und ich weiß nicht, daß ich kurzens so sehr erschrocken bin. Ich zog mich an und gieng hin. Er war auf das Bette gelegt, die Stirne bedeckt, sein Gesicht schon wie eines Todten, er rührte kein Glied mehr, nur die Lunge war noch in Bewegung, und röchelte fürchterlich, bald schwach, bald stärker, man erwartete sein Ende.

Von dem Wein hatte er nur ein Glas getrunken. Hin und wieder lagen Bücher und von seinen eigenen schriftlichen Aufsätzen. Emilia Galotti lag auf einem Pult am Fenster aufgeschlagen; daneben ein Manuscript ohngefähr Finger- dick in Quart, philosophischen Inhalts, der erste Theil oder Brief war überschrieben: *Von der Freyheit,* es war darin von der moralischen Freyheit die Rede. Ich blätterte zwar darin, um zu sehen, ob der Inhalt auf seine letzte Handlung einen Bezug habe, fand es aber nicht; ich war aber so bewegt und consternirt, daß ich mich nichts daraus besinne, noch die Scene, welche von der Emilia Galotti aufgeschlagen war, weiß, ohngeachtet ich mit Fleiß darnach sah.

Gegen 12 Uhr starb er. Abends 3/4 11 Uhr ward er auf dem gewöhnlichen Kirchhof begraben, (ohne daß er secirt ist, weil man von dem Reichs-Marschall-Amte Eingriffe in die gesandtschaftlichen Rechte fürchtete) in der Stille mit 12 Lanternen und einigen Begleitern; Barbiergesellen haben ihn getragen; das Kreuz ward voraus getragen; kein Geistlicher hat ihn begleitet.

Es ist ganz außerordentlich, was diese Begebheit für einen Eindruck auf alle Gemüther gemacht. Leute, die ihn kaum einmahl gesehen, können sich noch nicht beruhigen; viele können seitdem noch nicht wieder ruhig schlafen; besonders Frauenzimmer nehmen großen Antheil an seinem Schicksal; er war gefällig gegen das Frauenzimmer, und seine Gestalt mag gefallen haben etc.

Wetzlar d. 2. Nov. 1772.

(From A. Kestner: *Goethe und Werther*, pp. 47)